素養考題解題必讀：閱讀理解題 × 分類題庫 × 詳解

大考國文寶典

名師全面精選98～108年學測＋指考國文選擇題

大考趨勢　閱讀攻略　解題聚焦

● **謝佩芬** | 臺灣大學中文系教授 ──── 策畫・審定

● **鄭慧敏・黃麗禎・李啟嘉・卓純華** | 高中國文名師 ──── 編著

目　錄

前言

本書體例與使用說明

鄭慧敏 ｜ 臺北市復興高中國文科教師
謝佩芬 ｜ 臺灣大學中文系教授

　　從 107 年學測開始，「國文考科」分為「國文」（選擇題）與「國語文寫作能力」。「國文」（選擇題）考試時間八十分鐘，題數約為 42 題。106 年學測、指考之前，「國文考科」的選擇題僅 23 題，閱讀測驗已占分不少。可以想見，新增近一倍的題數，幾乎都是閱讀題。且原本閱讀素材約為 250 ～ 300 字，每一題組 2 題；107 年學測後多了「長文閱讀」題，選文以 1,500 字為上限，每一題組可增至 3 ～ 5 題。這樣一份試卷，對向來苦於閱讀的學生而言，不啻是更沉重的負擔。

　　一份國文科試卷，包含了「語文理解與應用能力」、「文學知識與鑑賞能力」與「基本文化素養」三個面向。從備考的角度來看，符合新考法的完整試卷僅有近兩年大考試題以及前此公布的研究卷、參考卷，但學生若仍以舊習慣作答 107 年之前的考古題，既對掌握時間感幫助有限，也較無法針對自身弱項或考試重點精進加強。

　　為了更有效率地提升學生閱讀能力，本書打散按年蒐集考古題的編排方式，爬梳十一年來（98 ～ 108）的學測、指考試卷，從中抽選閱讀題目，整理為「大考趨勢」、「閱讀攻略」、「解題聚焦」三大部分。第一部分「大考趨勢」，依最新試卷及大考中心公布的參考卷、研究卷，整理出「圖表判讀」、「情境應用」、「跨域跨科」、「長文閱讀」及「課文辨析」五大類試題。第二部分「閱讀攻略」，先就解題的角度，將題目分為「答案在文本之中」與「答案在文本之外」兩類，再從理解文本的層次，逐步展示擷取訊息、統整解釋到鑑賞評析的閱讀過程。

　　「挖空選填」、「排序重組」雖非一般認知的閱讀題型，但從歷屆試題來看，命題委員可能以甄測「修辭的辨識與應用」（挖空選填）、「文法結構的辨識與應用」（重組）等方式鑑別學生程度，因此，廣義來講，這類題目還是與「閱讀理解能力」有關。至於可稱之為當代文學的「新詩」，因表現手法多元而文字凝鍊，本就容許讀者自由詮釋。然

而，當它們成為「試題」，作答者仍須收斂天馬行空的想像，學會從既有的條件限制中掌握意象、理解詩句。本書將以上考題彙集為第三部分「解題聚焦」，分為「詞語運用」、「新詩讀賞」兩節，著眼於試卷中常見而答題時深感困擾的題型，提供學生思考的脈絡與方向。

本書整理歷屆閱讀試題，由衷希望透過主軸明確的編排、集中火力的解析，讓這些題目不只是「考古」，還能提示應考準備的方向，幫助學生從中得到「新」的啟發，具備更清晰厚實的能力，不再視國文為畏途。

同學使用本書時，可依個人平日的答題狀況，從各章節中找出相同題型，確實理解，再利用類題反覆練習，熟悉作答要領。全書解析力求完整，盡可能就選項敘述，清楚說明正確或錯誤的理由，便於考生自學。無論範例或類題的題組，都有一段簡單的敘述概覽題文，引導學生「閱讀」。只求「找出答案」的速成心態永遠一知半解，真正習慣閱讀的人，才能不被閱讀試題所苦。

以下分述各章內容，並說明編排體例：

壹、大考趨勢：

一、「圖表判讀」：為符合多元而生活化的命題精神，測驗不同的閱讀能力，大考題目除了取材自「連續性文本」（即一般文字閱讀），近年來也越來越多「非連續性文本」（即圖、表的綜合判讀題）。因此，在「表格解讀」中，我們以108年學測第4題為例，分析看表、判讀與解題的過程，其後並列舉相近的類題，讓學生接著練習。此外，往年以文字為主的試卷偶爾會有可愛的插圖，這些「無關作答訊息的圖」讓考題看起來更為活潑；另有一些則屬於「有意義的圖」，可提示思考方向或建立空間概念，避免答題時誤讀。本書選題以「有意義的圖」與文字之間的形式轉換為主，讓學生練習結合附圖與文字，體會將文字化為圖示的過程。

二、「情境應用」：依十二年國教課綱，「核心素養」是指一個人為適應現在生活及面對未來挑戰，所應具備的知識、能力與態度，強調學習不應以學科知識及技能為限，而是要與生活結合，透過實踐力行而彰顯學習者的全人發展。這樣的概念轉化至考題

中，體現為情境化、跨域跨科與整合運用三個面向。從形式上來看，日常語詞、新聞標題、電話書信、對聯題辭等，都有其正確的用法與一定的規範。透過考題，可為日常的語文素養奠基。此外，大考也會自流行的電影或電視劇取材，或藉由尋常對話與情境的敘述，讓題目更貼近生活。然而除了「生活情境」，還有另一種「學術探究情境」，取材自學術文章，讓學生閱讀較為生硬的材料，嘗試截然不同的用字與脈絡。這類題目乍看令人害怕，其實所選材料多為課內教材的延伸，或作者風格、文學常識的分析與探討。若能在國文課堂上對課文、作者與相關國學常識有基本認知，這類文本所探討的主題必不致全然陌生。

三、「跨域跨科」：為考察不同素材的閱讀能力，大考試題也從國文科以外的其他領域取材。本書統整歷屆跨領域素材為「科普」、「經濟」與「藝術」三類，讓學生理解不同材料的敘述方式與文章風格。

四、「長文閱讀」：為測驗長篇文本的閱讀能力，107、108 年學測、指考都出現了幾篇 600 字以上的長文。有些是單篇長文，讀來十分耗時費神；有些則是二文以上的比較，文言、白話並列，除了理解單篇文意，還要對照相應段落，整理文章重點，不免頗感壓力。本書將 600 字以上的文本視為「長文」，學生可藉由這些題目練習消化大量訊息，並統整為具體可用的資料。

五、「課文辨析」：大考試卷一直都有針對課內選文而設計的考題，由取材方式來分，有「教材選文」的基本理解與「課外素材」的結合應用兩大類。共同選文中的經典古文如〈出師表〉、〈蘭亭集序〉、〈桃花源記〉、〈師說〉、〈岳陽樓記〉、〈醉翁亭記〉、〈項脊軒志〉、〈廉恥〉、〈左忠毅公逸事〉，古典小說如《世說新語》、〈虬髯客傳〉、《水滸傳》、《紅樓夢》、《老殘遊記》，白話文如魯迅〈孔乙己〉、賴和〈一桿稱仔〉、琦君〈髻〉、洪醒夫〈散戲〉等，都應熟讀文章，掌握句意、主旨、作者風格及時代背景，充分理解文體、結構與作法。並在這樣的基礎下，注意不同課文間橫向與縱向的統整，例如：不同時代或作者的類似情懷、不同課文的相同寫作技巧。再進一步，考題中可能抽取課本重要文句為題幹或選項，搭配課外素材作更靈活的結合。這些進階到應用層次的題目，已非浮泛粗略的理解可以應付，歸根究柢，還是要認真上國文課，把教材課本讀熟、讀通、讀精。

貳、閱讀攻略：

一、答案在文本之中：所謂「答案在文本中」，是指閱讀敘述文字，便可從中找到答案的理解層次。首先，應「掌握特色，辨識主體」，認知篇章或文句所描寫的對象。其次，要能「擷取訊息，發展解釋」，確實了解篇章或文句的涵義；再者，要能「依據要求，歸納重點」，從文本中找出可用的訊息，統整歸納。若依閱讀材料的性質來看，大體有「敘事性文字」與非敘事性的「說理性文字」兩類：敘事內容有情節發展，說理文字表達抽象觀點，二者思考方式並不相同。因此，不同的理解層次中，又以「敘事」、「說理」分類。若有二文對照的題目，則增補「比較」類。

二、答案在文本之外：所謂「答案在文本外」，是指無法直接從敘述文字中找到答案，必須融會貫通後才能推論出來，並進而鑑賞、評析的閱讀層次。根據理解文本的角度，可分為以下幾個方向：（一）判斷意旨：所謂「看懂文章」，往往意味著掌握意旨。作者可能透過故事傳遞寓意，也可能藉由論述表達理念，這些寓意或理念即為意旨。（二）推究原因：依故事情節或事理詮釋，可推究人物的動機想法或事件的邏輯原因。（三）推測觀點：作者常會運用各種材料，以正反、主從、輕重等組合方式，凸顯一己的想法。閱讀時，需辨析這些段落關係，才能找出核心觀點。（四）推論文意：文字敘述中偶爾可能會藏有一些空白，那是作者並未直接點明、但確實存在的訊息。這些訊息，可依據理解的內容推論出來。（五）推究用意：談到「用意」，已接近賞析的層次。主要是就文中出現的言例或事例，推敲作者引用的目的。以上各類試題依「白話」、「文言」區分，若有二文對照的題目，則增補「比較」類。（六）鑑賞評析：依文體分為「現代文學」與「古典詩文」。「現代文學」方面，因現代詩另立一章，此處僅就散文、小說討論；「古典詩文」多二文對照的題型，故增加「比較」類。各類文本皆就主題呈現、結構形式與寫作技巧等角度解析。

參、解題聚焦：

一、詞語運用：「字詞選擇」測驗詞語的理解與應用，「文句排序」則考察文本脈絡與文法結構的關係。二者在答題時都可先概覽題文，推論大致文意，再仔細辨析。「字詞選擇」時，考慮題文情境，辨析選項詞語的意義或異同，可選出「對」的字詞，亦即「最

正確」的答案。但若要考究修辭，就要選出「對」而且「好」的字詞——描寫最精準、最能呼應篇旨、最能統攝全篇——亦即「最精彩」的答案。至於「文句排序」，答題時要觀察前、後題文與備選文句之間的承轉關係，找出承接或轉折的必然邏輯。

　　二、新詩讀賞：讀詩，首先要了解何為「意象」。所謂「意象」，簡單來說，是以形象化的方式具體表達抽象情思。本節整理歷屆新詩考題，分為「詩的意象」、「詩的用字與排序」、「詩的意旨與鑑賞」三類。「詩的意象」要從詩句使用的意象，體會詩人所要表達的情思。「詩的用字」要選出最能與全詩意象連貫、最能引發聯想或最能精準表達詩意的字詞；「詩的排序」要依詩意的承轉關係，推敲出前後順序。另外，大考試題的選詩，除了一般形式的「分行詩」，也有「散文詩」：看似散文，本質則是詩。因此，「詩的意旨與鑑賞」從形式上分為「分行詩」與「散文詩」兩類。解讀時，要注意虛實之間的轉換，統合全詩意象，在限定範圍中作合理的聯想、闡釋與延伸。

　　本書各類試題，若兼有不同類型，則以個殊性為先，理解原則為後；或以「大考趨勢」為先，「閱讀攻略」為後。如部分題文兼為「長文閱讀」、「圖表判讀」、「原因探究」或「擷取訊息，發展解釋」，歸類順序為：「圖表判讀」→「長文閱讀」→「原因探究」→「擷取訊息，發展解釋」。若分類中同時有白話與文言試題，則白話在前、文言在後。各分類題型下，簡單列舉數點「答題建議」以供參考。部分要領如「概覽題文」、「檢索訊息」、「掌握題旨」會重覆出現，實因這些步驟都是閱讀理解的基本過程。同學們也可藉由一次次的操作，熟悉這些過程，培養閱讀習慣。

　　每類題型都有一個單題或題組為「範例」，其後為「解析」，接著是「類題練習」。各組「類題練習」的題數不等，大致選錄五到十二題，原則上先白話、後文言，依單題單選→單題多選→題組的順序排列，單選、多選與題組不另作區分。選項若為四個，為單選題；若有五個，則為多選，不另作標示。若同為單題、多選或題組，則依題目年度，由新而舊排列；若為同年度，則依原題目順序排列。若有單一材料與二文對照，則以單一材料為先、二文對照在後。第二章「閱讀攻略」中的「擷取訊息，發展解釋」與「依據要求，歸納重點」，因解題思考不同，依「敘事」與「說理」的性質區分：「敘事」較易，在前；「說理」略難，在後。其後類題同樣先白話、後文言，先單題、後為多選與題組。

　　如果認真面對試題，建立正確的答題方式，其實就是持續進行閱讀的練習。期盼本書能幫助學生，去弱補強，更有信心走上大考戰場。

壹、大考趨勢

一、圖表判讀

> 說明:「表格解讀」的題型,要練習判讀單一表格的訊息或不同表格的綜合訊息。「圖文轉換」則要掌握「圖象→文字」或「文字→圖象」之間的轉換關係。

(一) 表格解讀

 答題建議

1. 概覽表格,依題幹要求搜尋資訊。
2. 根據選項敘述,自表格中找答案。
3. 藉由品項說明或橫、縱軸判讀表格。
4. 細心統整判讀資訊,理解表格意義。

範例

_____ 下表摘自國家發展委員會於 107 年彙整的「107 ~ 109 年重點產業人才供需調查及推估」報告。依據這份國防類產業需求調查,下列敘述最適當的是:

國防類產業		新增需求人數			
		107 年	108 年	109 年	107 ~ 109 年平均
1	國防航太業	696	301	113	370
2	國防船艦業	183	105	95	128
3	航空業	430	440	460	443

教育背景需求				工作經驗需求	
教育程度	百分比(%)	學門	百分比(%)	年資	百分比(%)
碩士以上	41.0	工程及工程業	56.5	5 年以上	38.5
大專	59.0	資訊通訊科技	23.2	2~5 年	46.1
高中以下	0.0	商業及管理	13.0	2 年以下	12.8
		法律、語文	7.3	不限	2.6

(A) 國防航太業的三年總需求量最大,但航空業有逐年增量的趨勢

(B) 觀察 107 ~ 109 年的狀況,超過八成的應徵者具有兩年以上的工作年資

(C) 教育程度均須具備大專以上,半數以上的職缺須具工程及工程業專長

(D) 提供給商業管理、法律、語文科系畢業者的職缺較少,但年資門檻也較低

(108 學測 -4)

解析

答案:**(C)**。

　　首先概覽這份「國防類產業需求調查」:上半部將「國防類產業」分為「國防航太」、「國防船艦」、「航空」三類,並依「107、108、109」及「三年平均」的順序列出「新

增需求人數」。下半部，則針對所需人才的條件，從「教育背景」、「工作經驗」兩方面列出數據。

再進一步檢查各組數據：上半部為統計值，應會出現比較大小的問題。下半部為百分比，則要留意是否出現比例較高或較低的極端值，例如「教育背景」的「高中以下」為「0」，可知教育程度均須具備大專以上學歷。最後，依各選項要求整理後判斷：

(A) 比對 107-109 年的平均數字，「航空業」的數值最大，故「三年總需求量最大」最大的為「航空業」而非「國防航太業」。而「航空業」三年數值分別為：430、440、460，確有逐年增加的趨勢。

(B) 依表格所列內容僅可得知「對應徵者的工作經驗需求」，無法得知應徵者的實際年資。而從「工作經驗需求」表來看，年資需求在兩年以下的僅占 12.8%，而要求兩年以上的則占在 84.6%（兩到五年 46.1 ＋五年以上 38.5）。故選項所謂「具有兩年以上的工作年資」是指「對應徵者的要求」，並非其「實際年資」。

(C) 從「高中以下」的需求為 0%，可知「教育程度均須具備大專以上」的敘述正確。再由對「工程及工程業」的需求占 56.5%，可知「半數以上的職缺須具工程及工程業專長」的敘述正確。故此為正答。

(D) 從「教育背景需求」的「學門」分類來看，「商業及管理」、「法律、語文」所占比例分別為：13.0%、7.3%，提供給這些科系畢業者的職缺確實較少。但「工作經驗需求」的年資門檻為整體職缺的年資需求，並未依各學門加以分類，無法就「年資門檻」進行比較。

類題練習

_____ 1. 下列是仁欣醫院在進行手術治療前，提供給患者的麻醉風險等級表，依據表中的資訊，敘述**錯誤**的是：

麻醉風險等級表		
級別	病人狀態	死亡率
1	健康	0.06~0.08%
2	有輕微的全身性疾病，但無功能上的障礙	0.27~0.4%
3	有中度至重度的全身性疾病，且造成部分功能障礙	1.8~4.3%
4	有重度的全身性疾病，具有相當程度的功能障礙，且時常危及生命	7.8~23%
5	瀕危，無論是否接受手術治療，預期在 24 小時內死亡	9.4~51%

(A) 第 1、2 級死亡率約為 0.06% 至 0.4%，可見麻醉雖有風險但危險程度低

(B) 第 3、4 級風險程度增高，乃因病人患有全身性疾病，且伴隨功能障礙

(C) 第 5 級死亡率可高達 1/2，但在不開刀的情形下，可能一天內結束生命

(D) 麻醉風險與患者的健康狀況密切相關，死亡率由高至低依序為 1 至 5 級

（107 學測 -6）

_____ 2. 下表是「吾」、「爾」、「子」作人稱稱謂時，在《論語》和《孟子》中的使用情形統計（如：《論語》的「吾」有77.9%用於「上對下」的情境），根據下表，選出研判恰當的選項：

人稱稱謂 使用情境	吾		爾		子	
	《論語》	《孟子》	《論語》	《孟子》	《論語》	《孟子》
上對下	77.9%	45.1%	81.0%	6.3%	0.0%	47.9%
平輩之間	1.8%	6.6%	0.0%	0.0%	8.0%	45.1%
下對上	3.5%	7.4%	0.0%	0.0%	76.0%	7.0%
對象不明或其他情境	16.8%	40.9%	19.0%	93.7%	16.0%	0.0%

(A) 在《論語》和《孟子》中，「爾」的使用情境皆為上對下
(B) 根據「吾」的使用情境，下對上以「吾」來稱呼自己較有禮貌
(C) 《論語》裡通常會依彼此尊卑關係，使用「爾」或「子」稱呼對方
(D) 從《論語》到《孟子》，「吾」的使用情境變化較「爾」和「子」顯著

（106 指考 -9）

3-4 為題組。閱讀下列歷史人物遊戲說明書與五張牌卡，回答 3-4 題。

歷 史 人 物 遊 戲 說 明 書	
基本規則	①共有 99 張牌，牌號大者為大（99 > 98 > 97 > 96 >……> 2 > 1）。 ②每一局，各家分到 11 張牌，最先將手中的牌出盡者為冠軍。 ③局中各輪，下家皆須按上家的牌型出牌（每輪可出牌型如下）。手中無相同牌型可出者，該輪棄權；手中有相同牌型但不想出者，該輪也可棄權。 ④該輪勝出者（每輪決勝方式如下），取得下一輪的攻牌權。
每輪可出牌型	依照牌上詩句所吟詠的人物，可出以下牌型： 【出 1 張（X）】 【出 2 張（X ＋ Y）】：這 2 張牌所吟詠的人物，須是同一人。 【出 3 張（X ＋ Y ＋ Z）】：這 3 張牌所吟詠的人物，須是同一人。
每輪決勝方式	①各家按該輪牌型循序出牌，以出最大牌號的一家為勝出。 ②若甲家所出的牌型，其他家皆棄權，則該輪由甲家勝出。

42	43	66	98	99
天亡非戰罪， 末路困英雄。 氣盡虞同死， 司晨笑沛公。	世間快意寧有此， 亭長還鄉作天子。 沛宮不樂復何為， 諸母父兄知舊事。	今日歌大風， 明朝歌鴻鵠。 為語戚夫人， 高皇是假哭。	七十衰翁兩鬢霜， 西來一笑火咸陽。 平生奇計無他事， 只勸鴻門殺漢王。	不修仁德合文明， 天道如何擬力爭。 隔岸故鄉歸不得， 十年空負拔山名。

_____ 3. 假設某局你的手中尚餘如上「42」、「43」、「66」、「98」、「99」五張牌卡，下列組合，符合「可出牌型」的是：
(A)42 + 99
(B) 66 + 98
(C) 42 + 98 + 99
(D) 43 + 66 + 98

_____ 4. 假設在本輪時，你的手中尚餘如上五張牌卡，上一家以【出1張】的牌型打出「55」這張牌，接著由你出牌。若你想取得此局冠軍，下列預想的出牌策略，符合「正確、快速、穩妥」條件的是：

(A)①本輪：先出 66，再出 98，再出 99，取得攻牌權；②末輪：出 42+43

(B)①本輪：出 99，取得攻牌權；②末輪：先出 42，再出 43，再出 66，再出 98

(C)①本輪：出 98，取得攻牌權；②次輪：出 42+99，取得攻牌權；③末輪：出 43 + 66

(D)①本輪：出 99，取得攻牌權；②次輪：出 43+66+98，取得攻牌權；③末輪：出 42

（107 學測 -17-18 題組）

5-7 為題組。閱讀甲表、乙圖、丙文，回答 5-7 題。

甲　2017 第四屆移民工文學獎得獎名單	
首獎	塞車：在菲律賓生活的乘客們（菲律賓）
評審獎	一碗紅彈珠裡的思念（印尼）
優選	郵差和寄給媽的信（印尼）
	珠和龍舟（印尼）
	代步機（印尼）
青少年評審推薦獎	來自鐵柵欄後的思念信（印尼）
	紅色（印尼）
	窮人的呼聲（菲律賓）
高雄特別獎	雨的氣味（越南）

乙　投稿件數（菲律賓文 104、越南文 69、泰文 8、印尼文 131）

丙　珠說得對，不必對未來感到迷惘。我知道我在臺灣所賺的錢，不能保證我家人的未來會好好的，但就如珠所說的，若有上帝的照顧，我還擔心什麼呢？

雇主對我做的決定感到驚訝，但我向他們保證，一定會找到比我更好的代替者。他們最終同意我的決定，這個月便是我工作的最後一個月。

「這是我們最後一年看龍舟賽了。」我呼喚珠。「以後一定會很想念的。」

「我們可以以遊客身分再回臺灣看啊！」珠說。「不要啦！」我搖頭。

「珠，知道到達妳國家最便宜的交通工具是什麼嗎？」

「是什麼？」珠問。「龍舟呀！」

「哈哈……好吧，我們搭龍舟回去。」珠以大笑回答我的玩笑。

我想跟珠說一句在讀國小時就聽過的諺語，但我打消這念頭。我想，如果不是珠也知道那諺語的道理，她一定會繼續留在臺灣。事實上，她選擇回國，對未來仍然存在著許多問號，但「_____」，我相信，她一定也跟我有相同的體會。

（改寫自 Safitrie Sadik 著，鐘妙燕譯〈珠和龍舟〉）

5. 若依據甲表、乙圖進行下列推論，則對①、②、③最適當的判斷是：
①主辦單位按四種文字投稿件數占總件數的比例，確定最終得獎名額。
②就「篇名」來看，獲獎的作者大多透過具體物象展開敘寫。
③四種文字投稿件數多寡，反映菲、越、泰、印尼在臺移工人數的多寡。
(A) ①正確；②正確；③錯誤　　　　(B) ①錯誤；②正確；③無法判斷
(C) ①錯誤；②無法判斷；③正確　　(D) ①無法判斷；②正確；③錯誤

6. 若丙文中的「我」即作者本人，依據甲表和丙文，下列解說最適當的是：
(A) 作者相信天無絕人之路，於是中止在臺灣的工作返回印尼
(B) 珠想邀請作者到她家鄉遊玩，讓作者倍感異國友誼的可貴
(C) 珠提議「我們搭龍舟回去」，委婉表達無力買機票的心酸
(D) 為了不讓珠覺得為難，作者決定打消解說某句名諺的念頭

7. 若丙文「＿＿＿」內即「我」在「讀國小時就聽過的諺語」，依據文意，這句
諺語最可能是：
(A) 香蕉不會兩度結果
(B) 若怕潮水浸，莫在海邊住
(C) 同歡笑的朋友眾多，同哭泣的朋友難逢
(D) 他鄉下金雨，家鄉下石雨，仍是家鄉好

（107 指考 -10-12 題組）
答案與解析見附冊第 3-4 頁

(二) 圖文轉換

1. 依題幹要求從題文中找出相關敘述。
2. 提取關鍵字詞，找出解圖線索。
3. 由解圖線索判斷圖文是否如實對應。

範 例

1-2 為題組。閱讀下列短文，回答 1-2 題。

　　滄州南一寺臨河幹，山門圮於河，二石獸沉焉。閱十餘歲，僧募金重修，求二石獸於水中，竟不可得，以為順流下矣。棹數小舟，曳鐵鈀，尋十餘里無跡。一講學家設帳寺中，聞之，笑曰：「爾輩不能究物理。是非木杮，豈能為暴漲攜之去？乃石性堅重，沙性鬆浮，湮於沙上，漸沉漸深耳，沿河求之，不亦顛乎？」眾服為確論。一老河兵聞之，又笑曰：「凡河中失石，當求之於上流。蓋石性堅重，沙性鬆浮，水不能沖石，其反激之力，必於石下迎水處嚙沙為坎穴。漸激漸深，至石之半，石必倒擲坎穴中。如是再嚙，石又再轉。轉轉不已，遂反溯流逆上矣。求之下流，固顛；求之地中，不更顛乎？」如其言，果得數里外。（紀昀〈河中石獸〉）

_____ 1. 下列四圖，何者最接近「老河兵」對「河中石獸」移動原因的分析？

_____ 2. 上述故事的主要寓意為何？

    (A) 坐而言不如起而行

    (B) 學問之道無他，求其放心而已矣

    (C) 研究學問不可草率從事，須有充分的準備

    (D) 研判事理宜盱衡諸種因素，勿以一二常情臆斷

（99 指考 -16-17 題組）

解 析

1. **答案：(A)。**

依據文中老河兵的話，水沖不走石頭，但它的反作用力會在石頭下面迎水之處沖刷沙子形成坑洞。選項 (A) 石頭下方的迎水之處有一個坑洞，符合文中所述。

2. **答案：(D)。**

石獸既不在河中，眾人便以為順流而下了，找了十餘里卻都找不到。而講學家認為「石性堅重，沙性鬆浮」，石獸應是深埋在泥沙裡，結果也判斷錯誤。老河兵雖同樣從石與砂的性質思考，但由經驗得知，正因為「石性堅重，沙性鬆浮」，河水衝激的反作用力會把鬆軟的沙子沖走，在石前形成坑洞。河水持續沖刷，坑洞愈來愈深，石頭一定會掉落坑洞裡。河水一再衝擊，石頭一再掉落坑洞、往前轉移，最後反而逆流到上游去了，最後真的找到石獸。可見分析事理時，必須考慮各種因素，不能只憑一二常情臆測，就作出主觀的判斷，故 (D) 為正解。

類題練習

_____ 1. 上文認為「經典化的作者，是讀者反饋的產物」，圖像也是讀者反饋的一種形式。甲、乙二圖皆以陶潛的歸隱生活為背景，下列敘述，**最無法**從圖中獲悉的是：

(A) 甲圖藉「採菊東籬」、「見南山」表現陶潛的閒適
(B) 乙圖用飢餓難耐、流眼淚顛覆陶潛清貧自守的形象
(C) 甲圖描繪陶潛功成不居，乙圖則描繪陶潛樂極生悲
(D) 對陶潛形象的詮釋，甲圖重精神面，乙圖重物質面

（107 學測 -24- 題組之 4）

_____ 2. 右圖是一則戒菸廣告，「持槍」的剪影用來類比「持菸」的手勢，意謂兩者同具危險性。下列文句「；」的前後，具有類似表意方式的選項是：

(A) 居廟堂之高，則憂其民；處江湖之遠，則憂其君
(B) 物不產於秦，可寶者多；士不產於秦，而願忠者眾
(C) 欲流之遠者，必浚其泉源；思國之安者，必積其德義
(D) 貨惡其棄於地也，不必藏於己；力惡其不出於身也，不必為己
(E) 松柏後凋於歲寒，雞鳴不已於風雨；彼眾昏之日，固未嘗無獨醒之人也

（105 學測 -17）

答案與解析見附冊第 4-5 頁

二、情境應用

> 說明:「情境應用」的試題可大致分為「生活情境」與「學術探究」兩類。「生活情境」
> 的取材與用語讀來親切,可檢核日常的語文素養。「學術探究」則就課內選文與
> 相關背景延伸,以較為理性而陌生的敘述方式,考驗解讀的耐性。

(一)生活情境

答題
建議

1. 依據題目敘述確認對話或情境。
2. 結合文化知識,統整主題涵義。
3. 運用生活常識,判斷正確做法。

範例 1

_____ 鄭愁予在〈錯誤〉詩中有:「我達達的馬蹄是美麗的錯誤」之句,下列合乎「美麗的錯誤」之情境的選項是:

(A) 相親不下五十次的我,始終找不到有緣人,簡直想放棄了。還好我繼續相了第五十一次親,因此認識了你,也因此有美好的人生

(B) 這是最後一次了,我約你在校門口第二棵樹下見面,你依然沒出現。如果你認為我們的相識是一場錯誤,那就讓一切隨風而逝吧

(C) 因為粗心而下錯站的我,只好在等車的空檔裡百無聊賴的閒晃。穿過鐵軌,走進一家小店,竟遇見好久不見的你!頓時,所有的懊惱都被驚喜所取代

(D) 往昔,水鳥神祕的遷徙行為以及按時南北漂泊的生活一直使我著迷。完成觀察後,看到原本要設立保育區的沼澤地繼續遭受破壞,我好像是做錯了事一樣,再也不願去涉足

(E) 因為迷戀著川端康成筆下〈伊豆舞孃〉的美麗,所以我來到了天城隧道。在寂靜的隧道中行走,我彷彿遇見了那個旅行的青年,以及熱鬧的走唱藝人,不自覺的感動起來。可是走出隧道後才發現,這原來不是天城隧道,不禁啞然失笑。但是何妨?隧道是「假」的,但我的感動都是真的啊

(102 指考 -22)

解析

答案:**(C)(E)**。

題幹引自鄭愁予的〈錯誤〉一詩,詩中的思婦聽見窗外的馬蹄聲,以為是「歸人」的「跫音」,這是「美麗」;揭開春帷卻發現是陌生的「過客」,才知道原來是「錯誤」。然而思婦在漫長的等待中因「錯誤」而感受到短暫的歡欣(「美麗」),故為「美麗的錯誤」。

(A) 說明堅持到底,終能得到姻緣,有「美麗」的結果。「我」的態度是正面積極的,方向也是正確的,其中並無任何相反或對比的「錯誤」成分。

(B) 說明「我」的單戀，終究未能擄獲芳心。回顧前此種種，不得不承認或許相識一場是「錯誤」，而結果也並不「美麗」。

(C)「下錯站」是因粗心而造成「錯誤」，卻因遇到一位好久不見的朋友，頓時由百無聊賴轉為驚喜的「美麗」心情。符合題目要求。

(D) 作者原本著迷於觀察水鳥，這種心情是「美麗」的；但看到沼澤地遭受破壞之後，作者覺得自己的觀察好像成了幫兇，便再也不願涉足，近於「錯誤」的「美麗」，而非「美麗的錯誤」。

(E)「走出隧道」才發現自己走的不是原本慕名而來的那條隧道，這是「錯誤」；但行走中得到許多真實存在的感動，原本的「錯誤」也就微不足道，心中的喜悅之情則是「美麗」的。符合題目要求。

類題練習

_____ 1. 依以下蘇先生的看法，滁州瑯琊山可能是「瑯琊閣」的發想來源，其所持的理由是：

蘇先生

> 滁州瑯琊山之得名，或謂司馬伷曾暫駐於此，或謂司馬睿曾避亂於此。司馬伷是司馬懿之子，封瑯琊王，率兵平吳時接受吳主孫皓的投降。司馬睿是司馬伷之孫，十五歲襲瑯琊王爵位，西元 318 年在江東重建晉朝。二人皆與六朝都城金陵關係密切。電視劇《瑯琊榜》中，則有個與此山同名的組織「瑯琊閣」，攪動了大梁帝都金陵的風雲。因此，若要說劇中「瑯琊閣」的發想可能來自瑯琊山，是有跡可尋的。

(A) 曾有兩位瑯琊王對金陵政局產生影響
(B) 滁州瑯琊山上有晉代所興建之瑯琊閣
(C) 瑯琊山是西晉伐吳與東晉重建的據點
(D)「瑯琊閣」藉瑯琊王之名在金陵為亂

（106 學測 -7）

_____ 2. 閱讀下文，推斷「貞觀」覺得「好笑」的原因，最有可能的選項是：

水銀燈下，貞觀望著他專注修傘的臉，忽想起幾日前，他寄給她的那本《長生殿》；書的後兩頁，有他所寫《禮記·昏義》篇的幾個字——敬慎重正而后親之——好笑的是他還在旁邊加了註解：經過敬謹、隆重而又光明正大的婚禮之後，才去親愛她，是禮的真義。（蕭麗紅《千江有水千江月》）

(A)「他」期待快點長大，好結婚生子
(B)「他」重禮儀，希望婚禮場面盛大
(C)「他」想含蓄表白，又怕對方不懂
(D)「他」對古文一知半解，詮釋謬誤

（104 指考 -6）

_____ 3. 閱讀下文，選出最符合文意的選項：

> 害人之心不可有，防人之心不可無，此戒疏於慮也。寧受人之欺，毋逆人之詐，此警傷於察也。二語並存，精明而渾厚矣。(《菜根譚》)

(A) 寧可防察無疏，絕不受人欺詐
(B) 既要慎防危害，也要心胸寬大
(C) 對他人宜小心，對自己須誠實
(D) 千慮難免一疏，人心詐偽難防

(104 指考 -11)

_____ 4. 有些事情，只有親身經歷、體會，印象才會深刻，認知才會改變，這就是「經驗」的價值。下列詩句，表達上述意涵的選項是：

(A) 醉過才知酒濃／愛過才知情重
(B) 每一棵樹／都是一行會生長的絕句
(C) 陽光數著桌上的粉筆灰／時間在抽屜裡昏昏欲睡
(D) 騎單車的小孩／一點也未覺生的可喜／除非重重的／病後
(E) 小徑的青苔像銹／生在古老的劍鞘上／卻被我往復的足跡拂去

(103 指考 -22)
答案與解析見附冊第 5 頁

範例 2

_____ 閱讀下文，選出填入後敘述正確的選項：

> 學測以日常用語為考試素材，除了想讓考生懂得在社交場合善用既有的文雅詞彙，例如 __(A)__ ；也希望考生能自行應用學理來分析新的語言現象，例如之前考外來語「純音譯」和「音義兼譯」， __(B)__ ，乃是外來語進入中文的常見形態。有些新詞頗富修辭趣味，例如「秒殺」形容掃奪之快，「神回應」形容答覆之妙， __(C)__ 。又「天兵」代指少根筋、常壞事之人，「天菜」代指無法抗拒的傾慕對象，但 __(D)__ 。字義轉變最受矚目者莫如「囧」字。此字在古代是「明亮」之意，但因狀似張著口、皺著八字眉的臉，遂出現「爸媽囧很大」、「人在囧途」這類新用法，義或略通於「窘」， __(E)__ 。

(A) 尊稱他人的母親為「令堂」，謙稱自己的提問為「垂詢」
(B) 時下捕捉精靈寶貝追求升級的手機遊戲「寶可夢」(Pokémon)即屬前者，以「粉絲」(fans)指稱對某人事物的熱愛者則屬後者
(C)「秒」和「神」均帶有誇飾的效果
(D) 前者的「天」是「天生的」，後者的「天」是「天真的」，意思大不相同
(E) 這使原來只是基於字體形貌所產生的借用，恰好可用同音諧義來聯想

(106 學測 -22)

解 析

答案：(C)(E)。

(A)「垂」是晚輩受長輩關愛的敬語，敬稱長輩或上級向自己詢問才是「垂詢」或「垂問」，謙稱自己的提問應為「請問」或「敢問」。

(B)「寶可夢」（Pokémon）除了音近，也可聯想「捉寶可尋夢」之意，應為音義兼譯。而「粉絲」與外來語 fans 意義不同，為純音譯。

(D) 選項敘述相反，「天兵」的「天」是「天真的」，「天菜」的「天」是「天生的」。

類題練習

_____ 1. 新聞標題與新聞內容理應一致，然而有時並非如此。下列各「標題」與「內容」**不一致**的選項是：

(A) 標題：烏有大學，重金吸菁英／內容：學測成績出爐，烏有大學設立績優獎學金，提供給學測成績優秀來申請入學的學生

(B) 標題：租屋無認證，烏有大學將抵制房東／內容：烏有大學為保障學生校外租屋的安全，將抵制不參加安全防火認證的房東

(C) 標題：世界語言，烏有大學校長看好華語／內容：烏有大學校長昨天表示，未來五到十年，世界上主要流通的語言可能是華語

(D) 標題：烏有大學首位文學院院長，是老外／內容：日本籍的大村直人教授，這學年成為烏有大學文學院成立五十年來首位外國籍院長

（102 指考 -2）

_____ 2. 下列是一則摘自報紙上的謝啟，根據謝啟的內容，□□依序應是：

> ## 遺澤綿延　無盡感恩
>
> 　　□□張公　諱光明府君
> 慟於民國一○○年六月五日壽終正寢
> 已擇日完成奉安
> 並於八月十九日假懷恩堂舉行追思紀念會
> 辱蒙　縣長與各級長官前輩至親好友親臨懷思
> 隆情厚誼　歿榮存感　節孝在身未克踵府叩謝
> 高誼雲情　謹申謝悃　伏祈
> □□
>
> 　　　　　　　　　　　大華
> 　　　　　　　　棘人　　叩謝
> 　　　　　　　　　　　大年
> 中華民國一○○年八月二十日

(A) 先妣／矜鑒　　　　　　　(B) 先嚴／鈞鑒

(C) 先慈／鈞鑒　　　　　　　(D) 先君／矜鑒

（102 指考 -10）

_____ 3. 下列有關電話的應對或信件的書寫方式，敘述正確的選項是：

(A) 打錯電話時，應向對方致歉，並詢問清楚對方姓名，以免日後再度犯錯

(B) 寫信給師長時，在信首宜尊稱對方老師；但在信末署名部分，則可直接寫上自己的小名、暱稱，以拉近和老師的距離

(C) 寫信時，信封應針對長幼、性別、身分而有不同的稱呼，現今寫信常不分對象，一律冠以「○○○君收」的寫法是不正確的

(D) 近日詐騙橫行，寫信時為防洩漏身份資料，信封應該不寫寄信地址，也不必署名，而以「知名不具」或「內詳」替代，雙方彼此明白即可

（98 指考 -14）

_____ 4. 閱讀下列章君雅、柯學面的對話，選出填入 _____ 內正確的選項：

> 章君雅說：我弄璋囉，恭喜我吧！
>
> 柯學面說：弄璋？那麼古典！就說 (A) 不就好了！
>
> 章君雅說：喂！你是國文老師耶！好像還有更古典的，叫夢什麼？
>
> 柯學面說：叫 (B)。現在很少用這個詞了。
>
> 章君雅說：我的朋友後天開演奏會，我叫花店在花籃上寫「彤管流芳」可好？
>
> 柯學面說：(C)！
>
> 章君雅說：那 (D) 呢？
>
> 柯學面說：嗯，不錯啦，但何必賣弄呢？用「演出成功」就好啦！
>
> 章君雅說：唉！以前學一堆題辭，拿來用一下嘛！
>
> 柯學面說：那就用明白大方的吧！像結婚紅包寫「珠聯璧合」是很有水準啦，但寫 (E) 也不錯啊！

(A) 生兒子

(B) 夢熊

(C) 很好啊

(D) 「餘音繞梁」

(E) 「百年好合」

（98 學測 -17）

答案與解析見附冊第 5-6 頁

(二) 學術探究

答題建議

1. 仔細閱讀文章，逐段找出論述重點。
2. 依據各段重點，掌握全篇論述要旨。
3. 理解選項敘述，檢索可用訊息，用以判斷答案。

範　例

1-3 為題組。閱讀下文，回答 1-3 題。

　　陶醉於田園的陶潛，是否曾為他決定隱居後悔過？是否有時候也想過另外一種生活？清代以降的批評家已開始質疑陶潛作為一個隱士的「單純性」——詩人龔自珍就把陶潛當成有經世抱負的豪傑之士，可與三國時代的諸葛亮相比擬：「陶潛酷似臥龍豪，萬古潯陽松菊高。莫信詩人竟平淡，二分梁甫一分騷。」很顯然，龔自珍並沒有把陶潛當作一個平淡的人。對龔氏及其同時代的人而言，陶潛代表了一個典型的知識分子，有出仕的凌雲之志卻扼腕而棄之——因為生不逢時。

　　其實早在唐代，詩人杜甫便已經對陶潛作為一個恬然自樂的隱士形象提出質疑。杜甫在其〈遣興〉一詩中說：「陶潛避俗翁，未必能達道。觀其著詩集，頗亦恨枯槁。」學者李華認為杜甫所要傳遞的訊息是：「陶淵明雖然避俗，卻也未能免俗。何以知之？因為從陶潛詩集來看，其中很有恨自己一生枯槁之意。」李華將杜甫詩中的「枯槁」解作「窮困潦倒」是很有理由的，因為陶潛〈飲酒〉第十一首用了同一個詞來形容孔子得意門生顏回的窘迫：「顏生稱為仁，榮公言有道。屢空不獲年，長飢至於老。雖留後世名，一生亦枯槁……」。我們自然可以聯想到當杜甫試圖揭開清貧隱士陶潛的面具時，實際上也是自我示現。浦起龍在評解杜甫〈遣興〉時，便指出：「嘲淵明，自嘲也。假一淵明為本身象贊」。由此，也就解釋了為什麼杜甫詩作中一再提到陶潛。而實際上，杜甫正是第一個將陶潛提升到文學經典地位的人。

　　然而在過去的數世紀內，批評家一直誤讀杜甫，或者可以說是對杜甫解讀陶潛的誤讀。由於批評家常將「枯槁」解作「風格上的平淡」，自然而然會認定杜甫以其〈遣興〉一詩來批評陶潛的詩風。這種誤解導致明代學者胡應麟在其《詩藪》中以為「子美之不甚喜陶詩，而恨其枯槁也」。後來朱光潛也沿襲了胡應麟的說法。這一有趣的誤讀實例證實了：經典化的作者總是處於不斷變化的流程中，是讀者反饋的產物。（改寫自孫康宜〈揭開陶潛的面具〉）

_____ 1. 下列敘述，符合文中龔自珍對陶潛看法的是：
(A) 陶潛一生固窮守節，為傳統知識分子的典型
(B) 陶潛與屈原、諸葛亮相同，均懷有濟世之志
(C) 陶潛才德堪比諸葛亮，竟自甘於平淡，令人惋惜
(D) 陶詩風格平淡，實受〈梁甫吟〉、〈離騷〉影響

_____ 2. 作者認為歷來批評家對杜甫〈遣興〉一詩，所產生的誤讀是：
 (A) 以為杜甫嘲諷陶潛猶未能達道
 (B) 以為杜甫批評陶潛的詩風枯槁
 (C) 認為杜甫質疑陶潛的隱士形象
 (D) 認為杜甫藉陶潛自嘲窮困潦倒

_____ 3. 依據上文，作者所**不認同**的前人論述是：
 (A) 杜甫對陶潛詩的詮釋
 (B) 龔自珍對陶潛的評論
 (C) 浦起龍對杜詩的詮釋
 (D) 胡應麟對杜甫的評論

（107 學測 -21-23 題組）

解析

1. **答案：(B)。**
 由第一段「龔自珍把陶潛當成有經世抱負的豪傑之士，可與三國時代的諸葛亮相比擬」，並引「莫信詩人竟平淡，二分梁甫一分騷」證明「龔自珍並沒有把陶潛當作一個平淡的人」，且總結出「陶潛代表了一個典型的知識分子，有出仕的凌雲之志卻扼腕而棄之——因為生不逢時」，可知龔自珍認為陶潛懷抱濟世之志，有心出仕，只因時不我予而放棄，(B) 為正解。(A) 之「固窮守節」、(C) 之「自甘平淡」、(D) 之「風格平淡」皆為理解陶淵明的傳統看法。

2. **答案：(B)。**
 由第二段「其實早在唐代，詩人杜甫便已經對陶潛作為一個恬然自樂的隱士形象提出質疑」可知，杜甫對陶潛一直以來的隱士形象也提出質疑，並引〈遣興〉一詩為證。學者李華的理解是：「恨自己一生枯槁」，將「枯槁」解作「窮困潦倒」，本文作者認為這樣的解讀正確，並引陶潛〈飲酒〉第十一首用了同樣的「一生亦枯槁」形容顏回的窘迫，以及浦起龍評解杜甫〈遣興〉所指：「嘲淵明，自嘲也」，證明杜甫寫隱士陶潛的清貧，其實也是在說自己。總之，杜甫〈遣興〉詩的「枯槁」，應理解為生活上的窮困潦倒。然而末段作者提及「批評家常將『枯槁』解作『風格上的平淡』」，於是認定杜甫〈遣興〉一詩中的「枯槁」指的是陶潛的詩風，並舉胡應麟《詩藪》與朱光潛的沿襲，證實確有批評家如此解讀杜詩。因此，歷來批評家對杜甫〈遣興〉詩的「誤讀」在於將「生活上的窮困潦倒」誤解為「風格上的平淡」，答案為 (B)。(A)(C) 杜甫〈遣興〉詩中確實以「未必能達道」、「頗亦恨枯槁」質疑陶潛「恬然自樂的隱士形象」，但無嘲諷之意。(D) 作者認為杜甫實藉陶詩的自述清貧，自嘲潦倒，故此非誤讀。

3. **答案：(D)。**
 由第一段可知，作者認同龔自珍「把陶潛當成有經世抱負的豪傑之士」的看法。第二段作者首先認同杜甫對陶潛「恬然自樂的隱士形象」的質疑，並引學者李華的理解，再引浦起龍的評解為證，可見作者認同杜甫對陶潛詩的詮釋、浦起龍對杜詩的詮釋。至末段，作者提出批評家對杜詩或杜甫理解陶詩的「誤讀」時，引胡應麟《詩藪》說杜甫「不甚喜陶詩，而恨其枯槁」、朱光潛亦沿襲此一說法，並說此為「有趣的誤讀」，可知作者並不認同胡應麟對杜甫的評論，答案為 (D)。

類題練習

_____ 1. 閱讀下文，選出敘述正確的選項：

《宣和遺事》一書把許多零散的水滸故事編綴起來，成為《水滸傳》的雛形。所謂水滸故事，大致有兩個主要的內容，一是行俠仗義，濟困扶危的故事；二是上山落草，反抗政府的故事。這些故事並非產生於同一時間，而是宋代、元代、明代都有。說書人把這些故事都編織到北宋（徽宗）宣和年間去，所以北宋的史書上就查不到有關史料。（改寫自史式《我是宋朝人》）

(A) 水滸故事可彌補北宋史書中缺少的史料
(B) 《宣和遺事》是以《水滸傳》為底本綴輯成書
(C) 《水滸傳》的素材是由不同時代的說書人匯集而成
(D) 《宣和遺事》記錄北宋至明代許多俠義人物反抗政府的史事

（99 學測 -9）

_____ 2. 依據下文，關於「被動句」的敘述，適當的是：

現代漢語的被動句，常以「被」加在動詞前，如「被騙」；或是用「被」把施動者（動作的發出者）引出加於動詞前，如「被人騙」。文言的被動句，可將「見」加在動詞前，如〈漁父〉：「是以見放」；也可用「於」引出施動者，如〈赤壁賦〉：「此非孟德之困於周郎者乎」；也可「見」和「於」兼用，如「蔡澤見逐於趙」，意謂蔡澤被趙國趕走。可見，「見」在動詞前只能表被動，若要引出施動者，動詞之後還需有「於」。此外，也可用「為」引出施動者後，再加上動詞，如「為天下笑」；或是將施動者省略，如「使身死而為刑戮」；也可「為」和「所」合成表被動，如〈晚遊六橋待月記〉：「余時為桃花所戀，竟不忍去湖上」。這種「為……所」式，也可將「為」後的施動者省略，如〈鴻門宴〉：「若屬皆且為所虜」。

(A) 用「被」表被動，施動者的位置無論在動詞前或後皆可
(B) 「見」和「為」表被動，都可直接將施動者加在動詞前
(C) 文言被動如施動者出現在動詞後，可以用「於」字引出
(D) 「為」後的施動者若省略，只能出現在「為……所」式
(E) 「為」和「被」出現在被動句，施動者可出現也可省略

（107 指考 -40）

_____ 3. 依據下文，敘述正確的選項是：

《紅樓夢》作者透過神話與寓言的層層架構，創造了一個開天闢地的頑癡情種賈寶玉，以這個踽踽於洪荒的第一畸零人，來傳達他對生命的孤奇領悟。

　　凡讀《紅樓夢》而真能為解人者，必能體味作者徘徊掙扎於傳統文化激流中之無奈與痛楚。作者創造了一個獨步古今的賈寶玉，其靈奇乖僻，完全處於傳統法度之外；其耽情溺色，更使天下視之若魔。這個賈寶玉是被幽禁於傳統文化心靈深處的禁忌與壓抑之大解放，故人亦以「混世魔王」稱之。

　　《紅樓夢》以情為心的全盤架構，正契應湯顯祖「因情成夢，因夢成戲」、「世有有情之天下，有有法之天下」之說。在有法之天下中，有情之天下只能成其為夢，以寄諸於筆墨之間。賈寶玉癡魔怪僻的造型，固然是一種「情」的誇張強調、壓抑與反抗的姿態，然則另一面向，卻也依舊是一個掩飾的面具，一種畸零的姿態。故以之為魔為怪，為病為痂，正顯示正統禮法之約束力量依然存在。（改寫自張淑香〈頑石與美玉〉）

(A)「混世魔王」象徵賈寶玉雖不容於世，卻不願受拘束的反抗力量

(B)《紅樓夢》以情為心，藉由「夢」暗示情不被法所容的現實困境

(C)《紅樓夢》作者創造賈寶玉的畸零姿態，隱含對人生的一種幽獨懷抱

(D) 魔怪病痂點出賈寶玉與眾不同的特質，用以暗喻耽情溺色實為一種病

(E) 以神話為故事架構，是為了規避《紅樓夢》作者不接受傳統禮法的事實

（106 指考 -21）

_____ 4. 閱讀下文，選出敘述正確的選項：

　　生命無常、人生易老本是古往今來一個普遍命題，魏晉詩篇中這一永恆命題的詠嘆之所以具有如此感人的審美魅力而千古傳誦，也是與這種思緒感情中所包含的具體時代內容不可分的。從黃巾起義前後起，整個社會日漸動盪，接著便是戰禍不已，疾疫流行，死亡枕藉，連大批的上層貴族也在所不免。「徐（幹）、陳（琳）、應（瑒）、劉（楨），一時俱逝」（曹丕〈與吳質書〉），榮華富貴，頃刻喪落，……。既然如此，而上述既定的傳統、事物、功業、學問、信仰又並不怎麼可信可靠，大都是從外面強加給人們的，那麼個人存在的意義和價值就突出出來了，如何有意義地自覺地充分把握住這短促而多苦難的人生，使之更為豐富滿足，便突出出來了。它實質上標誌著一種人的覺醒，即在懷疑和否定舊有傳統標準和信仰價值的條件下，人對自己生命、意義、命運的重新發現、思索、把握和追求。（李澤厚《美的歷程》）

(A) 生命無常、人生易老的命題，於魏晉詩篇中首開其端

(B) 魏晉詩人處於戰禍不已、疫疾流行的年代，更能感受生命的短暫與脆弱

(C) 魏晉詩篇的美感魅力，來自即使自知生命微渺，仍積極尋求生命豐富滿足之道

(D) 由於無法再以外在的功名事業肯定自己，使魏晉詩人進一步探索個人存在的意義

(E) 既定的傳統和信仰全被否定，新的存在價值又尚未建立，遂使魏晉詩人流於荒誕頹廢

（99 學測 -16）

5-6 為題組。閱讀下文，回答 5-6 題。

　　因為有輪迴的觀念，《封神演義》看待爭鬥的時間超越一個人在世間的壽命。從地面上王國的時間──商朝將亡，周朝將興；到諸神的時間──不知那是在宇宙的何時，諸神共議了「封神榜」，榜上注定了有多少靈魂要歷劫重生，得到封號與任務，成為守定一方的星宿或神祇；再由諸神的時間回到人類的時間，無道紂王引發的殺戮和討伐，正在展開。雖然，最後的結果早已在冥冥中被決定，整場戰爭是應著封神協議的大方向而生的微細現象。在商周兩方的旗號之間，有些人是無知被捲入，有些是明明知道、要避卻還是避不開。腥風血雨之後，周朝的開國基業底定。人世或許還是有成王敗寇的邏輯，神界卻不是。封神臺上，戰爭中死去的魂靈們再度聚集，不論生前是助周的、還是助商的，榜上有名者都被封神。封神的觀點□□□□。戰爭不是殲滅對手，而是吸納與融合的過程。（改寫自張惠菁〈封神〉）

＿＿＿＿＿＿　5. 關於上文對《封神演義》的詮釋，最適當的敘述是：
　　　　(A) 天命有歸，豈是人力
　　　　(B) 可憐夜半虛前席，不問蒼生問鬼神
　　　　(C) 名不正，則言不順；言不順，則事不成
　　　　(D) 從前譬如昨日死；以後種種，譬如今日生

＿＿＿＿＿＿　6. 上文□□□□內最適合填入的是：
　　　　(A) 超越勝負　　　　　　　　(B) 坐觀成敗
　　　　(C) 旋生幻滅　　　　　　　　(D) 曠然太平

（108 指考 -23-24 題組）

7-10 為題組。閱讀下文，回答 7-10 題。

　　從王羲之的書寫身分來看，他同時具有參與修禊賦詩與事後錄詩作序的雙重體驗。〈蘭亭序〉前半，先以作詩者角度，憶述行禊本事並推闡人生情境，意旨與《蘭亭詩》若合符節。文中次第標出時間、地點、人物，鋪敘時空交織下的物色光景，「流觴曲水」、「仰觀俯察」是對應此景的人為活動，至於「暢敘幽情」、「遊目騁懷」之樂，則是「感物」後的「興情」。《蘭亭詩》由遊春出發，帶出玄心遠想，乃至齊彭殤、達至樂。〈蘭亭序〉同樣在暢情騁懷之後，以「因寄所託，放浪形骸之外」，揭示與會群賢逍遙山林、棄絕塵俗的集體意向，並用「欣於所遇，暫得於己」描述他們的自覺自足。最後更將此一天人合契的同情共感，由原本只是「是日」禊事之可樂，擴展成「不知老之將至」這足以「俯仰一世」的生命觀照。

　　序文後半，則換由事過境遷、讀者閱覽的角度發言，意旨與《蘭亭詩》對反。「及其所之既倦，情隨事遷」，感慨樂事難繼，僅能由徒留的字跡詩痕，緬懷當日齊契玄同的欣喜。然而，當「欣所遇」、「得於己」的快然自足不復存在，「不知老之將至」也就頓失依恃。在歡樂難駐的同時，羲之進一步體認到留歡之人本身亦是「終期於盡」的。因此，除了哀樂興感，不得不喟嘆「死生亦大」這生命現實的終極沉痛。

義之更將此種閱覽的感懷置放在_____中考察。由「若合一契」推證出「固知一死生為虛誕，齊彭殤為妄作」，再藉「後之視今猶今之視昔」前後閱覽經驗的同質性，推得「固知」的感慨是貫通古今的。而由「興感之由」、「所以興懷」又可知：臨文閱覽貴在能超越「世殊事異」的表象，探及古今「其致一也」的創作動機與議題。「時人所述」的《蘭亭詩》既書寫齊彭殤、混萬殊的至樂，是以「興感之由」就是緣於死滅焦慮所激發的長（永）生渴慕。

由作者到讀者，義之真切地體受生命中紛至沓來的悲喜。因此，〈蘭亭序〉否定了蘭亭詩人遊心玄同的方案，揭露人計較彭殤、在乎生死的常情本性。就在「達」與「不達」之間，我們看到了既不因一時陶然而從此忘我出世，亦不因現實悲涼而一味悵惘逃避，願意直接嚐受一切並加以回應的王義之。（改寫自鄭毓瑜〈由修禊事論蘭亭詩、蘭亭序「達」與「未達」的意義〉）

_____ 7. 依據上文，〈蘭亭序〉由「不知老之將至」的大樂，翻轉而為「死生亦大矣」的至痛，關鍵在於：
(A) 齊契玄同的欣喜，唯在逍遙山林、棄絕塵俗的豁達中方能獲致
(B) 言不盡意，蘭亭勝景與天人合契的同情共感，難以用文字重現
(C) 重覽當日詩作，賞心樂事已難蹤跡，故知種種美好終究難永存
(D) 欲以放浪形骸之外的任性灑脫，逃避死滅的束縛，而終不可得

_____ 8. 依據上文，關於《蘭亭詩》和〈蘭亭序〉的比較，最適當的敘述是：

	《蘭亭詩》	〈蘭亭序〉
(A)	表達對於長生久視的渴望	抒發不別死生的玄心遠想
(B)	抒發不別死生的玄心遠想	照見古今創作緣由的契合
(C)	照見古今創作緣由的契合	追述修禊當日的可賞可樂
(D)	追述修禊當日的可賞可樂	表達對於長生久視的渴望

_____ 9. 上文_____內最適合填入的是：
(A) 空間之變
(B) 時間之流
(C) 仕隱選擇
(D) 因緣生滅

_____ 10. 上文認為〈蘭亭序〉否定詩人的方案，所揭示生命態度是：
(A) 正視悅生惡死的人性，直面悲欣交集的人生
(B) 死亡既難以迴避，何妨快意暢情，不虛此生
(C) 珍惜有限人生，以積極入世消解死亡的悲感
(D) 棲隱山林，放志逍遙，在大自然中找尋自我

（107 指考 -16-19）

11-12 為題組。閱讀下文，回答 11-12 題。

　　能言者未必能行，能行者未必能言。觀李、杜二公，崎嶇板蕩之際，語語王霸，褒貶得失。忠孝之心，驚動千古。騷雅之妙，雙振當時。兼眾善於無今，集大成於往作。歷世之下，想見風塵。惜乎長轡未騁，奇才並屈，竹帛少色，徒列空言，嗚呼哀哉！昔謂杜之□□，李之□□，神聖之際，二公造焉。觀於海者難為水，遊李、杜之門者難為詩。斯言信哉。（辛文房《唐才子傳》）

_____ 11. 文中□□，依次填入的字詞，最恰當的選項是：

(A) 典重／飄逸

(B) 婉約／豪放

(C) 輕豔／奇詭

(D) 儒緩／清新

_____ 12. 下列關於文意的解釋，正確的選項是：

(A) 作者認為李、杜既是「能言」者，又擁有「能行」的機遇

(B)「騷雅之妙」意指李、杜的作品，全屬〈離騷〉典雅風格

(C)「竹帛少色」意指李、杜名垂青史，其他詩人則相形失色

(D)「觀於海者難為水」意指李、杜詩作傑出，他人難以超越

（102 指考 -15-16 題組）

答案與解析見附冊第 6-9 頁

筆記欄

三、跨域跨科

> 說明：歷屆跨域跨科試題有「科普」、「經濟」與「藝術」等。可藉由不同性質的素材，熟悉相異的敘述方式與行文風格。

答題建議
1. 概覽題目，了解題幹要求。
2. 細讀文本，掌握各段要旨。
3. 依選項敘述，找出對應的線索。
4. 若題目由兩則以上材料組成，先找出其中相關點，再比對答案。

範例 1 ─科普

1-4 為題組。閱讀下列甲、乙二文，回答 1-4 題。

利未亞州：非洲。
厄日多：埃及。
喇加多：鱷魚。

甲、　　利未亞州東北厄日多國產魚，名喇加多，約三丈餘。長尾，堅鱗甲，刀箭不能入。足有利爪，鋸牙滿口，性甚獰惡。色黃，口無舌，唯用上齶食物。入水食魚，登陸每吐涎于地，人畜踐之即仆，因就食之。見人遠則哭，近則噬。冬月則不食物，睡時嘗張口吐氣。（南懷仁《坤輿圖說》）

乙、　　莎士比亞的戲劇說：「那公爵如淌著眼淚的鱷魚，把善心的路人騙到嘴裡。」鱷魚眼睛所分泌的液體，有科學家曾經認為應是用來排出身體多餘的鹽分。許多生活在海裡的爬行動物，因為腎功能不如海生哺乳動物，故以鹽腺來恆定喝入海水後的體內離子。例如海龜的鹽腺位於淚腺中，海龜看似流眼淚，其實是讓鹽分藉此排出。海鬣蜥的鹽腺位在鼻腺中，牠們會從鼻孔排出結晶狀的鹽分。海蛇的鹽腺則在後舌下腺中。總之，鹽腺的位置是個別演化的，但功能相似。

　　目前已無生活於海中的鱷魚，但有些鱷魚仍棲息於河口或淺海。科學家後來發現，牠們的舌頭表面會流出清澈的液體，進而懷疑這才是鹽腺的分泌物。經過蒐集分析，果然其含鹽量比眼睛分泌物來得高。例如亞洲的鹹水鱷與美洲的美洲鱷，鹽腺都位在舌下腺中，牠們舌頭表面的孔洞會分泌出高鹽分的液體。至於同一屬的淡水表親，如澳洲淡水鱷，也有結構相同的舌下鹽腺，但效能就略遜一籌；同一科的西非狹吻鱷和西非矮鱷，情況也大致類似。但生活於淡水地區的短吻鱷科鱷魚，例如美洲短吻鱷和眼鏡凱門鱷，舌頭的孔洞都極小，前者的排鹽效率奇差，後者則完全不會排出鹽分。

　　鱷魚通常在陸地待了一段時間後，位於瞬膜的哈氏腺便會分泌鹹液潤滑眼睛。瞬膜是一層透明的眼瞼，除了滋潤眼睛外，當鱷魚潛入水中，閉上瞬膜，既能保護眼睛，又能看清水下情況。另有實驗發現，有些鱷魚會邊進食邊流淚，甚至眼睛冒出泡沫，推測可能是咬合時壓迫鼻竇的生理反應。（改寫自國家地理雜誌中文網）

_____ 1. 下列關於甲文敘寫「喇加多」的分析，**錯誤**的是：
(A) 先談外形，再寫習性；習性再分「獵食」、「避敵」兩線敘寫
(B) 以「利爪」、「鋸牙」襯托「獰惡」，以「刀箭不能入」強化「堅鱗甲」特徵
(C) 以「入水」、「登陸」的活動範圍，描述其生活特性，也寫獵食對象甚廣
(D) 藉「吐涎于地」和「遠則哭，近則噬」二事揭露其獵食技倆

_____ 2. 甲文「人畜踐之即仆」的鱷魚涎液，若依乙文的看法，最可能的分泌來源是：
(A) 哈氏腺　　　　　　　　　(B) 舌下腺
(C) 淚腺　　　　　　　　　　(D) 鼻腺

_____ 3. 甲文謂鱷魚「見人遠則哭」，若依乙文的看法，其主要原因應是：
(A) 引誘獵物　　　　　　　　(B) 排除鹽分
(C) 哀傷憐憫　　　　　　　　(D) 潤滑眼睛

_____ 4. 乙文第二段列舉數種鱷魚，最主要是為了說明：
(A) 不同棲息地的鱷魚，鹽腺的效能也隨之有別
(B) 不同種類的鱷魚，鹽腺所在的位置也不相同
(C) 鱷魚鹽腺的位置，會隨棲地鹽分多寡而改變
(D) 鱷魚鹽腺的退化，係經過長時間的演化歷程

（107 學測 -27-30 題組）

解 析

本題由分別為文言、白話的兩則材料構成。甲文介紹鱷魚的產地、外型特徵、獵食方式與生活習性。乙文則從莎士比亞的一句臺詞切入，對照甲文所言「見人遠則哭」，某些科學家認為這應是用來排出身體多餘的鹽分。乙文第二段可就甲文「登陸每吐涎于地」一事補充說明，認為舌頭排出的液體才是「鹽腺」的分泌物。至於「鱷魚的眼淚」則是哈氏腺分泌的鹹液，用以潤滑鱷魚的眼睛。此外，鱷魚咬合時壓迫鼻竇也會流淚，甚至眼睛冒泡。總之，鱷魚流淚並非由於情感激動，只是生物的自然反應。

1. **答案：(A)**。
(A) 甲文確實由鱷魚外形寫起：身長、長尾、堅鱗甲、滿口鋸牙等，再寫習性：性獰惡、口無舌而以上齶食物，並就獵食方式分為入水（食魚）與登陸（吐涎使人畜踐之而仆，因就食之）兩種，且獵捕時會有「見人遠則哭」的行為以吸引注意，待獵食對象靠近則噬之。最後再言及冬月不食、睡時張口。但全篇完全沒有提到「避敵」。
(B)「利爪」、「鋸牙」是兇殘的攻擊武器，可襯托「獰惡」。「刀箭不能入」可知「鱗甲」極堅硬。
(C) 既能「入水」食魚，又會「登陸」獵捕，可見其活動範圍與生活特性，而獵食對象亦水陸皆有。
(D) 故意「吐涎于地」讓人畜踩到跌倒，便可趁機捕食。「見人遠則哭，近則噬」，獵物在遠處時不會採取行動，一旦對方靠近，就立刻把對方吃掉。可見二者皆為鱷魚的獵食技倆。

2 **答案：(B)**

乙文第一段，說明許多生活在海裡的爬行動物透過鹽腺恆定體內的離子，排出多餘鹽分，第二段再說明鱷魚舌頭表面流出清澈的液體，即為牠們的「鹽腺」分泌物。並舉亞洲的鹹水鱷、美洲的美洲鱷為例，說明鱷魚的鹽腺位在舌下腺中，而澳洲淡水鱷也有結構相同、但效能較差的舌下鹽腺。故鱷魚涎液最可能的分泌來源是舌下腺。

3. **答案：(D)。**

由乙文末段「鱷魚通常在陸地待了一段時間後，位於瞬膜的哈氏腺便會分泌鹹液潤滑眼睛」，可知答案為 (D)。

4. **答案：(A)。**

根據乙文第一段，鹽腺的作用在「恆定喝入海水後的體內離子」，第二段提到生於河口、淺海、鹹水或淡水的各種鱷魚，因其棲息環境所需排除的鹽分不同，自然鹽腺的功能也隨之有別，故答案為 (A)。

類題練習

_____ 1. 依據下文，有關蜜蜂的舞動，敘述最適當的是：

> 根據馮・弗里希的早期研究，蜜蜂有兩種「舞步」：一種他稱為環繞舞，一種則為 8 字搖擺舞。當時他的結論是：跳環繞舞，表示蜜蜂發現花蜜的來源；跳搖擺舞，則表示蜜蜂找到花粉。後來，波伊特勒持續進行研究，開始懷疑當初的論點。他和馮・弗里希在 1944 年繼續做實驗，發現如果餵食盤距離蜂巢超過一百公尺，不管蜜蜂帶什麼東西回去，都會跳搖擺舞。所以他們認為：蜜蜂不同的舞蹈方式，並非用來描述發現什麼物質，而是一種用來傳達更複雜資訊的方法，也就是要說明地點。馮・弗里希寫道：這種精確描述距離與方向的能力「似乎太過奇妙，根本不像是真的。」（改寫自修・萊佛士《昆蟲誌：人類學家觀看蟲蟲的 26 種方式》）
> (A) 蜜蜂跳環繞舞的頻率高於 8 字搖擺舞
> (B) 蜜蜂可藉不同舞步溝通的說法不正確
> (C) 蜜蜂舞蹈方式與蜜源方位、距離較為相關
> (D) 蜜蜂藉舞步形式表達採收花粉與花蜜後的儲存地點

（108 指考 -8）

2-3 為題組。閱讀下文，回答 2-3 題。

2018 年 9 月 5 日，第 278986 號小行星正式以「陳樹菊」之名在天空閃耀。

小行星是沿橢圓軌道繞太陽運行的小天體，大小、形狀不一。一顆小行星被發現且確認後，會獲得一個臨時編號：發現年份加上英文字母。當小行星的運行軌道參數被精確測定後，便會獲得正式命名：永久編號加上名字。永久編號，是以小行星發現的順序編號，至於名字，小行星是目前唯一可由發現者命名並得到世界公認的天體。發現者擁有命名權，但須經「國際天文學聯合會」核准。

　　直到中央大學設立「鹿林天文臺」,臺灣才在 2002 年首度觀測到新的小行星。2007 年,第 145523 號與 145534 號小行星分別命名為「鹿林」、「中大」,成為首度由臺灣發現並命名的小行星。目前鹿林天文臺已發現 800 多顆、正式命名 90 多顆小行星,如:吳大猷(2008 年)、鄒族(2009 年)、雲門(2010 年)。

　　中央大學天文觀測員蕭翔耀為傳遞臺灣美善的人文價值,特別將他在 2008 年 10 月發現的小行星命名為 Chenshuchu(陳樹菊姓名英譯),以表彰陳樹菊的善行義舉。從此,最美的人心將照亮世界。(改寫自中大新聞 2018 年 9 月 6 日)

_____ 2. 依據上文,**不符合**「陳樹菊」小行星的敘述是:
    (A) 由蕭翔耀於「鹿林天文臺」觀測發現
    (B) 發現到正式核可命名,歷時大約 10 年
    (C) 永久編號為 278986,名字是 Chenshuchu
    (D) 臺灣首顆以人名命名並經核可的小行星

_____ 3. 依據上文,關於小行星命名的敘述,最適當的是:
    (A) 在獲得正式命名前,會有一個以發現順序編碼的臨時編號
    (B) 運行軌道確認後,可獲得發現年份加英文字母的永久編號
    (C) 發現者如欲命名須經核准,且限用該國特殊貢獻人士之名
    (D)145523 號小行星由臺灣發現,2007 年正式命名為「鹿林」

（108 學測 -11-12 題組）

4-7 為題組。閱讀下文,回答 4-7 題。

　　玉米是印地安人送給世界的禮物。歐洲人初抵美洲之際,那裡已有各型玉米作物。比起舊世界農作物,玉米恰好位於稻米和小麥的生長帶之間,在稻米嫌太乾或小麥嫌太濕的區域,皆有良好收成。玉米田單位面積產量幾乎是小麥田兩倍。少有作物及得上玉米,短短一個生長季就能提供大量碳水化合物和脂肪。

　　歐洲人接納玉米較晚,或許是 1550 年代至 18 世紀,歐洲進入一段相對寒冷期。也或許是多數歐洲人一向同意英國博物學家蓋瑞德的看法,他在 1597 年寫道:「雖然印地安民族迫於所需,認為玉米是很好的食物,但我們仍可輕易判定:它的營養成分有限,不易甚至不利消化,比較適合當豬食而不是給人食用。」

　　16 世紀的歐洲有許多地方栽植玉米,但做為廣大地區的主食,大約已是下個世紀後期。約翰‧洛克在 1670 年代提到:「法國南部好幾處都有玉米田,農民稱之為『西班牙小麥』,他們告訴我這是給窮人做麵包吃的。」到了 18 世紀,玉米已經成為法國南部飲食的基本元素。我們姑且大膽猜測:或許它曾在法國人口重新成長的過程扮演重要角色——18 世紀前數十年,法國人口曾明顯衰減。西班牙人口曾在 17 世紀減少,18 世紀開始回增;在波河谷地種植玉米的義大利,17 世紀下半期人口也曾衰減,之後又回增。這些地中海區人口的消長,應該和玉米有關。

　　今日，玉米對東南歐的重要性更勝於西南歐。隨著人口增加，玉米及其他美洲作物如馬鈴薯、美國南瓜的栽種也逐漸擴張。18世紀以前，玉米在羅馬尼亞並無地位，19世紀後幾十年，羅馬尼亞人投注心力和倚賴玉米幾乎不亞於墨西哥人。他們種小麥也種玉米，前者出口，後者自用。玉米和小麥搭配輪種，成效良好，使羅馬尼亞成為歐洲一大穀倉。

　　依賴玉米為主食的程度，正隨著人口壓力降低而一起減低，但過往的影響仍在。美國人類學者郝平恩在《塞爾維亞一村落》提到，奧拉撒奇當地比較窮困的農民還是吃玉米而非小麥做的麵包，他們僅有的幾畝地，也是種玉米而非小麥，因為_____。順便一提：奧拉撒奇農家菜園裡那一畦畦的青椒、番茄、四季豆、美國南瓜，應該會讓印地安老兄備感親切。（改寫自克羅斯比《哥倫布大交換：1492年以後的生物影響和文化衝擊》）

_____ 4. 依據上文，下列關於歐洲人栽種玉米的敘述，最適當的是：
　　　(A) 法國栽種成功後才傳入西班牙
　　　(B) 早年被認為較適合作為動物飼料
　　　(C) 16世紀時已成為多數地區的主食
　　　(D) 羅馬尼亞由出口小麥轉為出口玉米

_____ 5. 下列各圖中兩個變項所呈現的關係，最符合上文敘述的是：

_____ 6. 依據上文，下列甲、乙兩項推斷，正確的是：
　　　甲、新大陸發現之前，歐洲人的餐桌上不會有玉米、馬鈴薯。
　　　乙、新大陸發現之後，美洲才開始種植青椒、番茄、四季豆。
　　　(A) 甲、乙皆正確
　　　(B) 甲正確，乙錯誤
　　　(C) 甲、乙皆無法判斷
　　　(D) 甲無法判斷，乙正確

_____ 7. 上文最後一段_____內最適合填入的是：
　　　(A) 玉米是國家主要出口穀類
　　　(B) 玉米產量比小麥高出很多
　　　(C) 玉米可為小麥季預做準備
　　　(D) 玉米是印地安先祖所傳入

（108學測 18-21 題組）

8-10 為題組。閱讀下文，回答 8-10 題。

甲、　　烏於人最黠，伺人音色有異，輒去不留，雖捷矢巧彈，不能得其便也。閩中民狃烏性，以謂物無不可以性取者，則之野，挈墨飯、楮錢，陽哭冢間，若祭者然。哭竟，裂錢棄飯而去。烏則爭下啄，啄盡；哭者復立他冢，裂錢棄飯如初。烏不疑其紿也，益鳴爭，乃至三四，皆飛從之。稍狎，迫於羅，因舉獲其烏焉。今夫世之人，自謂智足以周身，而不知禍藏於所伏者，幾何不見賣於哭者哉！（蘇軾〈烏說〉）

狃：了解。

乙、　　臺灣平地甚少看到烏鴉，較難想像「烏合」的場面，但在日本東京、印度孟買等城市，常可見到一群群烏鴉，乍看牠們的確是毫無紀律地聚集、啄食、行動，但仔細觀察會發現，牠們飛到啄食處，離開啄食處，甚至歸巢的行動，都是相當有紀律的。

　　許多研究顯示，烏鴉在鳥類中屬於智慧高、學習能力強的一群。觀察烏鴉的行為，會發現牠比其他鳥類及猴子、海豚之外的哺乳類動物高明不少。例如棲息於海邊的烏鴉要取食蛤蜊等貝類時，會先叼起蛤蜊起飛，再從高處將牠丟下，把硬殼撞破。若飛得太高，體力消耗太多；飛得太低，又打不開殼，因此必須掌握適當的高度。此外，還必須丟在質地較硬處才有效率。當一隻烏鴉發現適當的地點和合宜的擲落高度時，其他烏鴉馬上起而模仿。所以《伊索寓言》裡聰明的小烏鴉，叼石頭填滿裝著些許水的瓶子而喝到水的故事，是極有可能發生的。不只學習能力，在多烏地區，有時我們還可以看見數隻烏鴉攻擊一隻流浪貓或小狗的場面。（改寫自朱耀沂《成語動物學》）

_____ 8. 下列關於甲文的解說，最**不適當**的是：
(A)「音色有異」指人們聲音和表情不同於往常
(B)「裂錢棄飯」指人們怕遭攻擊而丟下錢和飯
(C)「不疑其紿」指烏鴉不懷疑人們的欺騙手法
(D)「舉獲其烏」指烏鴉全部都被人們網羅捕捉

_____ 9. 下列關於乙文的解說，最適當的是：
(A) 認為烏鴉無組織、無紀律，是人們經過長期觀察的定見
(B) 日本東京、印度孟買等城市的烏鴉比臺灣的烏鴉有紀律
(C) 烏鴉的智慧與學習能力，比其他鳥類和哺乳類動物高明
(D) 烏鴉為取食蛤蜊，會探索適當的地點和合宜的擲落高度

_____ 10. 下列關於甲、乙二文文意的說明，最適當的是：
(A) 甲文提醒人們勿如烏鴉爭奪楮錢而陷入羅網
(B) 甲文警惕人們不要只看到眼前近利而忽略隱藏的災禍
(C) 乙文從動物行為學觀點證成「烏合之眾」一詞是指有紀律的群眾
(D) 乙文藉烏鴉毫無紀律地聚集、啄食、行動，證明「烏合」之說法其來有自

（108 指考 -27-29 題組）

11-13 為題組。閱讀下文，回答 11-13 題。

　　用「螟蛉子」代指「養子」，包含一段古人探索昆蟲世界的歷程。

| 螟蛉：古代或稱「桑蟲」，為鱗翅目昆蟲的青色細小幼蟲。 |
| 蜾蠃：古代或稱「蒲盧」、「土蜂」，今屬膜翅目細腰蜂科。蠃，ㄌㄨㄛˇ。 |

　　從《詩經‧小宛》：「螟蛉有子，蜾蠃負之」可以看出，上古時代人們已經觀察到蜾蠃有捕捉其他昆蟲幼蟲的習性。但捕捉幼蟲做什麼用，先秦文獻並無說明。漢代學者試圖解釋這個現象，揚雄《法言》記載：「螟蛉之子殪而逢蜾蠃，祝之曰：『類我！類我！』久則肖之矣。」意謂蜾蠃對捕來的幼小螟蛉念咒，時間長了，螟蛉就變成了蜾蠃。後世對於揚雄的說法，有人認同，也有人表示懷疑。南朝著名道士、醫家陶弘景根據自己的觀察，在《本草經集注》寫道：「其（土蜂）生子如粟米大，置中，乃捕取草上青蜘蛛十餘枚，滿中，仍塞口，以待其子大為糧也。……《詩》云：『螟蛉有子，蜾蠃負之』。言細腰之物無雌，皆取青蟲教祝，便變成己子，斯為謬矣。」他認為，把細腰蜂捕捉青蟲說成是為了把青蟲教化成自己的後代，根本違背生物事實。

　　陶弘景的看法後來得到更多證實，例如_____。一千四百多年後，法國昆蟲學家法布爾在所著《昆蟲記》中，詳盡描述細腰蜂的生殖行為：牠總是將卵產在蜂房裡所儲備的蜘蛛身上，卵呈白色，圓柱形，有點彎曲。卵在蜘蛛身上的附著點位置都差不多，一般是蜘蛛腹部底端，偏向一側。新生幼蟲咬的第一口，就是卵的頭部那端所附著的地方，因此，牠剛開始啃咬的，都是汁液最豐富、最鮮嫩的肚子。這種暴飲暴食的生活，會持續八到十天。然後幼蟲開始結造蛹室。他的研究成果證明陶弘景等人的發現非常科學。（改寫自戴吾三《解開成語中的科學密碼》）

_____ 11. 依據上文，「螟蛉有子，蜾蠃負之」的真實生態現象最可能是：
(A) 蜾蠃奪螟蛉之巢以育子
(B) 蜾蠃是螟蛉之子的宿主
(C) 蜾蠃代替螟蛉餵養幼蟲
(D) 蜾蠃捕捉螟蛉以餵幼蟲

_____ 12. 關於陶弘景對細腰蜂觀察的敘述，最適當的是：
(A) 經過實證後轉為支持揚雄之見
(B) 蒐集實證以補充《詩經》所述
(C) 以《詩經》所述駁斥揚雄之見
(D) 依揚雄之見糾正《詩經》所述

_____ 13. 上文_____若要擇用下列方框裡的論述，則①、②、③、④的判斷，最適
當的是：

> ① 韓保昇《蜀本草》：「螟蛉，桑蟲也。蜾蠃，蒲盧也。言蒲盧負桑蟲以成其
> 子也，亦負他蟲封之，數日則成蜂飛去。今有人候其封穴，壞而看之，見
> 有卵如粟，在死蟲之上。」
>
> ② 蘇頌《圖經本草》：「物類變化，固不可度。蚱蟬生於轉丸、衣魚生於瓜子
> 之類，非一。桑蟲、蜘蛛之變為蜂，不為異也。如陶所說卵如粟者，未必
> 非祝蟲而成之也。」
>
> ③ 寇宗奭《本草衍義》：「嘗拆（土蜂）窠視之，果有子如半粟米大，色白
> 而微黃。所負青菜蟲，卻在子下。」
>
> ④ 李時珍《本草綱目》：「今屢破其（土蜂）房，見子與他蟲同處，或子已去
> 而蟲存空殼，或蟲成蛹而子尚小。蓋蟲終不壞，至其成蛹，子乃食之而出
> 也。」

(A) ①、②適用；③、④不適用　　　　(B) ①、③適用；②、④不適用
(C) ①、③、④適用；②不適用　　　　(D) ②、③、④適用；①不適用

（107 指考 -23-25 題組）

14-15 為題組。閱讀下文，回答 14-15 題。

　　達爾文在《人和動物的情緒表達》中指出：人類和較低等動物主要的情緒表達並非經
由學習，而是來自天生或遺傳，越是相近的物種，情緒表達就越相似。例如許多動物在面
對危險時會毛髮豎立，以使自己看來更威武、兇猛；人類的雞皮疙瘩其實正是汗毛豎立的
輕微現象，也是哺乳類親戚表情的遺跡。

　　稍後的學者繼續探討此議題。多人主張情緒可分基本情緒和非基本情緒：前者如恐
懼、快樂、驚訝、憤怒等，為生物的基礎反應；後者是由基本情緒混合而成的高階情緒，
如恐懼和驚訝會混合為警覺，而恐懼和快樂則易混合為罪惡感。高階情緒通常被認為是認
知的運作，比基本情緒更能顯示出物種和個體間的差異。

　　臉部表情、肢體動作和言行舉止都是情緒的表達方式，且有其展示規則。學者艾克曼
表示：情緒的表達方式會受到學習和文化的影響而變弱、增強或以其他方式加以遮掩。
「展示規則」界定了人可以在何時何地對何對象展示何種情緒，以及可以展示的方式和程
度，這是社會化的一部分。（改寫自約瑟夫・李竇《腦中有情》）

_____ 14. 下列敘述，符合上文文意的選項是：
(A) 達爾文認為人和較低等動物的情緒表達完全相同，但稍後的學者修正該主張
(B) 達爾文認為人類雞皮疙瘩的反應，乃哺乳類動物面對危險時情緒表現的遺留
(C) 人和動物擁有同樣的基本情緒，但動物的認知能力較弱，無法擁有高階情緒
(D) 高階情緒來自認知與學習，高階情緒越多的人，說明其表達力和道德感越高

_____ 15. 下列畫線人物的情緒表達方式基於「展示規則」而進行調整，以致其言行舉止呈現了前後差異的選項是：

(A) 到了年關，<u>掌櫃</u>取下粉板說：「孔乙己還欠十九個錢呢！」到第二年端午，又說：「孔乙己還欠十九個錢呢！」

(B) 轎夫擡進後堂，<u>月香</u>見了鍾離義，還只道萬福。張婆在旁道：「這就是老爺了，須下箇大禮。」<u>月香</u>只得磕頭

(C) <u>范進</u>因這一個嘴巴，卻也打暈了，昏倒於地。眾鄰居一齊上前，替他抹胸口，捶背心，舞了半日，漸漸喘息過來，眼睛明亮，不瘋了

(D) <u>王戎</u>七歲嘗與諸小兒遊，看道邊李樹多子折枝，諸兒競走取之，唯<u>戎</u>不動。人問之，答曰：「樹在道邊而多子，此必苦李。」取之信然

（106 學測 -12-13 題組）

<u>16-17 為題組。</u>閱讀下列短文，回答 16-17 題。

　　認識糖尿病的人，一定都知道胰島素的重要。這個激素幫助細胞儲存醣類和脂肪以提供能量。當身體不能產生足夠的胰島素（第一型糖尿病）或者對它有異常反應（第二型糖尿病），就會發展成許多循環系統和心臟方面的疾病。但最近的研究顯示，胰島素對大腦也很重要——胰島素異常和神經退化性疾病有關，如阿茲海默症（Alzheimer's Disease）。

　　長久以來，科學家相信只有胰臟會製造胰島素，而中樞神經系統完全沒有參與。到了1980 年代中期，幾個研究團隊在大腦發現了胰島素。顯然這個激素不僅可以通過血腦障壁，大腦本身也能少量分泌。

　　接下來，科學家又發現。例如：受試者在注射或吸入胰島素之後，對於回憶故事情節和其他記憶能力馬上增強了；而擅長空間記憶測試的大鼠比起慣於靜止的大鼠，腦部也含有較多的胰島素。

　　這些觀察結果讓美國布朗大學的神經病理學家蒙特（Suzanne de la Monte）和同事聯想到：大腦的胰島素是否和阿茲海默症有關？因為阿茲海默症會造成嚴重的記憶喪失。他們比較了健康者和阿茲海默症患者腦中胰島素的含量，發現和學習以及記憶有關的神經區域中，健康者的胰島素平均含量高了四倍。

　　根據這個結果，蒙特認為：「阿茲海默症患者也可能有一般糖尿病的問題」，她甚至把阿茲海默症當成是「第三型糖尿病」。因為有血腦障壁的連通，大腦胰島素的含量，其實也反映了身體其他部位的含量，故 2002 年一份關於糖尿病患者的研究報告更進一步指出：_____，這些患者的記憶與學習問題也比較多。（改寫自 Melinda Wenner 著，林雅玲譯，〈大腦也會得糖尿病〉）

_____ 16. 依據上文,自 1980 年代中期至神經病理學家蒙特這段期間,關於胰島素的科學研究進程是:

甲、發現大腦會分泌胰島素

乙、發現糖尿病導因於胰島素分泌異常

丙、發現阿茲海默症患者的大腦胰島素含量低

丁、發現記憶力好壞與大腦胰島素分泌多寡有關

(A) 甲→乙→丁 　　　　　　　　　(B) 甲→丁→丙

(C) 乙→甲→丁 　　　　　　　　　(D) 乙→甲→丙

_____ 17. 在 1980 年代中期以降的科學研究基礎上,文末所述 2002 年關於糖尿病患者的研究報告,基於「大腦胰島素的含量,其實也反映了身體其他部位的含量」,獲得的結論(即文末_____內)最可能是:

(A) 糖尿病患者的症狀,可以透過胰島素注射獲得改善

(B) 糖尿病患者的症狀,無法透過胰島素注射獲得改善

(C) 糖尿病患者罹患阿茲海默症的機率,比一般人來得低

(D) 糖尿病患者罹患阿茲海默症的機率,比一般人來得高

(98 學測 -14-15 題組)

答案與解析見附冊第 9-14 頁

範例 2 — 經濟

1-2 為題組。閱讀下文,回答 1-2 題。

　　剛開始累積一塊錢、兩塊錢……時,我們很容易說出這筆錢的數目,但當它龐大到某一時點,便突然有了新的名稱—資本,這就是從量變到質變。

　　我將從「壹」到「多」的想法帶進報紙副刊和書籍的編輯工作。譬如出版書系,從「類型開展」起步,最終將可躍升到「領域占有」。一本《縱橫學讀本》孤零零地上市,和將它納入「實用歷史書系」,哪個生命力長遠?又如副刊總會刊登新詩,但所用版面很小,愛詩者每嫌其零星。於是我在主編某地區型報紙副刊時,便特別在每個月的最後一天,以整塊版面推出報紙副刊「有史以來第一份詩雜誌(刊中刊)」,這是大報副刊主編不敢做的。我以一年為期,懇託四位詩人出任每一季的主編,把不定期選刊的一首首小詩,改成在每月月底集中織成一幅詩繡。在副刊資源有限的情況下,同性質文稿由「壹」而「多」,反而別具一格,甚獲好評。(改寫自周浩正〈壹與多〉)

_____ 1. 下列敘述,最符合上文觀點的是:

(A)「壹」意謂專精於本業,「多」意謂多元化發展

(B)「壹」雖然單薄,其特色有時比「多」來得顯著

(C) 在有限資源下,「壹」與「多」之間須尋求平衡

(D) 由「壹」而「多」,易提高領域占有與品牌辨識

　　　　2. 依據上文「多」的概念，下列事例最符合的是：
　　　　　(A) 購物之前多比價，用最少金錢發揮最大的成本效益
　　　　　(B) 集中電子產品商家於帶狀街道，打造資訊文化園區
　　　　　(C) 申辦多張信用卡，以獲得不同發卡銀行提供的優惠
　　　　　(D) 擁有多個手機門號，供客戶以及群組朋友分別撥打

（108 學測 -9-10 題組）

解析

第一段敘述錢的「數量」從「壹」到「多」時，「質」也會改變。第二段說明編輯實務上如何從「壹」到「多」：從「類型開展」到「領域占有」、孤單上市的一本書到納入一整個書系、副刊的新詩從零星呈現到集中於月底的整塊版面。這些例子說明從「壹」到「多」不但是「量變」，也會是「質變」。

1. **答案：(D)。**
   (A) 從第一段的錢由少變多、第二段出版書系從同一類到一整個領域、一本書到一整個書系、不定期刊登的小詩到集中為一整版的「詩繡」，可以推知「壹」到「多」是指相同或同一性質的物件因「量」的擴增、累積而產生「質」的變化，並非「專精本業」與「多元發展」的對比。選項敘述與本文觀點不同。
   (B) 依據本文，刊登新詩從「零星一隅」集中為「整版詩繡」，效果「別具一格，甚獲好評」；《縱橫學讀本》單本上市到納入「實用歷史書系」，生命力更久遠。可見，單薄的「壹」增衍為「多」之後，特色更顯著。選項敘述與本文觀點相反。
   (C) 由「在副刊資源有限的情況下，同性質文稿由『壹』而『多』，反而別具一格，甚獲好評」可知，在有限資源下，從「壹」變「多」才能發揮最大效益。選項敘述與本文觀點不同。
   (D) 依據文中以書籍出版的說明：從「類型開展」（「壹」）起步，最終將可躍升到「領域占有」（「多」），可見由「壹」而「多」易提高領域占有。由「同性質文稿由『壹』而『多』，反而別具一格，甚獲好評」一語可知，由「壹」而「多」可提高品牌辨識。選項敘述正確。

2. **答案：(B)。**
   由第一段的「錢」到「資本」、第二段的「書」到「書系」、「詩」到「詩繡」等例可知，「多」乃同樣物件或同一性質的「壹」，因量的改變而產生質變。
   (A) 強調以最少成本所能發揮的最大效益，「成本」與「效益」並非同一性質，故其中的「多」（ 最大效益) 與上文「多」的概念不同。
   (B) 將單一電子產品商家 (「壹」) 集中於帶狀街道、成為資訊文化園區 (「多」)，屬於同性質物件因量而產生質變，與上文「多」的概念相同。
   (C) 申辦「多張信用卡」確實可能獲得「不同發卡銀行」提供的優惠，但信用卡既然分屬不同發卡銀行，其優惠便各自獨立，無法累積為「多」。亦即雖有性質相同的多張信用卡，因非同一家銀行，這些信用卡的「量」無法直接相加，發卡銀行優惠的「質」也不會改變。

(D) 多個手機門號看似擁有許多「性質相同」的「壹」，但每個號碼各自獨立運作，因此這些「量」無法直接累積或集合成更龐大的「多」，「供客戶以及群組朋友分別撥打」的結果也不會因此有任何改變。

（類題練習）

1-3 為題組。閱讀下文，回答 1-3 題。

甲、　　　共享經濟是指擁有閒置資源的機構或個人有償讓渡資源使用權給他人，以減少資源浪費，並創造價值。

　　　因為科技的配合，共享經濟最近幾年大行其道。例如智慧型手機有助於建構相應的服務功能，又提供處處且時時上網的便捷，個體便可藉助第三方創建的媒合平臺，交換閒置資源，於是產生了第一類型的共享經濟——個人閒置資源共享，例如個人可以透過 Airbnb（房間共享）、Uber（乘車共享）等媒合平臺，提供或選擇服務。

　　　但由於提供資源或服務者的素質往往良莠不齊，導致許多意外，有些國家政府出面禁止，於是漸漸發展出第二類型的共享經濟——標準化的商業資源共享，由平臺對個人提供標準化的服務，例如 Airbnb 建立品牌公寓、Uber 提供更多交通服務。然而，服務越標準化，平臺就會越來越像傳統的飯店或租車公司，使共享與分享的精神逐漸消失。

　　　因此，有人指出：第二類型的共享經濟只是讓少數公司打著「共享」大旗收割豐厚的「經濟」果實；而且平臺業者與資源提供者沒有勞雇關係，也可能讓資源提供者自行承擔損失風險。

乙、

漢	（漢光武帝）後之長安，受《尚書》於中大夫廬江許子威。資用乏，與同舍生韓子合錢買驢，令從者僦，以給諸公費。（《東觀漢記》）
唐	京兆府奏：兩京之間多有百姓僦驢，俗謂之驛驢，往來甚速，有同驛騎。犯罪之人因茲奔竄，臣請禁絕。從之。尋又不行（《冊府元龜》）
宋	若凶事出殯，自上而下，凶肆各有體例。如方相、車舉、結絡、彩帛，皆有定價，不須勞力。尋常出街市幹事，稍似路遠倦行，逐坊巷橋市，自有假賃鞍馬者，不過百錢。（《東京夢華錄》）

> 僦：租賃。
> 方相：逐疫驅鬼的神靈，出喪時常置於行列前開道。

　　　1. 依據甲文，關於「共享經濟」的敘述，最適當的是：
　　　(A) 資源的「所有權」與「使用權」脫勾
　　　(B) 資源提供者分享閒置資源，不宜收取報酬
　　　(C) 第一類型與第二類型的區別，在於科技平臺素質的良莠
　　　(D) 第二類型有違共享經濟初衷，但資源提供者有損失時，可獲平臺業者賠償

　　　　　2. 依據乙表，關於「古代租賃」的敘述，最適當的是：
　　　　　　(A) 漢代從事租賃業的門檻頗高，貴族富豪方能參與
　　　　　　(B) 唐代驢子租賃市場活絡，因影響治安而遭長期禁絕
　　　　　　(C) 宋代喪葬業可按不同需求提供租賃服務，而鞍馬出租價格親民
　　　　　　(D) 歷代租賃業均只有個人對個人的模式，沒有商家對個人的模式

　　　　　3. 綜合甲文、乙表，關於「共享經濟」與「古代租賃」的比較，敘述最適當的是：

	共享經濟	古代租賃
(A)	重視閒置資源的流通與再利用	重視私有財產的廉讓與公益化
(B)	供需市場大，獲取資源極容易	供需市場小，獲取資源費心力
(C)	品質精良、服務標準化為訴求	價格透明、產品多樣化為訴求
(D)	供需雙方可經由網路平臺媒合	租賃交易須透過實際接觸完成

（107 指考 -13-15 題組）

答案與解析見附冊第 14-15 頁

範例 3 ─ 藝術

1-3 為題組。閱讀下文，回答 1-3 題。

　　西方的傳統戲劇多透過具象而逼真的動作與場景，才能達成對真實的模擬與再現。而中國戲曲的舞臺時空，卻是要以抽象化的象徵手法「虛擬」實境，從服裝、道具、舞臺裝置到人物塑造，都是一以貫之的虛實相生，讓「心境」永遠比「物境」重要，「情境」比「環境」重要，「意境」比「實境」重要。故而《牡丹亭》的寫景傳情、依心取境的美學形式，本身就是「虛構」大於「現實」，包括舞臺設計、服飾道具，也包括演員的唱作念打。因此演員的年齡與角色的年齡，就有更為流動開放的虛擬表現空間，年齡不再是單點直線的真實數字，反倒是多點如星群散布的生命樣態，「心境」、「情境」與「意境」的交疊組合。

　　看老演員「虛擬」杜麗娘才真是難得，老則老矣，神韻動人，比看年輕演員演出的「懷春慕色之情」，更讓人動容。對年輕的演員而言，她們的青春不是夢而是現實，只有對生理年齡不再年輕的演員而言，她們的青春才是夢，是綺夢迷夢春夢，一場虛實難分、惺忪難醒、纏綿難捨的遊園驚夢。杜麗娘的一縷幽魂附在她們身上，像是前世今生的輪迴與翻轉，讓她們的表演具有層次。小兒女的青澀嬌態疊印在成熟風華的唱腔與身段上，她們是女人與女孩的綜合體。時間不再是線性，青春總不曾消逝，只是悄悄折疊進身體的記憶裡，呼之欲出。看她們的表演讓人覺得驚心動魄，不是因為歲月不饒人，而是深深感念那藏在女人身體中的女孩，從來不曾死去。在《牡丹亭》中生而復死、死而復生的，不僅只是愛情，更是青春。（改寫自張小虹〈我們都是青少年〉）

_____ 1. 依據上文,下列甲、乙兩項關於《牡丹亭》演出的推斷,正確的是:

甲、因「心境」比「物境」重要,舞臺不必然出現代表男主角柳夢梅的梅樹。

乙、因「意境」比「實境」重要,杜麗娘的深情不必以服裝和唱作念打表達。

(A) 甲、乙皆正確 　　　　　　　(B) 甲、乙皆錯誤

(C) 甲正確,乙錯誤 　　　　　　(D) 甲錯誤,乙正確

_____ 2. 上文提及「年齡不再是單點直線的真實數字,反倒是多點如星群散布的生命樣態」,下列關於這句話的解說,最適當的是:

(A) 透過象徵化的表演,演員與角色的生命交織,展現歲月與技藝的淬鍊

(B) 不同年齡層演員相互切磋,突破生理年齡限制,讓戲劇演出發光發熱

(C) 演員實際年齡象徵飽經世事的成熟,由其演出的角色將如星芒般耀眼

(D) 演員能揣摩各種表演藝術,跨越年齡侷限,將實境與物境提升至意境

_____ 3. 上文以「我們都是青少年」作為篇名的理由,最可能是:

(A) 老演員逝去的青春因杜麗娘而被喚醒,觀眾內心的青春悸動也甦醒過來

(B) 舞臺時空虛實相生的效果,讓觀眾得以一代一代延續杜麗娘的青春綺夢

(C)《牡丹亭》的青春特質不分你我,可藉由戲劇的感染力開拓新的觀眾群

(D)《牡丹亭》藉杜麗娘還魂,召喚演員與觀眾靈魂裡不曾有過的青春情懷

（108 學測 25-27 題組）

解 析

本文先由西方傳統戲劇中具象、逼真的動作、場景,帶出中國戲曲與之完全相反的實境虛擬,再從這個角度轉入對《牡丹亭》的鑑賞,分析演員如何在舞臺上呈現「心境」、「情境」與「意境」交疊的生命樣態。第二段進一步以老演員「虛擬」青春的杜麗娘為例,說明他們富於層次的詮釋,真正表演了一場「青春夢」。

1. **答案:(C)。**

綜合本文所述,虛的「心境」、「意境」比實的「物境」、「實境」重要,而《牡丹亭》即是透過「虛構」大於「現實」的外在舞臺設計、服飾道具、演員的唱念作打來寫景傳情、依心取境。因此只要能呈現出角色的感情與心境,不須拘於實際的場景布置、演員的真正年齡。甲句中,代表男主角柳夢梅的梅樹「物境」屬於場景佈置,對於呈現柳夢梅的「心境」、推展《牡丹亭》的劇情並無直接影響,故不必然要出現,敘述正確。至於乙句,由第二段老演員詮釋青春少女時「小兒女的青澀嬌態疊印在成熟風華的唱腔與身段上」、「深深感念那藏在女人身體中的女孩」等描述可知:沒有服裝、飾品的裝扮,老演員難以從外形上「虛擬」為杜麗娘;沒有唱腔身段或唱作念打,更無法呈現杜麗娘的感情與心境。杜麗娘的深情必須透過服裝和唱作念打來表達,敘述錯誤。故答案為 (C)。

2. **答案:(A)。**

第一段所描述《牡丹亭》的寫景傳情、依心取境,是「虛構」大於「現實」的美學形式,從而得出「演員的年齡與角色的年齡,就有更為流動開放的虛擬表現空間」的結論,可見「年齡不再是單點直線的真實數字」意謂「演員的年齡」不必然等同於「角色的年齡」。「多點如星群散布的生命樣態」則指演員因其年齡而經歷的各種體驗、多年來

不斷精進的技藝淬鍊，在舞臺上呈現出「心境」、「情境」與「意境」的交疊組合。

(A)「象徵化的表演」一語概括了《牡丹亭》「虛構大於現實的美學形式」及「心境、情境與意境的交疊組合」等語；「演員與角色的生命交織」說明演員詮釋時融入自我真實的生命體驗，透過不斷精進的技藝，在舞台上展現具有層次的表演，故為「歲月與技藝的淬鍊」。就如第二段描述老演員的詮釋：「一場虛實難分、惺忪難醒、纏綿難捨的遊園驚夢」、「一縷幽魂附在她們身上，像是前世今生的輪迴與翻轉」、「小兒女的青澀嬌態疊印在成熟風華的唱腔與身段上，她們是女人與女孩的綜合體」等語，可看出演員與角色交織出豐富的生命樣態。選項敘述正確。

(B)「年齡不再是單點直線的真實數字」強調「演員的年齡」不必然等同於「角色的年齡」。且本文第二段「對年輕的演員而言，她們的青春不是夢而是現實，只有對生理年齡不再年輕的演員而言，她們的青春才是夢」等語，重點在於比較不同年齡演員詮釋同一角色的差異，並非「不同年齡層演員相互切磋」，選項前半敘述有誤。而因為「演員的年齡」不必然等同於「角色的年齡」，故當「生理年齡不再年輕」的老演員演繹青春少女時，確實能「突破生理年齡限制」，讓戲劇演出發光發熱。後半敘述正確。

(C) 由「年齡不再是單點直線的真實數字」一語可知，既不再是「真實數字」，演員的實際年齡如何即不是重點。再者，演員就算有「飽經世事的成熟」，亦要有經過歲月淬鍊的技藝，方可「如星芒般耀眼」，故後半推論亦不正確。

(D) 由「年齡不再是單點直線的真實數字」可知，不同年齡的演員確實能藉由歲月與技藝的淬鍊，「揣摩各種表演藝術，跨越年齡侷限」；選項前半敘述正確。然而他們的表演呈現的生命樣態，是「心境」、「情境」與「意境」的交疊組合，是「虛構」的，無法將屬於「現實」的「實境」、「物境」提升至「意境」；選項後半敘述錯誤。

3. **答案：(A)。**

「小兒女的青澀嬌態疊印在成熟風華的唱腔與身段上，她們是女人與女孩的綜合體」、「青春總不曾消逝，只是悄悄折疊進身體的記憶裡，呼之欲出」等語，描述了老演員對杜麗娘的詮釋，使得「青春」長在；而「看她們的表演讓人覺得驚心動魄，不是因為歲月不饒人，而是深深感念那藏在女人身體中的女孩，從來不曾死去」、「在《牡丹亭》中生而復死、死而復生的，不僅只是愛情，更是青春」等語，則從觀眾角度敘寫欣賞《牡丹亭》時感受到的「青春」召喚，永遠不滅。故「我們」兼指演員與觀眾，「都是青少年」強調「我們」都在《牡丹亭》的搬演中溫習了「青春夢」。

(A)「老演員逝去的青春因杜麗娘而被喚醒」描述演員的詮釋，「觀眾內心的青春悸動也甦醒過來」描述觀眾感受到的召喚。選項敘述最切合命名理由。

(B)「舞臺時空虛實相生的效果」強調中國戲曲主要以抽象化的象徵手法來表演，與篇名的「青少年」（「青春」）並無直接關係；是演員的出色詮釋，才「讓觀眾得以一代一代延續杜麗娘的青春綺夢」。

(C) 本文作者自述欣賞《牡丹亭》時因戲劇的感染力時而悸動，但並未涉及是否因此開拓新觀眾群，亦未提到青春特質是否不分你我。選項敘述與篇名無關。

(D) 由「青春總不曾消逝」、「女孩，從來不曾死去」、「在《牡丹亭》中生而復死、死而復生的，不僅只是愛情，更是青春」等語可知，「演員與觀眾靈魂裡」都曾有過青春情懷。而「青春情懷」並非由於《牡丹亭》裡杜麗娘還魂的召喚，而是透過演員對杜麗娘的精采詮釋。選項敘述錯誤，更非本篇命名理由。

類題練習

_____ 1. 閱讀下文，選出**不符合**文意的選項：

書學以師古為第一義。近世書家以臆騁，動無法度，如射不掛鵠，琴不按譜，如是亦何難之有！變化從心，從心不踰，嗚呼！難之矣。近世詩與古文亦然，此可以驚河伯，不足以當海若也！崇禎十二年六月，嵩山樵者王鐸臨古，因題於末，以俟相知如何。（王鐸〈臨閣帖‧題末〉）

(A) 作者認為近世書家不受法度限制，求新求變，精神值得肯定
(B) 作者臨古之後，認為書法與詩文創作，應以學習古人為優先
(C)「可以驚河伯，不足以當海若」，是指雖有小成，但境界不高
(D) 作者認為書法創作任意變化，卻不失法度，此一境界很難達到

（102 指考 -17）

_____ 2. 閱讀下文，選出最符合文意的選項：

《讀畫錄》云：「（陳老蓮）揭杭州府學龍眠七十二賢石刻，閉門摹十日，盡得之，出示人曰：『何若？』曰：『似矣！』則喜。又摹十日，出示人曰：『何若？』曰：『勿似也！』則更喜。蓋數摹而變其法，易圓以方，易整以散，勿得辨也。」老蓮這一遺事，於書畫之道，極有意義。因為學習書畫，總得從臨摹入手，以擷取前人的精神與法度；若拘於臨摹，以「拷貝」為能事，則失去了自己。老蓮摹李龍眠，似矣喜，勿似更喜；這就是老蓮之所以為老蓮。（改寫自臺靜農〈看了董陽孜書法後的感想〉）

(A) 陳老蓮臨摹李龍眠筆法，愈近似則愈感覺喜悅
(B) 學習書畫應經由「似」，再進一步追求「勿似」
(C) 陳老蓮的學習歷程可以用「邯鄲學步」來形容
(D)《讀畫錄》藉「易圓以方」說明李龍眠的畫風

（101 指考 -10）

_____ 3. 閱讀下文，選出最符合全文主旨的選項：

當藝術即表現時，吾人所能思考的只有表現了什麼和如何表現，表現了什麼不能脫離如何表現而存在，如何表現亦不能脫離表現了什麼而存在；表現了什麼是表現了的內容，如何表現是表現的形式，是一個問題的兩面，嚴密相關而形成藝術品的整體的和諧。當吾人思考表現了什麼時無可避免地要涉及藝術美的以外的因素，包括倫理的、哲學的、社會的種種問題，當吾人思及如何表現時則必然要思及藝術美本身的因素，兩者之間完全不能加以割裂。（姚一葦《藝術的奧祕》）

(A) 從事藝術創作，需要縝密的思維
(B) 好的藝術品，講求形式與內容的和諧
(C) 藝術品必須反映倫理、哲學、社會的種種問題，才有價值
(D) 藝術鑑賞方法雖多，但總以表現了什麼為主，如何表現次之

（98 學測 -6）

_____ 4. 閱讀下列二文，選出符合作者觀點的選項：

甲、藏書畫者，多取空名，偶傳為鍾、王、顧、陸之筆，見者爭售，此所謂「耳鑑」。又有觀畫而以手摸之，相傳以謂色不隱指者為佳畫，此又在耳鑑之下，謂之「揣骨聽聲」。（沈括《夢溪筆談》）

> 鍾、王、顧、陸：指鍾繇、王羲之、顧愷之、陸探微等四人，皆魏晉南北朝書畫家。

乙、書畫之妙，當以神會，難可以形器求也。世之觀畫者，多能指摘其間形象、位置、彩色瑕疵而已，至於奧理冥造者，罕見其人。如彥遠《畫評》言：「王維畫物，多不問四時，如畫花，往往以桃、杏、芙蓉、蓮花同畫一景。」（沈括《夢溪筆談》）

> 色不隱指：意謂畫面視覺上看似立體，手指觸覺上卻是平滑。

(A) 耳鑑經由名家認可，是評斷書畫作品優劣的重要參考
(B) 耳鑑雖然是甄別畫作的好方法，但不如以手摸畫確實
(C) 世人品鑑書畫，往往重視創作者的名聲及其表現技巧
(D) 高妙的畫境可由創作者自由創造，不必符合真實情境
(E) 畫作好壞關鍵在於形象是否逼肖、空間布置是否妥適

（105 學測 -21）

_____ 5. 閱讀下文，選出符合文意的選項：

　　舞蹈是一種身體的表現運動，桌球是一種體能運動的辯證舞蹈。杜甫看公孫大娘舞劍，有這麼兩句：「觀者如山色沮喪，天地為之久低昂」。中國文化傳統中居然還有這種為「身體的表現藝術」產生巨大震動的場面，簡直令人難以置信。待看到陳靜打球，才忽然體會，杜公此詩，並非應酬之作。她低身發球時冷眼覷著對方的神氣，有威懾感，她的反手快彈，命中率高，突然性強，經常打亂對方節奏。她的似從容實迅速的步法移位，她的正手拉球，基本上都是為反手的這一板做準備。比賽中的陳靜，都以反手的這一板作為成敗得失的焦點。她發球後，她的回擊準備位置，立即以反手拍的攻擊板型為重心，身體的其餘部位，從眼睛到腳尖，都為此配合。她的反手拍就是她的劍尖，她的全部意識都集中在這個致命武器最犀利的一點上。一九八八年漢城奧運會上，陳靜拿金牌的那一仗，這種反手帶出的威懾感，發揮到極致。那種威懾感，不是純機械的技術，而是氣勢，一如當年杜甫筆下公孫大娘的舞劍。（改寫自劉大任〈陳靜反手彈〉）

(A) 文中所引杜詩，以公孫大娘的內心悸動摹寫舞劍場面
(B) 桌球跟舞劍同屬於身體的表現藝術，都能令觀者動容
(C) 陳靜跟公孫大娘一樣，都以反手彈將肢體發揮到極致
(D) 陳靜的反手彈，從眼睛到腳尖的配合，令人措手不及
(E) 陳靜反手彈的威懾感，主要在機械性技術訓練的效果

（101 指考 -24）

6-8 為題組。閱讀下文，回答 6-8 題。

　　1982 到 1985 年是羅大佑的「黑潮時期」，那個一頭捲髮、黑衣墨鏡的孤傲身影，以一人之力把臺灣流行音樂從「天真」帶向「世故」。他的歌充滿時代感，沉鬱滄桑的歌詞語言，一洗「校園民歌」的學生腔、文藝腔，展示著一個深沉抑鬱的「大人世界」，從青春情愛到歷史國族，勾引了所有自命早熟的青年。他對歌詞與旋律的「咬合」極為在意，常說「歌是語言的花朵」，文字化為唱詞，在唇齒舌間吞吐滾動，必須與旋律的收放起伏密密吻合。

　　就在羅大佑掀起「黑色旋風」的時刻，另一位出身「校園民歌」的音樂人李宗盛也嶄露頭角。情歌向來是歌壇主流，一不小心，便會跌入陳腔濫調、無病呻吟的醬缸。李宗盛擅以作論方式寫歌，總能找到獨特的切入角度，短短篇幅便唱盡你堵在心頭的感歎。1986 年的個人專輯《生命中的精靈》，是華語樂壇少見的「內省」之作，深深挖掘生命內在的惶惑與悲歡，坦誠真摯。他對歌詞意象結構之銳意經營，對詞曲咬合之殫精竭慮，簡直有鐘錶師傅般的耐心。他獨特的語言質地，直白而不失詩意，語感鮮活，乍看像散文，唱起來卻句句都會發光。

　　羅大佑始終沉鬱而孤傲，時時把整個時代挑在肩上，連情歌都滿是滄桑的傷痕。李宗盛則擅長從柴米油鹽的日常生活提煉詩意，煽情卻不濫情，輕盈卻不輕佻。他們二人示範了創作、製作的精湛手藝。羅大佑的歌承載著大時代的悲壯情緒，和那個集體主義、理想主義的時代有著千絲萬縷的糾纏。李宗盛的歌則幾乎都是個人主義式的內省，那些百轉千迴的辯證同樣只屬於「大人世界」，你得見識過江湖風雨才能體會。羅大佑的滄桑尚屬於一個猶然年輕的時代，李宗盛的世故則是一代人集體告別青春期的儀式。（改寫自馬世芳〈煙花與火焰的種子〉）

_____ 6. 依據上文，關於羅、李二人歌曲的內容，敘述**不適當**的是：
　　(A) 羅大佑的歌，反映理想主義時代對歷史國族的關切，深沉抑鬱
　　(B) 李宗盛的歌，往往契入人心，讓聽者的悲喜彷彿都能獲得傾吐
　　(C) 羅大佑的「大人世界」，把整個時代挑在肩上，省視個人生命內在的惶惑
　　(D) 李宗盛的「大人世界」，擅長從柴米油鹽的日常中，提煉老於世故的省察

_____ 7. 依據上文，關於羅、李二人的歌詞創作，敘述最適當的是：
　　(A) 二人均銳意經營歌詞的意象結構，直白而不失詩意
　　(B) 二人均極為在意歌詞與旋律的「咬合」，故精心琢磨
　　(C) 羅大佑擅長以「校園民歌」的文藝腔，寫作沉鬱滄桑的歌詞，充滿時代感
　　(D) 李宗盛長於以作論方式寫歌，將邏輯辯證融入詩化的語言中，煽情而輕盈

_____ 8. 下列羅、李二人歌詞中，最符合上文所謂「歷史國族」情懷的是：

(A) 黃色的臉孔有紅色的污泥／黑色的眼珠有白色的恐懼／西風在東方唱著悲傷的歌曲

(B) 我所有目光的焦點／在你額頭的兩道弧線／它隱隱約約它若隱若現／襯托你／襯托你靦腆的容顏

(C) 不捨你那黑白分明亮亮的眼睛／只是你年紀還小／無從明瞭我的心情／時間不停／時間不停／原諒我依然決定遠行

(D) 烏溜溜的黑眼珠和你的笑臉／怎麼也難忘記你容顏的轉變／輕飄飄的舊時光就這麼溜走／轉頭回去看看已匆匆數年

（108 學測 28-30 題組）

9-10 為題組。下文是一則記者對林懷民演講內容的報導，閱讀後回答 9-10 題。

　　林懷民回憶，當初回國到雲門才開始學編舞，一開始就遇到最大的挑戰「如何跳自己的舞。」歐美舞者手一伸、腳一跳，你就能立刻認出背後的文化符號；跳舞和藝術一樣，從來不是中性的，需要歷史和文化長久的涵養。

　　「就像巴黎的印象畫，陽光是透明的。南臺灣的陽光卻是炙熱的，把萬物都曬到模糊；我們卻從來只認得義大利的文化復興、法國的印象派、安迪沃荷的瑪麗蓮夢露。」

　　林懷民指著畫家廖繼春作品「有香蕉樹的院子」，畫中展現南臺灣獨有的陽光、溫度。「就像侯孝賢的悲情城市，空鏡頭裡都是濕氣，把海島國家才有的面貌呈現。」他說，這是技法在服務畫作和生活，「這才是屬於臺灣的藝術。」（鄭語謙〈肉身解嚴〉）

_____ 9. 依據上文來看，最切合林懷民創作觀點的選項是：

(A) 藝術無國界

(B) 美感素養影響美感體驗

(C) 藝術創作要與土地結合以呈現特有風貌

(D) 歷史文化長久的涵養才能孕育藝術創作

_____ 10. 這則報導內容包括四個重點，按其文中呈現的次序，排列最適當的選項是：

甲、期許自我創作的獨特

乙、反省藝術教育的限制

丙、連結其他藝術的創作

丁、確立藝術發展的方向

(A) 甲乙丙丁

(B) 乙甲丁丙

(C) 丙丁甲乙

(D) 丁丙乙甲

（101 學測 -12-13 為題組）

答案與解析見附冊第 15-17 頁

四、長文閱讀

說明：單一文本，或二文以上並列、字數總和在 600 字以上的素材，視為「長文」。
透過長文閱讀，可練習將大量訊息統整為具體可用的資料。

1. 概覽文章，檢視題目，標示出關鍵字詞。
2. 細讀文章，注意與關鍵字詞相關的敘述。
3. 逐段擷取主旨，以便答題時可快速找出所需資訊。
4. 依題幹敘述，提取對應的訊息，統整出最可能的解釋。

範例

1-3 為題組。閱讀下文，回答 1-3 題。

　　我翻出報紙連載時代古龍的代表作《絕代雙驕》，發現了一個祕密：小說情節是靠連綿不斷的意外轉折推動的，這裡突然出現了一個人、那裡突然飛來兩枚暗器、被點了穴道應該不能動的人卻動了……。每天連載結尾「欲知後事，請看明天」的寫法，很能迎合報館的業務要求。依照眾家友人對古龍個性與生活習慣的描述，我一邊讀《絕代雙驕》，一邊彷彿看見已喝得微醺的古大俠，看看報館來取稿的時間到了，攤開稿紙隨意寫寫，寫到報館的人都已候於門外了，於是匆匆讓一個聲音、一個人影、一樣武器憑空竄出，就能填滿字數交差了事！

　　當時跟古龍一樣紅透半邊天的高陽，寫的是歷史小說，也有他「跑野馬」的絕招來應付連載所需，那就是在歷史故事主線中挑出一項瑣事，岔出去講相關掌故。例如寫汪精衛偽政權始末，一個歷史名人都還沒出場，便大寫特寫抗戰前後南京的賭場，設在哪、玩什麼、如何一夕致富或破產，令人目不暇接。

　　連載是項奇特的制度，連載小說的時間與現實生活的時間平行流淌，而且不斷互相指涉。現實生活無窮無盡地走下去，小說似乎也就會同樣地日復一日連載下去。這種寫法違背了小說作為嚴肅藝術的標準。一般小說講究的是選擇好一段具特殊意義的時間，把它從長流中切截開來，封閉成一個完整、有機的單位，有個「絕對」的開頭和結尾，「行於所當行，止於所當止」，多說一句都是累贅。

　　我們看到連載小說的種種毛病，其實是從一般小說有頭有尾有中腰的美學來評斷的。連載小說能提供別的小說不能提供的樂趣，其層出不窮的意外轉折，除了基於勾住讀者，也深受作者寫作過程影響。（改寫自楊照〈懷念連載時代〉）

＿＿＿＿＿ 1. 依據上文，關於古龍、高陽小說的敘述，最適當的是：
(A) 古龍小說天馬行空的想像力，來自飲酒後的靈感
(B) 高陽小說常加入傳說軼聞，使故事變得引人入勝
(C) 古龍和高陽都以憑空捏造、賣弄技巧來迎合讀者
(D) 古龍和高陽小說成功之處，在於藉情節暗諷時事

_____ 2. 下列敘述，符合文中對連載小說寫作方式看法的是：

(A) 精心設計，刻畫細膩 　　　　　(B) 追銷售量，內容媚俗

(C) 只限高手，初學不宜 　　　　　(D) 瑕不掩瑜，別有趣味

_____ 3. 依據上文，關於一般小說和連載小說的敘述，最適當的是：

(A) 一般小說是嚴肅的藝術，特別講求與現實生活時間的一致性

(B) 一般小說為維護結構完整，有時須化繁為簡，刪削該有內容

(C) 連載小說按時刊出不輟，遂與現實生活時間感既同步又相涉

(D) 二者各有寫作邏輯，形式與內容皆緊扣主線，不令筆法歧散

(107 指考 -20-22 題組)

【解析】

本文說明連載小說因報社作業與作家必須每日交稿所致，有其特殊的表現方式。如古龍寫《絕代雙驕》不斷創造意外的轉折，高陽則從歷史故事的主軸中岔出去談相關掌故。這種不斷滋長衍生的情節，提供了有別於一般小說的樂趣。

1. **答案：(B)。**

(A) 飲酒是古龍個人的習性，可能影響其寫作習慣，但與「天馬行空的想像力」無關。

(B) 文中提到高陽為應付連載所需，常在小說中加入傳說軼聞，寫得「令人目不暇接」，可知敘述正確。

(C) 文中強調兩人為應付連載所需，各自採取不同的應對方式，但並非「憑空捏造、賣弄技巧來迎合讀者」。

(D) 本文提到連載小說的時間與「現實生活的時間平行流淌，而且不斷互相指涉」，說明隨著「現實生活無窮無盡地走下去」，小說也就會同樣地日復一日連載下去，強調連載小說與現實生活時間同步的特殊性，但與暗諷時事無關。

2. **答案：(D)。**

依文章末段所述，連載小說似乎有種種毛病，但是卻「能提供別的小說不能提供的樂趣」，其「層出不窮的意外轉折」，也能勾住讀者，故「瑕不掩瑜，別有趣味」為正解。

(A) 迫於時間壓力與連載的特殊性，無法「精心設計、刻畫細膩」。

(B) 有其獨特趣味以勾住讀者，但並非為了銷量而「內容媚俗」。

(C) 連載為特殊寫作模式，與是否為高手無關。

3. **答案：(C)。**

(A) 一般小說會「選擇好一段具特殊意義的時間」，不會考慮與現實生活時間的一致性。

(B) 一般小說有「絕對」的開頭和結尾，「行於所當行，止於所當止」，是「封閉」的單位，為維護結構完整，不會化繁為簡、刪削該有的內容。

(C) 由「連載小說的時間與現實生活的時間平行流淌，而且不斷互相指涉」可知，連載小說與現實生活的時間感既同步又相涉。

(D) 敘述僅符合一般小說，連載小說會隨刊登時間不斷衍生新情節，難以緊扣主線，筆法也會趨於歧散。

類題練習

<u>1-5 為題組</u>。閱讀下文，回答 1-5 題。

甲、　　田常欲作亂於齊，憚高、國、鮑、晏，故移其兵，欲以伐魯。孔子聞之，謂門弟
子曰：「夫魯，墳墓所處，父母之國，國危如此，二三子何為莫出？」子路請出，孔子
止之。子張、子石請行，孔子弗許。子貢請行，孔子許之。遂行，至齊，說田常曰：
「君之伐魯過矣。夫魯，難伐之國，其城薄以卑，其地狹以泄，其君愚而不仁，大臣
偽而無用，其士民又惡甲兵之事，此不可與戰。君不如伐吳。夫吳，城高以厚，地廣
以深，甲堅以新，士選以飽，重器精兵盡在其中，又使明大夫守之，此易伐也。」田
常忿然作色曰：「子之所難，人之所易；子之所易，人之所難；而以教常，何也？」子
貢曰：「臣聞之，憂在內者攻強，憂在外者攻弱。今君憂在內。吾聞君三封而三不成
者，大臣有不聽者也。今君破魯以廣齊，戰勝以驕主，破國以尊臣，而君之功不與
焉，則交日疏於主。是君上驕主心，下恣群臣，求以成大事，難矣。夫上驕則恣，臣
驕則爭，是君上與主有郤，下與大臣交爭也。如此，則君之立於齊危矣。故曰不如伐
吳。伐吳不勝，民人外死，大臣內空，是君上無強臣之敵，下無民人之過，孤主制齊
者唯君也。」田常曰：「善。」(《史記‧仲尼弟子列傳》)

乙、　　《史記》曰：「齊伐魯，孔子聞之，曰：『魯，墳墓之國。國危如此，二三子何為
莫出？』子貢因行，說齊以伐吳，說吳以救魯，復說越，復說晉，五國由是交兵。或
強，或破，或亂，或霸，卒以存魯。」觀其言，迹其事，儀、秦、軫、代，無以異
也。嗟乎！孔子曰：「＿＿＿＿＿＿＿」，己以墳墓之國而欲全之，則齊、吳之人豈無是心
哉？奈何使之亂歟？吾所以知傳者之妄。(王安石〈子貢論〉)

> 儀、秦、軫、代：指張
> 儀、蘇秦、陳軫、蘇
> 代，皆戰國知名說客。

＿＿＿＿＿＿　1. 甲文中，田常聽完子貢的陳述「忿然作色」，是因為子貢：
　　　　　　(A) 斥責齊國不仁不義
　　　　　　(B) 諷刺田常短視狹隘
　　　　　　(C) 論調荒謬悖於常理
　　　　　　(D) 分析戰情淺薄空泛

＿＿＿＿＿＿　2. 甲文中，「戰勝以驕主，破國以尊臣」的意思是：
　　　　　　(A) 田常戰功彪炳，故國君引以為傲，群臣亦相推尊
　　　　　　(B) 田常開疆闢土，令國君自覺驕豪、大臣更加尊貴
　　　　　　(C) 倘若田常恃功而驕，雖一時尊榮但終致身敗國亡
　　　　　　(D) 倘若田常欲掌大權，當建功沙場以傲視國君群臣

_____ 3. 甲文中，田常願意接受子貢的建議，乃因伐吳能讓他：

　　(A) 擺脫強臣掣肘

　　(B) 擺脫齊君脅迫

　　(C) 獲得百姓擁戴

　　(D) 獲得魯國支援

_____ 4. 乙文 _____ 內最適合填入的是：

　　(A) 不在其位，不謀其政

　　(B) 己所不欲，勿施於人

　　(C) 用之則行，舍之則藏

　　(D) 道之以德，齊之以禮

_____ 5. 綜合甲、乙二文，王安石質疑甲文對子貢作為的描述，主要基於子貢：

　　(A) 以利為餌，誘使田常接受建議

　　(B) 降志辱身，為達目的貶抑魯國

　　(C) 以鄰為壑，不符孔子儒學精神

　　(D) 能言善道，刻意離間齊國君臣

（107 指考 -28-32 題組）

6-7 為題組。閱讀甲、乙二文，回答 6-7 題。

甲、　　鬥草是古代的一種遊戲，又稱「鬥百草」。據南朝文獻記載，民眾通常在五月五日鬥百草，這大概與古人的藥草觀念有關。唐代以後鬥草的方式大概有兩種：一種是「武鬥」，比試草莖的韌性，方法是草莖相交結，兩人各持己端向後拉扯，以斷者為輸；另一種則是「文鬥」，就採摘花草的種類數量或殊異一較高下。從明代〈秦淮鬥草篇〉「蘭皋藉作爭衡地，蕙畹翻為角敵場。分行花隊逐，對壘葉旗張。花花非一色，葉葉兩相當」、「君有合歡枝，妾有相思子」中，可以看出「文鬥」除了採摘花草，還加入了「花草名對仗」的要求。從唐宋人的詩句：李白「禁庭春畫，鶯羽披新繡，百草巧求花下鬥，只賭珠璣滿斗」、王建「水中芹葉土中花，拾得還將避眾家。總待別人般數盡，袖中拈出鬱金芽」、白居易「弄塵復鬥草，盡日樂嬉嬉」、柳永「春困厭厭，拋擲鬥草工夫，冷落踏青心緒」、范成大「青枝滿地花狼藉，知是兒孫鬥草來」，均可見鬥草在唐宋十分盛行，白、范二詩或許就是當時「武鬥」的有趣畫面。而《紅樓夢》第 62 回則是現代人認識文鬥規則的寶貴材料，其中記載香菱與眾姐妹採摘花草後，準備鬥草，某人擺出「觀音柳」時，另一人則擺出「羅漢松」，其靈感可能得源於〈秦淮鬥草篇〉。到了現代，由於社會型態不同，人與自然的關係變得疏遠，鬥草就逐漸式微了。

乙、　　　紫芝道：「這鬥草之戲，雖是我們閨閣一件韻事，但今日姐妹如許之多，必須脫了舊套，另出新奇鬥法，才覺有趣。」竇耕烟道：「能脫舊套，那敢妙了。何不就請姐姐發個號令？」紫芝道：「若依妹子鬥法，不在草之多寡，並且也不折草。況此地藥苗都是數千里外移來的，甚至還有外國之種，若一齊亂折，亦甚可惜。莫若大家隨便說一花草名或果木名，依著字面對去，倒覺生動。」畢全貞道：「不知怎樣對法？請姐姐說個樣子。」紫芝道：「古人有一對句對的最好：『風吹不響鈴兒草，雨打無聲鼓子花。』假如耕烟姐姐說了『鈴兒草』，有人對了『鼓子花』，字面合式，並無牽強。接著再說一個，或寫出亦可。如此對去，比舊日鬥草豈不好玩？」鄯芳春道：「雖覺好玩，但眼前俗名字面易對的甚少。即如當歸一名『文無』，芍藥一名『將離』，諸如此類，可准借用麼？」……紫芝道：「即如鈴兒草原名沙參，鼓子花本名旋花，何嘗不是借用。……只要見之於書，就可用得，何必定要俗名。」（《鏡花緣》第76～77回）

_____ 6. 依據甲文，關於「鬥草」的敘述，適當的是：
(A) 唐代玩此遊戲，有時會以物品當賭注
(B) 透過此遊戲，有機會可以認識各種藥草名稱
(C) 王建詩中所述，應以持有花草與眾不同者勝出
(D) 此遊戲源自端午習俗，歷來只在過節當日進行
(E) 武鬥致勝關鍵，在於熟記植物名稱與玩家力氣大小

_____ 7. 依據甲、乙二文，關於「文鬥」的敘述，適當的是：
(A) 甲文所述《紅樓夢》的玩法，即乙文所謂的舊套
(B) 決定勝負的條件，由辨識植物種類擴及語文素養
(C) 因花草珍貴，故紫芝提議的新玩法可以自創植物名
(D) 依據花草名對仗的要求，「鼠姑心」能對「龍鬚柏」
(E) 兩部小說的相關記載，提供古代婦女詞采展現與人際交流的資訊

（107 指考 -41-42 題組）
答案與解析見附冊第 18-19 頁

筆記欄

五、課文辨析

> 說明：由取材與命題方式來看，大考試題回應範文教學所設計的題目有「教材選文」的基本理解與「課外素材」的結合應用兩大類。無論文言或白話，熟讀共同選文是應考基礎。必須有這樣的理解基礎，才能進一步統整不同選文，甚至與課外素材搭配應用。

(一) 教材選文理解

 1. 熟讀 A 類選文，充分掌握篇章主旨、形式表現與重要文意。
2. 理解教材文本的情節發展、人物形象，並與現代情境結合。

範 例

1-3 為題組。閱讀韓愈〈師說〉中甲、乙二段，回答 1-3 題。

甲、　　古之學者必有師。師者，所以傳道、受業、解惑也。人非生而知之者，孰能無惑？惑而不從師，其為惑也終不解矣！生乎吾前，其聞道也，固先乎吾，吾從而師之；生乎吾後，其聞道也，亦先乎吾，吾從而師之。吾師道也，夫庸知其年之先後生於吾乎？是故無貴、無賤、無長、無少，道之所存，師之所存也。

乙、　　聖人無常師：孔子師郯子、萇弘、師襄、老聃。郯子之徒，其賢不及孔子。孔子曰：「三人行，則必有我師」。是故弟子不必不如師，師不必賢於弟子。聞道有先後，術業有專攻，如是而已。

_____ 1. 依據上文，下列闡釋正確的是：
(A)「人非生而知之者，孰能無惑」，謂人皆不免有惑，故須從師以解惑
(B)「吾師道也，夫庸知其年之先後生於吾」，謂無論少長均應學習師道
(C)「聖人無常師」，謂聖人的教育方法異於一般教師，因此能啟迪後進
(D)「郯子之徒，其賢不及孔子」，謂郯子等人的學生不如孔子弟子優秀

_____ 2. 依據上文，最符合韓愈對「學習」看法的是：
(A) 只要有心一定能聞道，學習永遠不嫌遲
(B) 智愚之別會影響學習，故聞道有先有後
(C) 學無止境，自少至長都應該精進地學習
(D) 尊重專業，擇師學習不需計較身分年齡

_____ 3. 下列文句，與「惑而不從師，其為惑也終不解矣」同樣強調運用資源以追求成長的是：
(A) 君子生非異也，善假於物也
(B) 梓匠輪輿，能與人規矩，不能使人巧
(C) 君子博學而日參省乎己，則知明而行無過
(D) 日知其所亡，月無忘其所能，可謂好學也已矣

（107 學測 -12-14 題組）

解析

1. **答案：(A)。**

(B) 我要學習的是道理，不需要在意老師的年齡。「師道」是指「學習道理」，「年之先後」指老師，並非學習者的「少長」。

(C) 聖人沒有固定的老師。常，固定不變的。

(D) 郯子等人不如孔子優秀。「徒」在此指「類、輩」，並非學生。

2. **答案：(D)。**

(D) 由「吾師道也，夫庸知其年之先後生於吾乎？」、「無貴、無賤、無長、無少，道之所存，師之所存」、「弟子不必不如師，師不必賢於弟子」、「聞道有先後，術業有專攻」等語可知，擇師學習要以專業為先，不需計較身分年齡。

3. **答案：(A)。**

(A) 「善假於物」為「善於利用外物」，即運用資源以追求成長。出自《荀子・勸學》。

(B) 製造木器、房子的工匠，和製造輪子、馬車的工人，能教人懂得使用那些規矩法度，但無法傳授技術中的巧妙之處。強調工具的使用方式可學，但其運用的精髓則難以傳達。出自《論語・盡心》。

(C) 君子廣博地學習，每天詳察反省己身的作為，就能智慧清明而行為不會有過失了。強調學習的功效。出自《荀子・勸學》。

(D) 每天學習自己所不知道的知識，每月溫習原本已經學會的道理，即溫故知新，與運用資源無關。出自《論語・子張》。

類題練習

_____ 1. 下列各篇內容與其所屬文體，敘述最適當的是：

(A)〈師說〉：韓愈追述儒道先師，屬探究事物本源的論辨體

(B)〈諫逐客書〉：李斯揣摩秦王心理，陳述逐客之弊，屬奏疏體

(C)〈諫太宗十思疏〉：魏徵逐一評述太宗所提的十種治道，屬注疏體

(D)〈勸和論〉：鄭用錫為避免械鬥，代官府勸導百姓，屬上對下的詔令體

（107 指考 -3）

_____ 2. 詩歌常運用意象傳達情思。關於下列詩句「意象」運用的說明，最適當的是：

(A)「我打江南走過／那等在季節裡的容顏如蓮花的開落」，透過「蓮花」的開落呈現年華與心境變化，隱含詩人對女子的愛憐

(B)「門前冷落車馬稀，老大嫁作商人婦。商人重利輕別離，前月浮梁買茶去。去來江口守空船，遶船月明江水寒」，以「月」的恆在比喻無盡的等待

(C)「花自飄零水自流，一種相思，兩處閒愁。此情無計可消除，才下眉頭，卻上心頭」，以「花」、「水」各自飄流，傳達落花有意、流水無情的哀怨

(D)「（曠野裡獨來獨往的一匹狼）恆以數聲悽厲已極之長嗥／搖撼彼空無一物之天地／使天地戰慄如同發了瘧疾」，藉「長嗥」暗示外在批評聲浪令人恐懼

（107 指考 -6）

_____ 3. 作者敘事寫人時，常藉由動作的描繪，讓讀者體會言外之意。關於下列文句<u>畫底線處</u>動作描繪的說明，正確的選項是：

(A)〈桃花源記〉：（桃花源居民）問今是何世？乃不知有漢，無論魏、晉！<u>此人（漁人）一一為具言所聞，皆嘆惋。</u> —— 藉嘆惋表達桃花源居民對漁人見多識廣的欣羨

(B)〈左忠毅公逸事〉：廡下一生（史可法）伏案臥，文方成草。公（左光斗）閱畢，<u>即解貂覆生</u>，為掩戶。 —— 以左光斗毫不猶豫地解下貂裘相贈，暗示左光斗家境優渥，出手大方

(C)〈明湖居聽書〉：那彈弦子的，亦全用輪指，忽大忽小，同她（王小玉）那聲音相和相合；有如花塢春曉，好鳥亂鳴，<u>耳朵忙不過來，不曉得聽那一聲的為是。</u> —— 藉聽眾在弦音和說書聲之間難以選擇，既凸顯彈弦子者的技藝高超，更以之烘托王小玉說書的精妙

(D)〈劉姥姥〉：便伸箸子要夾（鴿子蛋），哪裡夾得起來，滿碗裡鬧了一陣，好容易撮起一個來，才伸著脖子要吃，偏又滑下來滾在地下，<u>忙放下箸子要親自去撿，早有地下的人撿了出去了。</u> —— 以下人搶先一步撿蛋，點出賈府平日待下人苛刻吝嗇，故下人遇美饌則爭食

（98 學測 -8）

_____ 4. 關於下列文句的意涵，敘述適當的是：

(A)「阡陌交通，雞犬相聞。其中往來種作，男女衣著，悉如外人」：桃花源中交通發達，人來人往，聲音嘈雜

(B)「蓋周廣百畝間，實一大沸鑊，余身乃行鑊蓋上，所賴以不陷者，熱氣鼓之耳」：硫穴地勢低窪，宛如置身鍋底般炎熱

(C)「蒼然暮色，自遠而至，至無所見，而猶不欲歸。心凝形釋，與萬化冥合」：天色漸暗，卻流連忘返，進入忘我境界，與大自然合為一體

(D)「草澤群雄，先後崛起，朱、林以下，輒起兵戎，喋血山河，藉言恢復，而舊志亦不備載也」：朱、林以「反清復明」為藉口，清廷視為叛徒，舊志記載不詳

(E)「近日士大夫家，酒非內法，果、肴非遠方珍異，食多非品，器皿非滿案，不敢會賓友；常數月營聚，然後敢發書」：士大夫家宴客，竭盡心力張羅，顯示待客之真誠

（108 指考 -35）

5. 下列關於〈孔乙己〉和〈一桿「稱仔」〉二篇小說，說明正確的選項是：
   (A)〈孔乙己〉借用酒店小伙計的視角，側寫孔乙己食古不化，至死而不悟的可悲可憐
   (B)〈一桿「稱仔」〉以主角秦得參自述的口吻，道出日本警察苛虐臺灣人民的真實情況
   (C) 孔乙己面對他人質問，滿口之乎者也，可見他的博學；秦得參不知巡警講場面話，仍將青菜稱重，顯示他的憨直
   (D)〈孔乙己〉以主角的綽號為題，表達對傳統文化喪失的焦慮；〈一桿「稱仔」〉將稱仔加上引號，彰顯法紀公理蕩然無存的悲哀
   (E) 二文作者均抱持「上醫醫國」的理想，體察百姓的病苦，透過文學創作以反映現實、批判時代，希望藉此改造社會

   （104 學測 -22）

6. 好的翻譯不應只是直接的語譯，而宜兼顧意義的正確與意境的掌握，同時可以呼應原文的優美。依此標準，以下〈岳陽樓記〉「至若春和景明，波瀾不驚，上下天光，一碧萬頃；沙鷗翔集，錦鱗游泳，岸芷汀蘭，郁郁青青。而或長煙一空，皓月千里，浮光躍金，靜影沉璧，漁歌互答，此樂何極！」的翻譯，正確的選項是：
   「至於春氣和暢、陽光明媚的日子，
   (A) 湖面波平浪靜，山色相互輝映，一片碧綠，廣闊無邊；
   (B) 沙洲的鷗鳥時而飛翔、時而止息，美麗的魚兒悠然的游來游去；
   (C) 湖岸的芷草，沙洲的蘭花，洋溢著青春的色彩。
   (D) 而有時瀰漫的霧氣全部消散，皎潔的月光流瀉千里，
   (E) 隨波浮動的月光，彷彿是閃耀的黃金，靜靜倒映的月影，就像是沉落的璧玉，漁人的歌聲彼此唱和，這種快樂真是無窮無盡！」

   （98 指考 -21）

   答案與解析見附冊第 19-21 頁

筆記欄

(二) 結合課外素材

答題建議
1. 精熟課文詞句，以此為基礎推求答案。
2. 掌握教材選文與課外素材的對應關係。
3. 辨識題幹重點，依據要求類推舉例。

範例 1—教材的精熟與應用

_____ 閱讀以下金庸《射鵰英雄傳》文字，根據文意、情境，依序選出最適合填入的選項：

> 黃蓉道：「做這篇文章的范文正公，當年威震西夏，文才武略，可說得上並世無雙。」郭靖央她將范仲淹的事跡說了一些，聽她說到他幼年家貧、父親早死、母親改嫁種種苦況，富貴後儉樸異常，處處為百姓著想，不禁油然起敬，在飯碗中滿滿斟了一碗酒，仰脖子一飲而盡，說道：「_____，大英雄大豪傑固當如此胸懷！」（第 26 回）
>
> 黃蓉道：「當面撒謊！你有這許多女人陪你，還寂寞甚麼？」歐陽克張開摺扇，搧了兩搧，雙眼凝視著她，微笑吟道：「_____。」黃蓉向他做個鬼臉，笑道：「我不用你討好，更加不用你思念。」（第 12 回）

甲、心曠神怡，寵辱偕忘

乙、先天下之憂而憂，後天下之樂而樂

丙、悠悠我心，豈無他人？唯君之故，沉吟至今

丁、日暮長江裏，相邀歸渡頭。落花如有意，來去逐船流

(A) 甲丙　　　　　(B) 甲丁　　　　　(C) 乙丙　　　　　(D) 乙丁

（101 學測 -10）

解析

答案：(C)。

第一段討論的對象是范仲淹，說他「富貴後儉樸異常，處處為百姓著想」，其後又接郭靖讚他一句：「大英雄大豪傑故當如此胸懷」，而「先天下之憂而憂，後天下之樂而樂」正是把國家、百姓置於個人利益之上的襟抱。「心曠神怡，寵辱偕忘」在〈岳陽樓記〉中指一般遷客騷人因晴而喜的反應，換言之，他們會「以物喜，以己悲」，在乎個人窮達勝於天下蒼生，與引文對范仲淹的描述不符。故可選出 (C)(D)。再看第二段，先有黃蓉說歐陽克「有這許多女人陪你」，而歐陽克吟詩之前則「雙眼凝視著她，微笑」，再其後黃蓉回道：「我不用你討好，更加不用你思念。」可知所吟之詩帶有戀慕之情，暗示對黃蓉的思念與情有獨鍾。丁為儲光羲的〈江南曲〉，描述日暮時分的長江水面上，兩人的船偶然相遇，彼此約好一起回到渡頭。一旁的落花彷彿也感染了情意，跟著小船，徘徊不散地飄蕩著。由「相邀歸渡頭」可知，此詩乃見面邀約，並非思念。丙詩則改自曹操的〈短歌行〉，先說「悠悠我心，豈無他人」，回應黃蓉所說，自己確有諸多女子相伴，但即使如此，「唯君之故，沉吟至今」，強調只有黃蓉，讓自己一直念念不

忘。以「他人」襯托對黃蓉的傾心，因此黃蓉聽罷才會回以「我不用你討好」；而「沉吟至今」表達不變的思念之情，黃蓉則回以「更加不用你思念」。句句可與雙方應答相扣，故答案為 (C)。

類題練習

_____ 1. 韓愈〈師說〉：「孔子師郯子、萇弘、師襄、老聃」，相傳孔子曾問「禮」於老聃。閱讀下列有關老子、孔子論「禮」以及後學的相關討論，選出解釋適當的敘述：

老子

失道而後德，失德而後仁，失仁而後義，失義而後禮。夫禮者，忠信之薄而亂之首

孔子

禮云禮云，玉帛云乎哉？樂云樂云，鐘鼓云乎哉？

吳子良（宋代學者）

蓋聃之於禮，尚其意不文，然使文而可廢，則意亦不能獨立矣。此（指「禮者忠信之薄而亂之者」）老子鑑文之弊，而矯枉過正之言也。

朱熹學生

老子云：「夫禮，忠信之薄而亂之首」，孔子又卻問禮於他，不知何故？

他曾為柱下史，故禮自是會得，所以與孔子說得如此好。只是他又說簡物事不用得亦可，一似聖人用禮時反若多事，所以如此說。〈禮運〉中「謀用是作，而兵有此起」等語，便自有這箇意思。

朱熹

(A) 依老子的看法，人間若有「道」，便無須用「禮」

(B) 孔子「玉帛云乎哉」的看法，即憂心「禮」僅「尚其意不尚其文」

(C) 吳子良認為：「禮」的形式與內在應為一體，老子有矯枉過正之弊

(D) 吳子良和朱熹都認為：老子對「禮」缺乏深度認知，故評論有失偏頗

(E) 朱熹認為：〈禮運〉所云：「謀用是作，而兵由此起」，與老子對「禮」的看法相似

（108 學測 -41）

筆記欄

_____ 2. 許多文學作品中的女性，常被塑造成順從男性意志、以男性為中心的形象。下列有關女性的描寫，顛覆這種形象的選項是：

(A) 賣花擔上，買得一枝春欲放。淚染輕勻，猶帶彤霞曉露痕。怕郎猜道，奴面不如花面好。雲鬢斜簪，徒要教郎比並看

(B) 張氏（紅拂）熟視其面，一手握髮，一手映身搖示（李）靖，令勿怒。急急梳頭畢，斂衽前問其姓。臥客答曰：「姓張。」對曰：「妾亦姓張，合是妹。」遂拜之

(C) 愛太傷／不愛最大／請人間蒸發／月光下／有的王子／原來是青蛙／愛錯又怎樣／難免會遇上／愛的黑魔法／我沒在怕／因為女生／越戰越堅強

(D) 姨娘梳各式各樣的頭，什麼鳳凰髻、羽扇髻、同心髻、燕尾髻，常常換樣子，襯托著姨娘細潔的肌膚，孅孅婷婷的水蛇腰兒，越發引得父親笑瞇了眼

(E) 秀潔沒有回答，金發伯也沒有繼續說下去，……她（秀潔）竟在一種自己無法控制的、莫名其妙的情緒下提高嗓門，朗聲答道：「你不要妄想！……就是你逼我唱，我死也不唱，看你這小小的開封府尹，又怎麼奈何得了本宮！」

（104 學測 -23）

_____ 3. 關於下列甲、乙二人的陳述，敘述正確的選項是：

甲

每患遷、固以來，文字繁多，自布衣之士，讀之不遍，況於人主，日有萬機，何暇周覽！臣常不自揆，欲刪削冗長，舉撮機要，專取關國家盛衰，繫生民休戚，善可為法，惡可為戒者，為編年一書，……上起戰國，下終五代，凡一千三百六十二年，修成二百九十四卷。

予在京師，因借館閣諸公家藏數本，參校之，蓋十正其六七，……其要皆主於利言之，合從連橫，變詐百出。然自春秋之後，以迄于秦，二百餘年興亡成敗之跡，粗見於是矣！雖非義理之所存，而辯麗橫肆，亦文辭之最，學者所不宜廢也。

乙

(A) 「甲」強調該書的政治功能；「乙」肯定該書的言辭效益

(B) 「甲」所修之書可能是《資治通鑑》；「乙」所校之書可能是《戰國策》

(C) 「甲」和「乙」的陳述，皆為呈給皇帝的上書，勸諫治國應以歷代興亡為鑑

(D) 《史記》、《漢書》是「甲」用以成書的主要材料，也是「乙」用以成書的主要憑藉

(E) 〈燭之武退秦師〉可在「甲」所修之書中檢得；〈馮諼客孟嘗君〉可在「乙」所校之書中讀到

（103 學測 -20）

4-5 為題組。閱讀下文，回答 4-5 題。

甲、

　　我一面吸吮咀嚼那金色的甘芳，一面流下淚來。我家，因父親的關係，自民國 42 年至民國 104 年擁有一棟宿舍，我們在其間生活成長。然後，父母相繼棄世，我們必須還屋。把這棟曾在狂風驟雨之夜與我們相依為命的房舍繳交回國防部。而這芒果，就是我跑到屏東故宅─那棟不再屬於我的故宅─中去摘來的。

　　這是故宅院子裡西邊那棵樹上的。從前，母親身體安祥時，芒果季節我們若未回家，她常會打包寄來臺北。「臺北沒芒果賣了嗎？你就不能省點心嗎？」父親咕咕噥噥，然而母親還是照寄。

　　今朝晨涼中，趁我齒牙猶健，鼻舌尚敏，我來啖我昔日故園中的果實，來重溫我猶暖的對雙親的感念。（改寫自張曉風〈這些芒果，是偷來的嗎？〉）

乙、

　　余既為此志，後五年，吾妻來歸，時至軒中，從余問古事，或憑几學書。吾妻歸寧，述諸小妹語曰：「聞姊家有閣子，且何謂閣子也？」其後六年，吾妻死，室壞不修。其後二年，余久臥病無聊，乃使人復葺南閣子，其制稍異於前。然自後余多在外，不常居。

　　庭有枇杷樹，吾妻死之年所手植也，今已亭亭如蓋矣。（歸有光〈項脊軒志〉）

_____ 4 下列有關甲、乙二文中「故居」的敘述，最適當是：
(A) 二文皆是作者離鄉多年後，偶爾回故居暫住的憶往之作
(B) 二文皆透過作者與親人昔日在故居中的對話，表達對親人已逝的傷懷
(C) 甲文的「重返故居」顯示思親之切，乙文的「室壞不修」暗示作者尚未走出喪妻之痛
(D) 甲文直接指出作者與家人曾同住故居 62 年，乙文則以「五年」、「六年」揭示作者與妻曾同住故居 11 年

_____ 5.「樹」在甲、乙二文中的意義，最適當的解說是：
(A) 甲文的芒果樹象徵父母安康
(B) 乙文的枇杷樹象徵思念長存
(C) 二文作者皆於親人亡故後「植樹」紀念
(D) 二文皆透過「樹在人去」領悟生死有命

（108 學測 -13-14 題組）

答案與解析見附冊第 21-23 頁

範例 **2**—課內外素材的對照類推

1-3 為題組。閱讀下文，回答 1-3 題。

　　文人達士，多喜言遊。遊未易言也，……淺遊不奇，便遊不暢，群遊不久，自非置身物外，棄絕百事，而孤行其意，雖遊猶弗遊也。余覽往昔諸名人遊記，驗諸目覩身經，知其皆嘗一臠，披一節，略涉門庭，鮮窺閫奧。……霞客之遊，在中州者無大過人；其奇絕者，閩粵楚蜀滇黔，百蠻荒徼之區，皆往返再四。其行不從官道，但有名勝，輒迂迴屈曲以尋之；先審視山脈如何去來，水脈如何分合，既得大勢後，一丘一壑，支搜節討。登不必有徑，荒榛密箐，無不穿也。……記文排日編次，直敘情景，未嘗刻畫為文。……故吾於霞客之遊，不服其闊遠，而服其精詳；於霞客之書，不多其博辨，而多其真實。……霞客果何所為？夫惟無所為而為，故志專；志專，故行獨；行獨，故去來自如，無所不達。意造物者不欲使山川靈異久祕不宣，故生斯人以揭露之耶？（潘耒〈徐霞客遊記序〉）

_____ 1. 依據上文，**不符合**作者想法的是：
　　(A) 便遊、群遊與淺遊，屬嘗一臠披一節式的遊覽
　　(B) 欣賞徐霞客的邊疆之記，更勝於他的中原之錄
　　(C) 徐霞客按日期先後記錄，真實與精詳是其優點
　　(D) 徐霞客以華藻曲筆狀寫情景，揭露造物的奇祕

_____ 2. 下列文句，最符合上文「其行不從官道」、「登不必有徑」的是：
　　(A) 山行六七里，漸聞水聲潺潺，而瀉出於兩峰之間者，釀泉也。峰回路轉，有亭翼然臨於泉上者，醉翁亭也
　　(B) 由斷橋至蘇堤一帶，綠煙紅霧，彌漫二十餘里。歌吹為風，粉汗為雨，羅紈之盛，多於堤畔之草，豔冶極矣
　　(C) 今年九月二十八日，因坐法華西亭，望西山，始指異之。遂命僕過湘江，緣染溪，斫榛莽，焚茅茷，窮山之高而止
　　(D) 暮春之初，會於會稽山陰之蘭亭，脩禊事也。群賢畢至，少長咸集。此地有崇山峻嶺，茂林脩竹，又有清流激湍，映帶左右

_____ 3. 某旅行社打算推出仿徐霞客行旅的套裝行程，下列文案最接近其行遊精神的是：
　　(A) 一步一腳印走入隱世祕境，在人際交流中發現世界，盡嘗家與人情的味道
　　(B) 沿縣道公路深入風景勝地，登高盡攬海天一色，文青族、背包客一網打盡
　　(C) 世界上不缺少美，只是缺少發現，專業背包客帶您在田園裡與自我心靈對話
　　(D) 專攻高端背包客，不走常規景點，壯遊千里探祕勝，在冒險中尋找自我肯定

（108 學測 -15-17 題組）

解 析

本文先寫一般人旅行的淺嘗即止，襯托徐霞客之遊的深入特別。並評論《徐霞客遊記》一書精準詳實，能揭露大自然之美。

1. **答案：(D)**
   (A) 由「淺遊不奇，便遊不暢，群遊不久」的「不奇」、「不暢」、「不久」可知，便遊、群遊與淺遊只是浮泛觀覽。再由「知其皆嘗一臠，披一節，略涉門庭，鮮窺閫奧」可知「嘗一臠，披一節」屬於「略涉門庭，鮮窺閫奧」，亦為淺嘗即止、未曾深入的浮泛觀覽。選項敘述符合作者想法。
   (B) 由「霞客之遊，在中州者無大過人」可知，作者認為他的「中原之錄」並未超越其他人；而由「其奇絕者，閩粵楚蜀滇黔，百蠻荒徼之區，皆往返再四」可知，他的「邊疆之記」頗為「奇絕」，作者更加欣賞。選項敘述符合作者想法。
   (C) 由「記文排日編次」可知，徐霞客的遊記乃按日期先後記錄。由「服其精詳」、「多其真實」可知，真實與精詳是作者十分佩服、讚賞的優點。選項敘述符合作者想法。
   (D) 由「意造物者不欲使山川靈異久祕不宣，故生斯人以揭露之耶」可知，作者推測造物者有意讓徐霞客「揭露造物的奇祕」，選項後半敘述符合。但由「直敘情景，未嘗刻畫為文」可知，徐霞客並未刻意雕琢文字，故「華藻曲筆狀寫情景」的敘述不符合作者想法。

2. **答案：(C)**
   依據本文，徐霞客「其行不從官道」，而是「迂迴屈曲以尋之」，喜從小路曲折迴旋地探尋；「登不必有徑」，還強調「荒榛密箐，無不穿也」，即使荒野中叢生的草木、竹林，也一定能找到穿越的出路。因此，應選出較不為人知，甚至需要自行開墾的荒僻路徑。
   (A) 出自歐陽脩〈醉翁亭記〉。描述行走於琅琊山中，逐步接近醉翁亭的路徑。雖有「峰回路轉」的迂迴曲折，但由滁人、太守「傴僂提攜往來而不絕」地上山宴遊，可見此路既非未經開發，也並不荒僻。與題幹要求不符。
   (B) 出自袁宏道〈晚遊六橋待月記〉。描述西湖春日，從斷橋至蘇堤一帶桃紅柳綠、遊人如織的盛況。西湖為旅遊勝地，斷橋、蘇堤皆是人來人往的大路，而蘇堤更可說是蘇軾知杭州時浚湖所築的「官道」，與題幹「不從官道」的要求相悖。
   (C) 出自柳宗元〈始得西山宴遊記〉。描述發現西山並隨即登臨的過程。途中不但要先渡過湘江，沿著染溪前進，還得「斫榛莽，焚茅茷」，可見是較為荒僻的路徑，原本無路可走，必須「斫」、「焚」如同「荒榛密箐」般的榛莽、茅茷，才能登上山頂，與題幹要求最相符。
   (D) 出自王羲之〈蘭亭集序〉。描述暮春時節與群賢好友聚會的情景。其中「崇山峻嶺，茂林脩竹」與「清流激湍，映帶左右」皆用以點染山明水秀的景致，並非指涉位置荒僻、路途難行。與題幹要求不符。

3. **答案：(D)**
   由「奇絕者，閩粵楚蜀滇黔，百蠻荒徼之區，皆往返再四」可知，徐霞客偏好前往邊境、蠻荒之地冒險，且不辭勞苦、不厭其煩；由「迂迴屈曲以尋之」、「其行不從官道」、「登不必有徑」可知，徐霞客喜歡獨闢蹊徑，自行開發新景點；由「先審視山脈如何去

來，水脈如何分合」、「一丘一壑，支搜節討」可知，徐霞客會做好行前規劃，再實地走訪每座山峰、每個河谷。最後由「行獨，故去來自如，無所不達」可知，徐霞客喜歡獨自一人隨心所欲地出遊。

(A) 雖有「隱世祕境」，但徐霞客喜好「獨行」，故「人際交流」、「家與人情的味道」等語與其行遊精神不同。

(B) 「背包客」的玩法與徐霞客「獨行」的習慣一致，然而徐霞客偏好前往邊境、蠻荒之地冒險，風花雪月的「浪漫文青族」恐怕難以接受。況且徐霞客「行不從官道」，而「縣道公路」屬於「官道」，與其行遊精神不同。

(C) 「專業背包客」與徐霞客獨自出遊、行前規劃的做法一致，但徐霞客偏好前往邊境、蠻荒之地冒險，「田園」並非他感興趣的行旅地點。且文末提及徐霞客遊記往往「直敘情景」，本文作者亦「服其精詳」、「多其真實」，讚美徐霞客記事精準確實，而「與自我心靈對話」較為空泛虛無，與其行旅風格不同。

(D) 「高端背包客」符合徐霞客獨自出遊、出遊地點難度較高且會預先做行前規劃的特點；「不走常規景點」符合他喜歡另闢蹊徑、自行開發路線的特點；「壯遊千里探祕勝」正可說明他「百蠻荒徼之區，皆往返再四」的旅遊經歷；而在種種冒險之中，徐霞客保持「無所為而為」的初心，故而「至專」、「行獨」、「去來自如，無所不達」，可見亦能從中尋得「自我肯定」。選項敘述與徐霞客的行遊精神最接近。

語譯： 喜愛文學、見識超凡的人，往往喜歡談論「旅遊」這件事。然而，「旅遊」其實並非簡單幾句話就能夠說清楚。……走馬看花的「淺遊」無法深入了解景點的奇妙之處，輕鬆簡單的「便遊」無法盡情享受暢快之感，結伴的「群遊」很難持續長久的時間，自己若不能擺脫世俗局限，拋棄、斷絕所有生活瑣事，堅持己見、一意孤行，就算是出門遊玩，也不算真正有意義的旅行。我閱讀過去許多名人所寫的的遊記，透過自己親身經歷的見聞驗證，才知道那些遊記就像是吃鍋中的一塊肉、瀏覽書中的一節文字般，只是稍微踏入門口的庭院，很少窺探到幽深的內部。……徐霞客在中原地區的旅遊，並沒有超越其他人；他極其神奇之處在於閩、粵、楚、蜀、滇、黔等地，以及南方百蠻的荒野邊塞之區，都一次又一次地往返遊覽。徐霞客出遊之時，不走官方開鑿修築的道路，只要是著名的古蹟或風景優美的地方，往往從小路曲折迴旋地探尋。首先，他會仔細觀察山嶺之間如何相通相連，水流之間如何分流匯合，大概掌握情況之後，就開始實地走訪，將每座山峰、每個河谷一一遍覽。對徐霞客來說，登山不必有路，就算是荒野中叢生的草木、竹林，也一定能找到穿越的出路。……這本遊記按日期先後編排次序，字裡行間直接描述風景與感受，不會刻意雕琢。……因此，對於徐霞客這本遊記，我佩服的不是他旅行範圍的廣闊遼遠，而是佩服他記事寫景的精準詳細；對他這本書，我讚賞的不是他論述的廣博，而是讚賞他記錄的真實。……徐霞客之所以這麼做的目的究竟是什麼？我想正是因為他沒有任何特別目的而刻意這麼做，心志才能專一；心志專一，因此才能獨自出遊；獨自出遊，因此才能隨心所欲地自由往來，沒有什麼地方到不了。我猜測，造物者並不希望山川之美、神怪之事長久地隱瞞而不對外宣揚，因此才會出現像徐霞客這樣的人來揭露大自然的奇祕吧？

類題練習

_____ 1. 鄭愁予〈三年〉:「啊!已三代了的生命,而我們何其大方地吝嗇著呀。」以「大方」來形容「吝嗇」,詞義相反,意象強烈而特殊。下列文句也有此種用法的是:

(A) 整條街上往往只有我一個人,只有我傾聽一街震耳欲聾的寂靜

(B) 先生,這是而今詩社裡的故套。小弟看來,覺得雅得這樣俗,還是清談為妙

(C) 歌聲如行雲如流水,讓人了卻憂慮,悠遊其中。又如澎濤又如駭浪,拍打著你心底沉澱的情緒

(D) 花在與我視線平行的小丘上,英英雪雪,迅速來去,或者在遠處山坡,如成群無數的綿羊,車聲不斷起落,羊群和平低頭

(E) 如果作者缺乏自覺,很可能產生評者自評,寫者自寫的現象,至於讀者們也就看者自看了,這樣的現象,簡直可以說是文明的野蠻

（108 指考 -39）

2-3 為題組。閱讀下文,回答 2-3 題。

　　就中國古典詩學傳統而言,詩歌的意義往往以詩人個人內在的情感意念為重心,此等情意又是間接借助語言文字所呈示的對象加以烘襯,由是而形成一種獨特的審美意趣。至於間接烘襯的表現手法能成為主要的創作模式,就是根源於古典文化的論述中,對語言表意功能的質疑。一方面固然由於情感或意念本身不可捉摸的特性,另一方面也認定了語言作為一種表意的工具其實有所不足,甚或不完備,因而如何以有限的語言媒介傳寫極為流動精微的情感或意念,便成為一項備受關注的課題。（改寫自蔡英俊《語言與意義》）

_____ 2. 依據上文,中國古典詩歌以間接烘襯方式表達情感的原因是:

(A) 詩以言志
(B) 言不盡意
(C) 得意忘言
(D) 意在筆先

_____ 3. 下列詩句,最符合上文畫底線處所述表意方式的是:

(A) 飄飄何所似?天地一沙鷗
(B) 妾髮初覆額,折花門前劇
(C) 持家但有四立壁,治病不蘄三折肱
(D) 出師一表真名世,千載誰堪伯仲間

（108 指考 -25-26 題組）

4-5 為題組。 閱讀下文，回答 4-5 題。

在發現澳洲之前，舊世界的人相信所有的天鵝都是白的——這個想法其實沒有錯，因為它和實證現象完全吻合。但只要一隻黑天鵝，便足以讓一個基於白天鵝被看到千萬次所形成的認知失效。

出乎意料的黑天鵝事件，說明了人們從觀察或經驗所學到的事物往往有其侷限。人們無力預測黑天鵝事件，也顯示了人們無從預測歷史發展。但黑天鵝事件發生後，人們又會設法賦予它合理的解釋，好讓它成為是可預測的。因此，許多學說總在黑天鵝事件後出現。

雖然令人難以置信的黑天鵝事件經常衝擊現有的局勢，但我們如果願意反知識操作，或許可以從中僥倖獲利。事實上，在某些領域——例如科學發現和創業投資，來自未知事件的報酬非常大。發明家和企業家往往注意雞毛蒜皮的小事，並在機會出現時認出機會。（改寫自 Nassim Nicholas Taleb《黑天鵝效應‧前言》）

_____ 4. 下列敘述，符合作者看法的是：
(A) 黑天鵝事件向來離奇，人類的經驗難以理解
(B) 留意細微徵兆，有助於防範黑天鵝事件發生
(C) 投資致富的關鍵，便是懂得避開黑天鵝事件
(D) 科學研究若出現黑天鵝事件，可能翻轉知識

_____ 5. 下列作品中人物始料未及之事，最接近黑天鵝事件的是：
(A)《三國演義》：曹操沒料到，赤壁在冬天會吹東南風
(B)《儒林外史》：胡屠戶沒料到，女婿范進能鄉試中舉
(C)〈燭之武退秦師〉：鄭伯沒料到，鄭國能倖免於秦晉聯軍
(D)〈馮諼客孟嘗君〉：孟嘗君沒料到，薛地百姓會夾道相迎

（107 學測 -15-16 題組）

6-7 為題組。 閱讀下文，回答 6-7 題。

「淡」必須是我們性格中最主要的特徵，只有「淡」，才能使一個個體同時具備所有能力，並且隨時證明他所擁有的能力。因此，只有平淡的性格才能使對立的質素互不排斥，確保性格的完整多面向，使個人得以毫無阻礙地隨其所處的情境而應變。任何一種才性，都不應當推展到強烈地獨占一個人的整個性格，而應當順著性格來發揮它。最理想的情況，不是英雄主義式的投入，而是保持一種虛待的狀態。如此，他與世界的脈動是協調的，而且能毫無阻礙地接收這些脈動。

中國古代文人都有出仕的懷抱，因此他們只能在當官和辭官退隱之間抉擇。由於文化中重視平淡，他們的人格通常不會特別往哪一個方向突出，而是向所有的可能敞開。聖人既能夠投入政治生活，也能夠以最大的彈性，視當下的需要而退隱。聖人因其本性中的平淡，而能擁有一切的美德，但又不陷溺在任何一種美德裡。通過投入或遠離政治生活，他總是能隨時隨地準備好要面對各種緊急情況。這就是天道，雖然看起來經常變化，卻永遠不偏移。（改寫自余蓮《淡之頌》）

_____ 6. 依據文意，最符合文中觀點的敘述是：

(A) 退隱閒逸，能使人心境平淡，體驗人生百態進而陶鑄美德

(B) 保持彈性，抱持英雄主義者能順時而為，與世界脈動同步

(C) 不偏不執，成就性格的完整性，能因應變化而不偏離常道

(D) 博採眾長，虛心接受不同意見，可有效處理各種緊急情況

_____ 7. 下列文句，最符合文中「平淡」境界的是：

(A) 鉛刀貴一割，夢想騁良圖。左眄澄江湘，右盼定羌胡

(B) 新沐者必彈冠，新浴者必振衣，安能以身之察察，受物之汶汶者乎

(C) 早歲那知世事艱，中原北望氣如山。樓船夜雪瓜洲渡，鐵馬秋風大散關

(D) 當憂則憂，遇喜則喜，忽然憂樂兩忘，則隨所遇而皆適，未嘗有擇於其間

（107- 指考 -8-9 題組）

8-9 為題組。閱讀下文，回答 8-9 題。

　　山東人娶蒲州女，（蒲州女）多患瘿，其妻母項瘿甚大。成婚數月，婦家疑婿不慧。婦翁置酒，盛會親戚，欲以試之。問曰：「某郎在山東讀書，應識道理。鴻鶴能鳴，何意？」曰：「天使其然。」又曰：「松柏冬青，何意？」曰：「天使其然。」又曰：「道邊樹有骨髓，何意？」曰：「天使其然。」婦翁曰：「某郎全不識道理，何因浪住山東？」因以戲之，曰：「鴻鶴能鳴者，頸項長；松柏冬青者，心中強；道邊樹有骨髓者，車撥傷。豈是天使其然？」婿曰：「請以所聞見奉酬，不知許否？」曰：「可言之。」婿曰：「蝦蟆能鳴，豈是頸項長？竹亦冬青，豈是心中強？夫人項下瘿如許大，豈是車撥傷？」婦翁羞愧，無以對之。（侯白《啟顏錄》）

項瘿：頸瘤。

骨髓：指樹瘤。

_____ 8. 依據文意，選出敘述正確的選項：

(A) 岳父為了彰顯蒲州人的聰明博學，故刻意安排即興問答

(B) 對岳父的問題，女婿皆以「天使其然」回應，故被嘲笑

(C) 女婿四處漂泊，暫時寄居山東，故有「浪住山東」之說

(D) 女婿舉出蝦蟆、竹子及新婚妻子為證，反駁岳父的戲謔

_____ 9. 女婿面對岳父的戲謔，以岳父的思維模式加以回應，因而改變形勢。下列人物應答時使用的語言技巧，與文中女婿相同的選項是：

(A)（馮諼）辭曰：「責畢收，以何市而反？」孟嘗君曰：「視吾家所寡有者。」

(B) 諸葛令、王丞相共爭姓族先後，王曰：「何不言葛、王，而云王、葛？」令曰：「譬言驢、馬，不言馬、驢，驢寧勝馬邪？」

(C) 賈母問他：「可扭了腰了不曾？叫丫頭們搥一搥。」劉姥姥道：「那裡說的我這麼嬌嫩了？那一天不跌兩下子，都要搥起來，還了得呢！」

(D) 一個較有年紀的說：「該死的東西！到市上來，只這規紀亦就不懂？要做什麼生意？汝說幾斤幾兩，難道他的錢汝敢拿嗎？」「難道我們的東西，該白送給他的嗎？」參不平地回答

（105 學測 -13-14）

10-11 為題組。閱讀下文，回答 10-11 題。

　　德國作家赫塞曾把孤獨比喻為「荒野之狼」，文學家用來形容孤獨的意象無疑都非常有力，只可惜太個人化了，我想尋找更具普遍性的意象。

孤獨

太極圖→

交會

　　孤獨的面貌並非只有悲傷，它也可以是欣然而美好的；事實上，孤獨乃是人必然的存在狀態，也是一種回歸和自由，且常存於深刻的互動中。我在中國哲學裡找到一個簡潔有力的「太極圖」，很適合說明孤獨的特質。太極圖由陰陽（黑白）兩個對稱而對立的半部所組成。如果把陰比為孤獨，把陽比為交會的話，非常能說明孤獨和交會的關係。首先，陰陽兩個半部裡各自包含著對方顏色的若干細線，這反映出：沒有所謂純粹的孤獨，也沒有所謂純粹的交會。其次，兩個半部間有一灰色的中間地帶，這和兩者互為對方底景的特質相似。最特別處是在陰的中央位置有個白點，在陽的中央位置有個黑點，這似乎意味著：在人我交會的極致中，人有可能會突然體驗到最深沉的孤獨，而在孤獨的極致中，人也可能會突然體驗到自我和天地、人際之間最深沉的交會。

　　用太極圖來象徵孤獨還有一個優點：它可反映出孤獨和群體生活二者對人同等重要，是體驗世界時不可偏廢的兩條路徑。（改寫自菲力浦・科克《孤獨》）

_____ 10. 下列敘述，符合上文文意的選項是：

(A)文學家每為孤獨所困，但描繪的內容都是個人化的經驗，難以引起讀者共鳴

(B)孤獨和交會的關係就好比陰、陽，二者互滲於對方之中，不可能真正的獨存

(C)要完整體驗世界必須同時過著孤獨和群體生活，讓自己處於灰色的中間地帶

(D)太極圖中的白點象徵在孤獨中能安慰我們的朋友，黑點象徵人心深處的黑暗面

_____ 11. 下列文字，最能表現上文畫底線處情況的選項是：

(A)臘月既望，館人奔告：「玉山見矣！」時旁午，風靜無塵，四字清澈

(B)壬戌之秋，七月既望，蘇子與客泛舟遊於赤壁之下。清風徐來，水波不興

(C)明日拉顧君偕往，坐莽葛中，命二番兒操楫。緣溪入，溪盡為內北社，呼社人為導

(D)人知從太守遊而樂，而不知太守之樂其樂也。醉能同其樂，醒能述以文者，太守也

（106 學測 -8-9 題組）

12-13 為題組。閱讀下文，回答 12-13 題。

　　社會上所發生的事件，古今是有其絕相類似之處的。生活經驗豐富，瞭解當代社會最深的史學家，是最能瞭解過去社會的史學家。社會上有些事件是可能發生的，有些事件是必不可能發生的。可能發生的事件，史學家在文獻足徵的情況下，可以確定其可信。必不可能發生的事件，史學家可以不顧前人言之鑿鑿，而斷然予以否認。所以鬼神怪誕之事，在原則上講，不入於史。現實生活經驗中所見不到的鬼神，如何能相信其出現於千百年以前呢？詩人詞客所幻想的離奇故事，如西王母住在為日月隱藏之所的崑崙山上，如何能是實錄呢？史學家一般認為「妖異止於怪誕，談諧止於取笑」，可以直刪不妨；而對於誦經獲報、符咒靈驗等等，不可盡以為誣妄，採取將信將疑的態度則差可，深信之不疑則必不可。（改寫自杜維運〈歷史想像與歷史真理〉）

_____ 12. 下列敘述，**不符合**上文意旨的選項是：
　　(A) 以合乎情理與否來評斷往事是否可信，是從事歷史研究的重要原則
　　(B) 古今社會有所差異，史學家不能以當代社會為依據去瞭解古代社會
　　(C) 史學家對里俗間流傳的果報與符咒等記載，不能不抱持存疑的態度
　　(D) 即使有文獻記載，史學家仍可對不符現實生活經驗的內容予以否認

_____ 13. 下列文句，最符合上文「直刪不妨」的選項是：
　　(A) 又一客曰：「今宵最樂，然不勝酒力矣。其餞我於月宮可乎？」三人移席，漸入月中。眾視三人，坐月中飲，鬚眉畢見，如影之在鏡中
　　(B) 更進半里，草木不生，地熱如炙。左右兩山多巨石，為硫氣所觸，剝蝕如粉。白氣五十餘道，皆從地底騰激而出，沸珠噴濺，出地尺許
　　(C) 村中聞有此人，咸來問訊。自云：「先世避秦時亂，率妻子邑人來此絕境，不復出焉，遂與外人間隔。」問今是何世？乃不知有漢，無論魏、晉
　　(D) （張陵）其書多有禁祕，非其徒也，不得輒觀。至於化金銷玉，行符敕水，奇方妙術，萬等千條，上云羽化飛天，次稱消災滅禍。故好異者往往而尊事之

（105 指考 -10-11 題組）

筆記欄

14-15 為題組。閱讀下文，回答 14-15 題。

著名建築家梁思成在香山途中，發現杏子口山溝南北兩崖上的三座小小佛龕，幾塊青石板經歷了七百多年風霜，石雕的南宋風神依稀可辨，說是「雖然很小，卻頂著一種超然的莊嚴，鑲在碧澄澄的天空裡，給辛苦的行人一種神秘的快感和美感。」建築家有這樣的領會，梁思成名之為「建築意」。

「意」，不太容易言傳，等於品味、癖好之微妙，總是孕含一點「趣」的神韻，屬於純主觀的愛惡，玄虛不可方物，如聲色之醉人，幾乎不能理喻。袁宏道所謂「世人所難得者唯趣。趣如山上之色、水中之味、花中之光、女中之態，雖善說者不能下一語，惟會心者知之」。這是對的。但是，袁中郎笑人慕趣之名，求趣之似，辨說書畫、涉獵古董以為清，寄意玄虛、脫跡塵俗以為遠，說這些都是趣之皮毛，未免犯了知識勢利的弊病。夫趣，得之自然者深，得之學問者淺，一心追求高級文化之神情旨趣，恐怕變得有身如桎，有心如棘，入理愈深，去趣愈遠。這一層，蘇珊‧桑達看得比較通透，她標舉俗中求雅的享樂主義也是「高品味」，「有品味有修養的人從此得以開懷，不必日夜為杞憂所累。」琴棋書畫的最高境界講究能收能放，與此同理。

品味跟精神境界當然分不開，可惜庸俗商業社會中把人的道德操守和文化修養都化成「交換價值」，視之如同「成品」，只認標籤不認內涵，品味從此去「品」何止千里！懂得看破功利社會怪現象而發出會心微笑的人，才能洞識「現代品味」的真諦，才可以在交換價值市場上立足且自得其趣。在這樣精緻的按鈕時代裡，沒有這一點品味的人注定寂寞。（改寫自董橋〈說品味〉）

_____ 14. 依據文意，選出敘述正確的選項：
(A) 梁思成所謂「建築意」，是指建築文物因歷經歲月風霜而呈現的斑駁痕跡
(B) 蘇珊‧桑達提出「高品味」，意在諷刺現代人往往付出高價追求庸俗享樂
(C) 掌握道德操守和文化修養之間的「交換價值」，才能在現代社會自得其趣
(D) 能超越功利角度享受美感經驗，方能在精緻的按鈕時代裡培養「現代品味」

_____ 15. 下列敘述，與文中論「趣」觀點最相符的選項是：
(A) 鄭愁予〈錯誤〉：「東風不來，三月的柳絮不飛」擅寫自然景物，是「夫趣，得之自然者深」的表現
(B) 徐志摩〈再別康橋〉：「在康河的柔波裡，我甘心做一條水草」，表達濃烈的主觀愛好，屬於「趣之皮毛」
(C) 袁宏道〈晚遊六橋待月記〉認為「月景尤不可言」，乃因月景之美「孕含一點『趣』的神韻」，「惟會心者知之」
(D)《世說新語》中「白雪紛紛何所似」、「撒鹽空中差可擬」的二句問答，雙方皆欲以此明辨事理，因而「去趣愈遠」

（104 學測 -12-13 題組）

16-17 題為題組。**閱讀下文，回答 16-17 題。**

　　剛出世的小馬駒很快就能站起來，並尋找食物；小鴨只要一出世，就會根據本能去找水、游水。而剛剛出世的孩子，如果沒有大人的幫助，則會在幾個小時內死亡。人類的基本生存能力是從哪裡來的呢？社會學給了這個問題一個非常簡潔的答案——社會化。由於人類不具備其他動物的生物本能，就只能通過學習來獲得能力、獲得人格，使自己成為社會中的正常一員。

　　某些人類的行為常被誤認為是「本能」，譬如有人衝你的臉打上一拳，當然會閃躲。但在社會學和生物學中，作為一個科學概念，「本能」有非常具體的含義，主要是指受基因決定的複雜行為模式，譬如小鴨找水、小馬駒站立，都是本能行為。而這裡的閃躲，則是反射行為，不是本能；是單一的反應，不是複雜的行為模式。

　　人類有一些與生俱來的反射行為，而且大多與生存有關，前面提到的閃躲是為了避免傷害，嬰幼兒的吃奶是為了進食。還有許多類似的動作，都與人類的基本生存有關，譬如對溫暖、水的需求。但是，人類滿足這些基本需求的方式並不完全一致。舉例來說，飲食是人類的共同行為，但是獲得飲食滿足的方式卻千差萬別。另外，<u>人會在行為發出之前有所思考，會選擇自己的行為方式，考慮行為後果以及對自己的利或弊</u>，而不是像動物那樣完全憑藉生物特性，以本能發出行為。（改寫自邱澤奇《社會學是甚麼》）

_____ 16. 依據上文，符合文中對人類「本能」與「反射」說明的是：
(A) 人一出生即具有自給自足的本能
(B) 人具有複雜的本能，其他動物沒有
(C) 因環境發展出各地不同的飲食，是人的本能
(D) 人會避開迎面而來的衝撞，屬於反射而非本能
(E) 從社會學的觀點，人的基本生存能力是藉後天學習而來

_____ 17. 下列文句，符合上文畫底線處所述情形的是：
(A) 萬物皆備於我矣。反身而誠，樂莫大焉
(B) 方今之時，臣以神遇而不以目視，官知止而神遇行
(C) 惟江上之清風，與山間之明月，耳得之而為聲，目遇之而成色
(D) 生，亦我所欲也；義，亦我所欲也；二者不可得兼，舍生而取義者也
(E) 今棄擊甕叩缶而就鄭、衛，退彈箏而取韶虞，若是者何也？快意當前，適觀而已矣

（108 指考 -41-42 題組）

答案與解析見附冊第 23-29 頁

一、答案在文本之中

> 說明：所謂「答案在文本中」，指可從敘述文字中找到答案。理解層次依序為：認知描寫對象→理解涵義→檢索訊息，統整歸納。其後再依「敘事」、「說理」或二文對照的「比較」，發展不同的解題思考。

(一) 掌握特色，辨識主體

1. 認識古今重要人物，具備相關文史知識。
2. 提取關鍵字詞，檢索辨識對象的特色。
3. 考慮敘述文字的不同解讀與對應關係。
4. 體會篇章意旨，結合先備知識判斷答案。

範 例

_____ 連橫認為學詩須讀書以立根基，下列選項的閱讀次第，符合文中觀點的是：

　　詩有別才，不必讀書，此欺人語爾。少陵為詩中宗匠，猶曰：「讀書破萬卷，下筆如有神」，今人讀過一本《香草箋》，便欲作詩，出而應酬，何其容易！余意欲學詩者，經史雖不能讀破，亦須略知二、三，然後取唐人名家全集讀之，沉浸穠郁，含英咀華，俟有所得。乃有所得，乃可旁及，自不至紊亂無序，而下筆可觀矣。（連橫《雅堂文集‧詩薈餘墨》）

(A) 香草箋→王右丞集→詩經　　　　(B) 詩經→黃山谷詩集→香草箋

(C) 杜工部集→左傳→王右丞集　　　(D) 左傳→杜工部集→黃山谷詩集

（107 指考 -4 ）

解 析

答案：(D)。

　　本文首先指出「詩有別才，不必讀書」的說法是騙人的，寫詩者就算具備特殊才能，還是要讀書。接著引「詩聖」杜甫之語，證明閱讀對學詩者的重要性，也可推知今人只讀《香草箋》，就想作詩與人交際往來，實非易事。以下談及學詩者的閱讀次第：先讀經、史，再取唐人名家全集，有所得之後再旁及其他作品。如此博覽群書，立下根基，寫出來的詩才值得欣賞。

　　讀書的次第是先讀經史，再讀唐代著名作家的全集，而後推及其他作品，故接下來必須將選項作品正確分類。選項作品，依次辨識如下：《香草箋》為清代黃任的作品集，應屬集部；《王右丞集》是唐代王維的作品集；《詩經》為經部；《黃山谷詩集》是宋代黃庭堅所著；《杜工部集》為唐代杜甫所著，屬集部；《左傳》屬經部。選項中僅《詩經》、《左傳》屬於「經史」，可選出 (B)、(D)。而《杜工部集》為「唐人名家全集」，故答案為 (D)。

_____ 1. 下列元曲運用一連串比喻，所要嘲諷的對象是：

奪泥燕口，削鐵鍼頭，刮金佛面細搜求。無中覓有。鵪鶉膆裡尋豌豆，鷺

鷥腿上劈精肉，蚊子腹內刳脂油。虧老先生下手。（佚名〈醉太平〉）

(A) 汲汲名利，奔走鑽營者

(B) 百般挑剔，吹毛求疵者

(C) 貪圖小利，極力刻剝者

(D) 興風作浪，無中生有者

（106 學測 -6）

_____ 2. 下列詩句，依春夏秋冬四季順序排列，正確的選項是：

甲、殘螢棲玉露，早雁拂金河

乙、燕草如碧絲，秦桑低綠枝

丙、木槿花開畏日長，時搖輕扇倚繩牀

丁、四野便應枯草綠，九重先覺凍雲開

(A) 乙甲丙丁 　　　　　　　　　　(B) 乙丙甲丁

(C) 丁乙甲丙 　　　　　　　　　　(D) 丁丙甲乙

（103 指考 -6）

_____ 3. 「我忍住淚回轉身看視野迷濛的山下，半腰一棵大榕樹，再下去一片芒草

坡；視線拉平，是田埂縱橫的稻田，松山區信義路尾。《詩經》說：豈無膏沐，

誰適為容？這不正是她的寫照嗎？她黑褂黑褲，臉上不施脂粉；久久才站起，

用手背抹去臉上的淚水，招呼大家收拾祭物，回家。」（陳義芝〈寧波女子〉）

上引文字，依文意推敲，文中的「她」祭弔的對象是：

(A) 父親 　　　　　　　　　　　　(B) 丈夫

(C) 子女 　　　　　　　　　　　　(D) 兄弟

（98 指考 -10）

_____ 4. 下列詩句所歌詠的對象，正確的是：

(A) 去來固無跡，動息如有情。日落山水靜，為君起松聲—雨

(B) 不是人間種，移從月窟來。廣寒香一點，吹得滿山開—桂

(C) 春紅始謝又秋紅，息國亡來入楚宮。應是蜀冤啼不盡，更憑顏色訴西風
　　 —楓

(D) 史氏只應歸道直，江淹何獨偶靈通。班超握管不成事，投擲翻從萬里戎
　　 —筆

(E) 千形萬象竟還空，映水藏山片復重。無限旱苗枯欲盡，悠悠閒處作奇峰
　　 —雲

（107 學測 -40）

_____ 5. 某唐代詩人特展的宣傳看板有詩句如下，下列可作為此詩人特展解說標題的選項是：

(A) 流放夜郎

(B) 天上謫仙人

(C) 成都浣花草堂

(D) 見證安史之亂

(E) 繼承新樂府運動

> 被廷爭疏離君主／被戰爭逐出長安／蜀道這條玄宗倉皇出奔的路／你奔，就苦於上青天了／麗人行的低吟／悲陳陶的吶喊／哀江頭的吞聲／沒感動任何當局／你的詩只有酒壺聽懂

（103 學測 -18）

答案與解析見附冊第 29-30 頁

(二) 擷取訊息，發展解釋

1. 閱讀文章，區分各段重點。
2. 掌握脈絡，留意轉折細節。

範例 1 －敘事

1-2 題為題組。閱讀下文，回答 1-2 題。

　　越巫自詭善驅鬼物。人病，立壇場，鳴角振鈴。跳擲叫呼，為胡旋舞，禳之。病幸已，饌酒食，持其貲去，死則諉以它故，終不自信其術之妄。恆誇人曰：「我善治鬼，鬼莫敢我抗。」惡少年慍其誕，瞯其夜歸，分五六人棲道旁木上，相去各里所，候巫過，下砂石擊之。巫以為真鬼也，即旋其角，且角且走，心大駭，首岑岑加重，行不知足所在。稍前，駭頗定，木間砂亂下如初，又旋而角；角不能成音，走愈急。復至前，復如初，手慄氣懾不能角，角墜；振其鈴，既而鈴墜，惟大叫以行。行聞履聲及葉鳴谷響，亦皆以為鬼號，求救於人甚哀。夜半抵家，大哭叩門，其妻問故，舌縮不能言，惟指床曰：「巫扶我寢，我遇鬼，今死矣！」扶至床，膽裂，死，膚色如藍。巫至死不知其非鬼。（方孝孺〈越巫〉）

_____ 1. 依據上文，對於越巫形象的描寫，最適當的是：

(A) 仗恃靈力，脅制鄉里　　　　(B) 惡行易改，心魔難除

(C) 設壇召魅，作法自斃　　　　(D) 無知自是，誤人害己

_____ 2. 關於上文的寫作手法與文意，敘述最適當的是：

(A) 以「相去各里所」暗示少年們對越巫心存畏怯，彼此守望照應

(B) 以「即旋其角」、「角不能成音」、「手慄氣懾不能角」描寫越巫因又懼又急而法力愈加減弱

(C) 以「且角且走」、「角墜；振其鈴，既而鈴墜，惟大叫以行」表現越巫從試圖自欺到心神失控的狼狽

(D) 以「行聞履聲及葉鳴谷響，亦皆以為鬼號」凸顯越巫仍想藉由周遭聲響研判鬼的行蹤，求得活命機會

（108 學測 -31-32 題組）

解析

本文先敘述越巫詐稱善於驅鬼，可為人治病，全然不顧自己的行為是否會延誤病情，只想藉此斂財、騙吃騙喝，十分無良。其後被一群惡少設計教訓，沒想到自詡無「鬼」敢抵抗的他竟然被活活嚇死。

語譯：從前有個越巫，自己對外聲稱擅長驅鬼。如果有人生病來求助，他就會設置作法的壇場，自己站在場上吹奏號角、手搖法鈴。一邊跳躍一邊呼叫狂喊，他說他跳的胡旋舞，是祈福消災的舞步，可以驅鬼治病。如果病人運氣好痊癒了，他就會向病人家屬要求吃喝一頓，並收取報酬才離開；如果不幸病情惡化死亡，就找其他理由推卸責任，從來不願承認錯在自己的法術太過荒誕。而且，他還常對別人自誇說：「我最擅長驅鬼，沒有任何鬼敢跟我抵抗。」鄉裡有一群不良少年對越巫這種詐欺的行為非常生氣，有一天夜裡，在他回家路上偷偷窺伺、偵察他，他們每分派了五、六個人，每隔一里左右，就有人在路邊的樹上埋伏，準備等到越巫經過時，扔下砂子、石塊攻擊他。越巫以為真的遇到鬼了，立刻吹奏號角，一邊吹奏一邊逃跑，心裡非常驚慌害怕，覺得腦袋煩悶脹痛，而且不知道自己走到什麼地方去了。才稍微往前走了一段路，驚魂甫定，樹林間又開始像剛才那樣胡亂地丟下砂石，他又再度拿出號角來吹奏；卻慌張到吹不出聲音，於是更急著向前跑。不料再往前跑，又是遇到跟先前一樣的狀況，他嚇得雙手發抖、呼吸困難，號角想吹都吹不了，於是就掉到地上；於是他開始搖晃法鈴，沒多久法鈴也掉了，他只能大聲喊叫向前狂奔逃跑。奔逃之時，一路上聽到的腳步聲與周圍林間樹葉搖動、山谷迴響，他都以為是鬼物的恐怖叫喊，哀嘆著向人求救的樣子十分悲慘。到了午夜終於逃回家裡，大聲哭叫著敲門，妻子問他究竟怎麼回事，他驚嚇得舌頭僵縮，說不出話來，只能指著床說：「快扶我到床上躺下，我遇到鬼，現在就要死了！」妻子才扶他走到床邊，他已經因膽囊破裂而死，全身皮膚呈現藍色。越巫直到死都不知道自己遇到的根本是人而不是鬼。

1. **答案：(D)。**

   (A) 越巫並無「靈力」，所謂「善驅鬼物」只是用以斂財的謊話。且他的所作所為是欺騙鄉里，並未脅制。選項敘述不符。

   (B) 越巫一直到臨死之前都沒有表現出反省的態度與作為。選項敘述不符。

   (C) 由「禳之」可知越巫設壇作法的目的是「驅鬼」，並非「召魅」；他最後驚嚇而死乃因被鄉里少年惡整，並不是在祭壇上「作法自斃」。選項敘述不符。

   (D) 越巫分明毫無法力，卻還以此斂財、為人治病。以為設壇作法能祈福消災，又不能保證病癒，導致延誤就醫，人死則推託責任，為「自是」、「誤人」；被惡整之時，全然失去冷靜，至死都不知嚇他的是人非鬼，為「無知」、「害己」。選項敘述最適當。

2. **答案：(C)。**

   (A)「相去各里所」指少年們每隔一里左右，就有人在路邊的樹上埋伏，準備等到越巫經過時，扔下砂子、石塊攻擊他。而由第一次嚇著越巫之後，「木間砂亂下如初」、「復至前，復如初」，一再重覆樹林間投砂石的攻擊，讓越巫的心情每次稍微平復就又再度飽受驚嚇。是惡整越巫的設計安排，並非「對越巫心存畏怯，彼此守望照應」。選項敘述不適當。

(B)「即旋其角」是他第一次在林間「遇鬼」時的反應，此時尚能吹奏號角；到「角不能成音」是第二次「遇鬼」，驚嚇更甚，幾乎發不出聲音；「手慄氣懾不能角」是第三次「遇鬼」，此時已經嚇到雙手發抖、呼吸困難，號角想吹都吹不了。故此三句是藉由越巫吹奏號角的狀況，反映他受到驚懼的程度愈來愈嚴重，並非描寫他因又懼又急而法力愈加減弱。且越巫本無法術，更無「法力愈弱」之說，選項敘述不適當。

(C) 越巫第一次「遇鬼」時，還能立即作出反應：「即旋其角，且角且走」，用自以為能驅鬼的「吹角」自救，沒想到未能發揮效果，無法阻止砂石投擊。直到「角墜；振其鈴，既而鈴墜」，終於意識到情況完全失控，而自己無能為力，只能失控狼狽地「大叫以行」。選項敘述適當。

(D)「行聞履聲及葉鳴谷響，亦皆以為鬼號」指越巫將自己的腳步聲與周圍聲響都誤以為是鬼的叫聲，凸顯越巫在奔逃之時的驚嚇恐懼，並非想藉由這些聲響研判鬼的行蹤，求得活命機會。選項敘述不適當。

(類題練習)

_____ 1. 閱讀下文，選出敘述正確的選項：

　　楚莊王欲伐晉，使豚尹觀焉。反曰：「不可伐也。其憂在上，其樂在下；且賢臣在焉，曰沈駒。」明年，又使豚尹觀，反曰：「可矣。初之賢人死矣，諂諛多在君之廬者。其君好樂而無禮；其下危處以怨上。上下離心，與師伐之，其民必反。」莊王從之，果如其言矣。(《說苑・奉使》)

(A) 豚尹反對楚莊王攻打晉國，表現出他憂以天下、樂以天下的博愛襟懷

(B) 豚尹與沈駒分別為晉國與楚國賢臣，豚尹受到重用，沈駒則含冤而死

(C) 晉君由憂國轉而好樂，晉民由安樂轉而怨上，遂使晉國陷入崩解危機

(D) 晉國在沈駒死後，晉民因晉君不守禮法而造反，楚國遂趁機攻打晉國

（104 指考 -10）

_____ 2. 閱讀下文，回答問題。

　　昌他亡西周，之東周，盡輸西周之情於東周。東周大喜，西周大怒。馮且曰：「臣能殺之。」君予金三十斤。馮且使人操金與書，間遺昌他書曰：「告昌他，事可成，勉成之；不可成，亟亡來亡來。事久且泄，自令身死。」因使人告東周之候曰：「今夕有姦人當入者矣。」候得而獻東周，東周立殺昌他。(《戰國策・東周策》)

依據文意，選出敘述正確的選項：

候：斥候，探子。

(A) 馮且收買昌他為西周間諜，遭東周查獲而遇害

(B) 馮且命昌他策反東周斥候，反令昌他被捕遇害

(C) 馮且誣陷昌他收賄通敵，昌他逃至東周而遭戮

(D) 馮且故布疑陣，使昌他被東周誤為間諜而遭戮

（103 學測 -15）

_____ 3. 閱讀下文，選出敘述正確的選項：

（文若虛向張大表示想隨船）張大道：「好，好。我們在海船裡頭不耐煩寂寞，若得兄去，在船中說說笑笑，有甚難過的日子？我們眾兄弟料想多是喜歡的。只是一件，我們都有貨物將去，兄並無所有，覺得空了一番往返，也可惜了。待我們大家計較，多少湊些出來助你，將就置些東西去也好。」（凌濛初《初刻拍案驚奇》）

(A) 張大怕文若虛喜歡說笑，在船上不耐寂寞

(B) 張大故意提出難題，好讓文若虛知難而退

(C) 張大不願文若虛冒險行商，免得血本無歸

(D) 張大想替文若虛籌錢，好買些貨做點生意

（103 指考 -13）

_____ 4. 閱讀下文，選出正確的選項：

左慈字元放，廬江人也。少有神道。嘗在司空曹操坐，操從容顧眾賓曰：「今日高會，珍羞略備，所少吳松江鱸魚耳。」慈於下坐應曰：「此可得也。」因求銅盤貯水，以竹竿餌釣於盤中，須臾引一鱸魚出。操拊掌大笑，會者皆驚。操曰：「一魚不周坐席，可更得乎？」慈乃更餌鉤沉之，須臾復引出，皆長三寸餘，生鮮可愛。操使目前鱠之，周浹會者。操又謂曰：「既已得魚，恨無蜀中生薑耳。」慈曰：「亦可得也。」操恐其近即所取，因曰：「吾前遣人到蜀買錦，可過勑使者，增市二端。」語頃，即得薑還，并獲操使報命。後操使自蜀反，驗問增錦之狀及時日早晚，若符契焉。

（《後漢書·方術列傳》）

> 端：古代量詞，帛類的長度單位。

(A)「操拊掌大笑，會者皆驚」是說左慈的表現讓曹操拍案叫絕，讓與會者相當訝異

(B)「一魚不周坐席」是指魚的分量太少，不夠在場的賓主食用

(C)「操使目前鱠之」是要求左慈當下變出魚羹，以防他作弊

(D)「語頃，即得薑還，并獲操使報命」是指話講完不久，曹操的使者已經買回生薑

(E)「若符契焉」是指曹操派去蜀地的使者，好像被施過符咒一般

（105 指考 -24）

5-6 為題組。閱讀下文，回答 5-6 題。

上蔡先生云：「透得名利關，方是小歇處。今之士大夫何足道，真能言之鸚鵡也。」朱文公曰：「今時秀才，教他說廉，直是會說廉；教他說義，直是會說義。及到做來，只是不廉不義。」此即能言鸚鵡也。夫下以言語為學，上以言語為治，世道之所以日降也。而或者見能言之鸚鵡，乃指為鳳凰、鸑鷟，唯恐其不在靈囿間，不亦異乎！（羅大經〈能言鸚鵡〉）

_____ 5. 依據上文，今日世風之弊在於：

(A) 豢養珍禽，玩物喪志　　　　　(B) 模仿剽竊，寡廉鮮恥

(C) 蔽於表象，不辨虛實不務踐履　(D) 器識褊狹，唯學鸚鵡不慕鳳凰

_____ 6. 下列文句，最能呼應上文觀點的是：

(A) 君子欲訥於言而敏於行

(B) 寡言者可以杜忌，寡行者可以藏拙

(C) 言行，君子之樞機，樞機之發，榮辱之主也

(D) 聽言觀行，不以功用為之的彀，言雖至察，行雖至堅，則妄發之說也

（108 學測 -33-34 題組）

7-9 為題組。閱讀下文，回答 7-9 題。

　　宋江看了，心中暗喜。自誇道：「這般整齊肴饌，濟楚器皿，端的是好個江州。我雖是犯罪遠流到此，卻也看了些真山真水。我那裡雖有幾座名山古跡，卻無此等景致。」獨自一個，一盃兩盞，倚闌暢飲，不覺沉醉。猛然蕩上心來，思想道：「我生在山東，長在鄆城，學吏出身，結識了多少江湖上人，雖留得一個虛名，目今三旬之上，名又不成，功又不就，倒被文了雙頰，配來在這裡。我家鄉中老父和兄弟，如何得相見！」不覺酒湧上來，潸然淚下。臨風觸目，感恨傷懷。忽然做了一首〈西江月〉詞調，便喚酒保，索借筆硯。起身觀翫，見白粉壁上，多有先人題詠。宋江尋思道：「何不就書於此？倘若他日身榮，再來經過，重觀一番，以記歲月，想今日之苦。」乘其酒興，磨得墨濃，蘸得筆飽，去那白粉壁上，揮毫便寫道：

　　「自幼曾攻經史，長成亦有權謀。恰如猛虎臥荒丘，潛伏爪牙忍受。不幸刺文雙頰，那堪配在江州。他年若得報冤讎，血染潯陽江口。」

　　宋江寫罷，自看了，大喜大笑。一面又飲了數盃酒，不覺歡喜，自狂蕩起來，手舞足蹈，又拿起筆來，去那〈西江月〉後，再寫下四句詩，道是：

　　「心在山東身在吳，飄蓬江海謾嗟吁。他時若遂凌雲志，敢笑黃巢不丈夫。」

　　宋江寫罷詩，又去後面大書五字道：「鄆城宋江作」。寫罷，擲筆在桌上，又自歌了一回。再飲過數盃酒，不覺沉醉，力不勝酒。便喚酒保計算了，取些銀子算還，多的都賞了酒保。（《水滸傳》第 39 回）

_____ 7. 上文藉描寫「宋江飲酒賦詩」，凸顯宋江的性格是：

(A) 風雅而富詩興　　　　(B) 落拓而有豪情

(C) 慷慨而交遊廣　　　　(D) 權謀而城府深

_____ 8. 關於宋江題於壁上的詩詞，解釋最適當的是：

(A)「恰如猛虎臥荒丘」意謂才高卻無處施展抱負

(B)「敢笑黃巢不丈夫」意謂不齒黃巢舉兵動搖朝廷

(C)「報冤讎」、「遂凌雲志」指掃除匪寇以安定江州

(D)「潛伏爪牙」、「飄蓬江海」指暗中在四處招兵買馬

9. 下列六句是今日九江潯陽樓上的一副對聯，請依文意與對聯格式，選出排列順序正確的選項：

甲、如無水滸傳者　　　乙、果有潯陽樓乎

丙、就會無影無蹤　　　丁、寫得有聲有色

戊、則梁山聚義替天行道　　己、將宋江醉酒壁上題詩

	上聯	下聯
(A)	甲－戊－丙	乙－己－丁
(B)	甲－己－丁	乙－戊－丙
(C)	乙－戊－丙	甲－己－丁
(D)	乙－己－丁	甲－戊－丙

（108 指考 -20-22 題組）

10-11 題為題組。閱讀下文，回答 10-11 題。

王汾濱言：其鄉有養八哥者，教以語言，甚狎習，出遊必與之俱，相將數年矣。一日，將過絳州，去家尚遠，而資斧已罄。其人愁苦無策。鳥云：「何不售我？送我王邸，當得善價，不愁歸路無貲也。」其人云：「我安忍！」鳥言：「不妨。主人得價疾行，待我城西二十里大樹下。」其人從之。攜至城，相問答，觀者漸眾。有中貴見之，聞諸王。王召入，欲買之。其人曰：「小人相依為命，不願賣。」王問鳥：「汝願住否？」答言：「願住。」王喜。鳥又言：「給價十金，勿多予。」王益喜，立畀十金。其人故作懊恨狀而出。王與鳥語，應對便捷。呼肉啖之。食已，鳥曰：「臣要浴。」王命金盆貯水，開籠令浴。浴已，飛簷間，梳翎抖羽，尚與王喋喋不休。頃之，羽燥，翩躚而起。操晉聲曰：「臣去呀！」顧盼已失所在。王及內侍，仰面咨嗟，急覓其人，則已渺矣。後有往秦中者，見其人攜鳥在西安市上。（蒲松齡《聊齋誌異・鴝鵒》）

> 畀：交給。

10. 關於本篇故事內容，敘述正確的選項是：

(A) 八哥的主人因缺旅費，打算出售八哥

(B) 八哥擬另謀棲身之處，設局誆騙主人

(C) 八哥與主人合謀，利用賣身詐取錢財

(D) 八哥與主人得手後，在西安故技重施

11. 下列關於故事的解釋，**錯誤**的選項是：

(A) 主人將八哥「攜至城，相問答」，係為製造奇觀引人注意

(B) 八哥對王言「給價十金，勿多予」，有助於取得王的信任

(C) 主人「故作懊恨狀」，目的是為了讓八哥相信他萬分不捨

(D) 八哥「尚與王喋喋不休」，係為讓王疏於防備，以便逃走

（103 學測 -12-13 題組）

12-13 為題組。閱讀下文後，回答 12-13 題。

　　余居西湖寓樓，樓多鼠，每夕跳踉几案，若行康莊，燭有餘燼，無不見跋。始甚惡之，□□念鼠亦飢耳，至於余衣服書籍一無所損，又何惡焉。適有饋餅餌者，夜則置一枚於案頭以飼之，鼠得餅，不復嚙蠟矣。一夕，余自食餅，覺不佳，復吐出之，遂並以飼鼠。次日視之，餅盡，而余所吐棄者故在。乃笑曰：「鼠子亦狷介乃爾。」是夕，置二餅以謝之。次日，止食其一。余嘆曰：「□□狷介，乃亦有禮。」（俞樾《春在堂隨筆》）

> 跋：火炬或蠟燭燃燒後的殘餘部分。

_____ 12. 依據文意，依序選出□□內最適合填入的選項：
　　　(A) 已而／不亦　　　　　　　　(B) 俄而／不失
　　　(C) 從而／不無　　　　　　　　(D) 繼而／不惟

_____ 13. 依據文意，選出敘述**錯誤**的選項：
　　　(A)「跳踉几案，若行康莊」，意謂：老鼠橫行無忌，毫不畏懼人
　　　(B)「燭有餘燼，無不見跋」，意謂：老鼠飢不擇食，連蠟燭都吃
　　　(C)「余所吐棄者故在」，意謂：老鼠取捨不苟，有所為有所不為
　　　(D)「置二餅以謝之」，意謂：老鼠無損衣物，故得到主人的酬謝

（102 學測 -14-15 題組）

14-15 題為題組。閱讀方孝孺〈越車〉，回答 14-15 題。

　　越無車，有遊者得車於晉、楚之郊，輻朽而輪敗，輗折而轅毀，無所可用。然以其鄉之未嘗有也，舟載以歸，而誇諸人。觀者聞其誇而信之，以為車固若是，效而為之者相屬。他日，晉、楚之人見而笑其拙，越人以為紿己，不顧。及寇兵侵其境，越率敝車禦之。車壞，大敗，終不知其車也。

_____ 14. 依據上文，下列各句「之」字指「越國遊者所說的話」的選項是：
　　　(A) 然以其鄉「之」未嘗有也　　(B) 觀者聞其誇而信「之」
　　　(C) 效而為「之」者相屬　　　　(D) 越率敝車禦「之」

_____ 15. 依據上文，敘述正確的選項是：
　　　(A) 越人以為晉、楚之人所言不實，故對其譏笑不予理睬
　　　(B) 越國遊者改造的晉、楚戰車不夠精良，因此被敵寇打敗
　　　(C) 越人故意用殘破的戰車與寇兵作戰，使其輕敵，終獲勝利
　　　(D) 越國遊者將晉、楚大軍的戰車毀壞，成功地阻止晉、楚入侵

（101 學測 -14-15 題組）

答案與解析見附冊第 30-34 頁

範例 2 — 說理

_____ 1. 依據下文，**不符合**文意的解說是：

> 余嘗論畫，以為人禽宮室器用皆有常形。至於山石竹木、水波煙雲，雖無常形而有常理。常形之失，人皆知之。常理之不當，雖曉畫者有不知。故凡可以欺世而取名者，必託於無常形者也。雖然，常形之失，止於所失，而不能病其全，若常理之不當，則舉廢之矣。以其形之無常，是以其理不可不謹也。世之工人，或能曲盡其形，而至於其理，非高人逸才不能辨。（蘇軾〈淨因院畫記〉）

(A) 畫作成敗的關鍵，往往在於常理得當與否

(B) 常形失誤，較常理失當容易被一般人發現

(C) 欺世盜名的畫作，往往以無常形之物掩飾不足

(D) 高逸者多繪山石竹木、水波煙雲，故能辨常理

（108 學測 -7）

解析

本文先依主題內容將畫作區分為有固定形貌與沒有固定形貌的兩類：前者之畫是否失真，一般人就能看得出來；後者之作是否失當，卻得要高人逸才方能辨識，因此欺世盜名的人就會故意畫這類作品。再進一步指出，前者的「失真」只是畫得像不像的表面問題，後者的「失當」卻會使整幅畫都沒有存在意義。

本題題幹要求選出「不符合文意的解說」，作答時要留意。

語譯：我曾經研究作畫的原理，認為人物、禽鳥、宮殿、居室、器物都有固定的樣子。至於山巒、岩石、竹林、樹木、流水、海波、煙嵐、雲彩，即使沒有固定的樣子，卻也有不變的本質原理。固定的形貌描繪失真，大家都看得出來。但若不變的本質原理有失當之處，即使通曉書畫的也可能難以察覺。所以，那些打算藉畫作欺瞞世俗以盜取名聲的人，一定用那些沒有固定形貌的主體來作畫。然而即使如此，一幅畫作若只是形貌的描繪失真，也僅止於畫得不像的表面問題，不至於因此被批評為低劣之作；但如果本質原理處理失當，整幅畫作就沒有存在的意義了。正因為外在形貌沒有固定的樣子，因此在處理這些主體的本質原理時就不能更加謹慎。世上有的畫工的確能夠精準地描摹外在形貌，但是要能深入掌握其中的本質原理，除了技藝高超、才能卓越的人之外，一般人都沒有能力分辨高下。

答案：(D)。

(A) 由「常形之失，止於所失，而不能病其全，若常理之不當，則舉廢之矣」可知：「常形」失真，僅是肖似與否的表面問題；「常理」失當，則整幅畫作都無可取之處。可見畫作成敗的關鍵在於常理得當與否。選項解說符合文意。

(B) 由「常形之失，人皆知之。常理之不當，雖曉畫者有不知」可知，外形描繪失真，大家都看得出來，但是本質常理的謬誤，連專家也不易察覺。可見常形失誤比常理失當更容易被一般人發現，選項解說符合文意。

(C) 由「凡可以欺世而取名者，必託於無常形者也」可知，就因為「常理之不當，雖曉畫者有不知」，所以意欲欺世盜名者就會以無常形之物來作畫，以掩飾其不足。選項解說符合文意。

(D) 由「世之工人，或能曲盡其形，至於其理，非高人逸才不能辨」可知，高逸者才能看出畫作中不合常理的部分，並非因他們多繪「無常形之物」而能「辨常理」，文中亦未提到「多繪山石竹木、水波煙雲」與「能辨常理」之間的關係。選項解說與文意不相符。

（類題練習）

_____ 1. 國文課堂上，學生想嘗試從「詞」的文學知識解說：「五代之詞，止於嘲風弄月，懷土傷離，節促情殷，辭纖韻美。入宋則由令化慢，由簡化繁，情不囿於燕私，辭不限於綺語，上之可尋聖賢之名理，大之可發忠愛之熱忱。」下列解說，適當的是：

(A) 五代詞以私情綺語擅場，宋代詞家不復纖辭美韻，崇尚思理，風格弘闊

(B) 五代詞因篇幅短而合音節，宋代詞則因篇幅長而音節漸失，難於演唱

(C) 李煜詞在亡國前多「嘲風弄月」，亡國後則多「懷土傷離」

(D) 蘇軾的詞，可視為「情不囿於燕私，辭不限於綺語」的代表

(E) 在辛棄疾的詞作中，可找到「大之可發忠愛之熱忱」的例子

（108 學測 -40）

_____ 2. 依據下文，關於犯罪小說與偵探小說，敘述最適當的是：

　　　近十年來專注於犯罪小說的評論研究大幅增加，僅有少數提及犯罪小說的源起。有人認為閱讀犯罪小說的基本動機是宗教性的，透過儀式與象徵性的犧牲來除去個人或群體的罪惡。這種企盼並不會永遠奏效，真正的犯罪小說迷就像摩尼教徒，認為光明與黑暗會永無止境地相互抗衡，猶如偵探與罪犯的對峙。部落獻祭的人或許被視為是神聖的，因此通常在死亡前都必須經過偽裝，將人類外觀打扮成需驅趕的惡魔模樣。偵探小說的操作方式則相反，罪犯剛登場時是受認可的人物，而且往往受人敬重。這個面具要到故事最後才會被扯下來，露出違法者的真面目。偵探就像巫醫一樣神聖，能嗅出破壞社會的惡魔氣味，展開追捕，看破各式偽裝，直探事件根源。在故事中將偵探安排為凶手，通常會成為敗筆，除了這種作法顛覆法律外，信仰也是重要因素，因為這樣的安排混淆了光明與黑暗的力量。（改寫自朱利安・西蒙斯《血腥謀殺》）

(A) 偵探小說尾聲，罪犯往往顛覆讀者心中既有的形象

(B) 偵探與罪犯在小說中就如同光明與黑暗，無法同時存在

(C) 犯罪小說起源於原始部落的獻祭活動，罪犯是神聖的犧牲者

(D) 為維持懸疑與符合邏輯，偵探小說結局不可安排偵探為凶手

（108 指考 -7）

_____ 3. 閱讀下文，選出敘述正確的選項：

　　　四凶之才皆可用。堯之時，聖人在上，皆以其才任大位，而不敢露其不善之心。堯非不知其不善也，伏則聖人亦不得而誅之。及堯舉舜於匹夫之中而禪之位，則是四人者始懷憤懣不平之心而顯其惡，故舜得以因其跡而誅竄之也。（《河南程氏遺書》）

| 四凶：相傳為堯舜時代四個惡名昭彰的部族首領。 |

(A) 堯知四凶不善，故意授以大位，使四凶彼此制衡
(B) 堯不因人有不善之心，即對其才幹能力全盤否定
(C) 舜得位後，四凶遭貶斥而懷恨，心性遂由善轉惡
(D) 舜認為心懷惡念者，縱無惡行表露，仍不可寬貸

（103 學測 -6）

4. 閱讀下文，選出敘述正確的選項：

　　名片的種類式樣之多，就如同印名片的人一樣。有足以令人發笑的，有足以令人駭怕的，也有足以令人哭不得笑不得的。若有人把各式的名片聚集起來，恐怕比香菸裡的畫片還更有趣。

　　官僚的名片，時行的是單印名姓，不加官銜。其實官做大了，人就自然出名，官銜的名片簡直用不著。惟獨有一般不大不小的人物，印起名片來，深恐自己的姓名太輕太賤，壓不住那薄薄的一張紙，於是把古往今來的官銜一齊的印在名片上，望上去黑糊糊的一片，就好像一個人的背上馱起一塊大石碑。

　　身通洋務，或將要身通洋務的先生，名片上的幾個英文字是少不得的，「湯姆」、「查利」都成，甚而再冠上一個聲音相近的外國姓。因為名片也者，乃是一個人的全部人格的表現。（梁實秋〈名片〉）

(A) 單印名姓而不加官銜的名片，表示名片主人並不看重外在的虛名
(B) 有些人無法自我肯定，只能用層層疊疊的官銜來證明自己的存在
(C) 作者將名片上的官銜喻為大石碑，暗指為官者應知任重道遠之意
(D) 作者對於通洋務者必在名片加上英文姓名，語帶嘲諷，不以為然
(E) 名片比畫片有趣之因，在於可從中看出各種不同的人格表現方式

（106 學測 -18）

5. 閱讀下文，選出敘述正確的選項：

　　曾子寢疾，病。樂正子春坐於床下，曾元、曾申坐於足，童子隅坐而執燭。童子曰：「華而睆，大夫之簀與？」子春曰：「止！」曾子聞之，瞿然曰：「呼！」曰：「華而睆，大夫之簀與？」曾子曰：「然。斯季孫之賜也，我未之能易也。元，起，易簀。」曾元曰：「夫子之病革矣！不可以變。幸而至於旦，請敬易之。」曾子曰：「爾之愛我也不如彼。君子之愛人也以德，細人之愛人也以姑息。吾何求哉？吾得正而斃焉，斯已矣。」舉扶而易之，反席未安而沒。（《禮記·檀弓》）

> 睆：明亮。
> 簀：席子。

(A) 樂正子春擔心曾子睡不著，故要童子勿執燭火
(B) 曾元希望曾子換席子，以不負季孫賜簀的美意
(C) 曾子責怪曾元不懂得變通，不如季孫善體人意
(D) 曾子認為不宜逾矩，故堅持要曾元為他換席子
(E) 曾子以為：因愛而姑息對方，反可能傷害對方

（103 學測 -21）

_____ 6. 閱讀下文，依文意選出敘述正確的選項：

朱、陸本不同，又況後學之嘵嘵乎？但門戶既分，則欲攻朱者，必竊陸、王之形似；欲攻陸、王，必竊朱子之形似。朱之形似必繁密，陸、王形似必空靈，一定之理也。而自來門戶之交攻，俱是專己守殘，束書不觀，而高談性天之流也。則自命陸、王以攻朱者，固偽陸、王；即自命朱氏以攻陸、王者，亦偽陸、王，不得號為偽朱也。同一門戶，而陸、王有偽，朱無偽者，空言易，而實學難也。（章學誠《文史通義‧朱陸》）

(A) 陸、王學與朱學比較，前者遠勝後者

(B) 陸、王學者輕率，常攻擊朱子學說為空言

(C) 朱學之學者求真，批評陸、王學說為繁密

(D) 以朱學自命而攻陸、王者，未必真知朱學

(E) 作者崇尚實學，鄙視束書不觀，而高談性天者

（103 指考 -24）

_____ 7. 閱讀下文，選出符合文意的選項：

我常愛中國古人的田園詩，更勝過愛山林詩。田園、山林，同屬自然。但山林更自然，田園則多羼進了人文，故田園更可供大眾多數人長期享受，山林則只供少數人在特殊情況下暫時欣賞。伊尹耕於有莘之野，而樂堯舜之道。耕田鑿井人，易於在其心生有大天地。許由逃於箕山之下，洗耳不迭，反而心胸狹了。論許由所居住，似其外圍天地比伊尹的更大，實則比伊尹的轉小。養以大天地，其所生氣自大，養以小天地，則使人困限在小氣中。故要由養體進而懂得養氣。居住本只為蔽風雨，但孟子指出「居移氣」一番道理，實是一極大啟示。（錢穆《雙溪獨語》）

(A) 作者愛田園詩更勝過愛山林詩，主要關鍵在人文因素

(B) 許由隱遁於箕山下，擺脫名利富貴，心胸較伊尹寬闊

(C) 伊尹耕於田野中，人文與自然結合，故更能擔負經世濟民重任

(D) 作者認為生活天地的大小，足以決定其心胸氣度，而與抱負、涵養無關

(E) 作者質疑孟子「居移氣」的說法，認為住所即使簡陋，仍不礙其胸懷壯志

（100 指考 -19）

8-9 為題組。閱讀下文，回答 7-8 題。

　　不止一次有人以「博士」呼我，有的是口惠，有的竟見諸筆墨。此種善意的逾格提拔，受者是窘不堪言的。……立予糾正，顯得矯情，聽其自然，又有愧於心，說不定還給人以「無恥近乎勇」的口實，為禍為福，無待言矣。……

　　我生平第一次受類此擡舉的洗禮，是在十八、九年以前，剛當上助教不滿幾個月。夫助教者，實在是學生生活的延長。……就當此時，一位父執輩路過邊城，少不得要略盡地主之誼，這一來可引來數秒鐘的無地自容。因為，不數日，一封道謝的信來了，信封上赫然有某某教授道啟字樣。天下事那裡有天知，地知，你知，我知那樣便宜之事。那位司閽老者，平時並不把每一封信都送到每人這裡，這天卻予我以殊遇。「咯，這是你的！」說時，眼睛緊盯住我，大有要我俯首認罪之意。我想他心中一定大嘆□□□□。好傢伙，才幾個月，就□□□□若是！司閽老者當然不是具有幽默感之人，否則他大可在「教授」之旁，作一眉批：「始於何時？」（節錄自吳魯芹〈博士和博士銜〉）

＿＿＿＿＿ 8. 上文□□□□內的詞語，依序最適合填入的選項是：

(A) 人心不古／招搖撞騙　　　　　　(B) 人心不古／好為人師

(C) 不學無術／招搖撞騙　　　　　　(D) 不學無術／好為人師

＿＿＿＿＿ 9. 下列敘述，符合上文文意的選項是：

(A) 被學校破格拔擢授予博士，讓作者心裡始終懷著不安與矛盾

(B) 作者認為稱謂宜與實際相符，故對被冠以虛銜常感到不自在

(C) 作者視浮名為身外之物，故對他人奉承的尊稱並不放在心上

(D) 司閽老者不假辭色的批評，令作者為自己的虛榮心深感慚愧

（103 學測 -10-11 題組）

答案與解析見附冊第 34-37 頁

範例 3 －比較

＿＿＿＿＿ 依據甲、乙二文，最符合文意的解說是：

甲、楊德祖為魏武主簿，時作相國門，始構榱桷，魏武自出看，使人題門作「活」字便去。楊見，即令壞之。既竟，曰：「門中『活』，『闊』字，王正嫌門大也。」（《世說新語・捷悟》）

乙、梁蕭琛醉伏於御筵，武帝以棗投之，琛取栗擲上，正中面。帝動色，琛曰：「陛下投臣以赤心，臣敢不報以戰慄。」上大悅。（《續世說・捷悟》）

(A) 楊德祖透過文字部件的組合方式，察覺魏武諷其好大喜功

(B) 蕭琛運用諧音雙關，將宴會上失禮的行為解釋為恭敬之舉

(C) 楊德祖與蕭琛皆善於揣摩逢迎，洞悉主上言行背後的暗示

(D) 楊德祖急中生智未讓主上失望，蕭琛大智若愚令主上激賞

> 榱桷：屋椽。

（108 學測 -6）

解 析

答案：**(B)**。

本篇引用兩則同樣出自「捷悟」的志人筆記，比較出楊德祖、蕭琛的機智反應。甲文中，楊脩從曹操所題之字得知曹操認為門太大，不符相國身分的心意；乙文中，蕭琛醉後作出失禮之舉，卻能急中生智，以雙關諧音使武帝轉怒為喜。二人的表現，確實符合「捷悟」一詞。

(A) 由「門中『活』，『闊』字，王正嫌門大也」可知，楊脩確實透過「門」、「活」等文字部件可組合為「闊」字，得知曹操認為相國府的門蓋得太大了。曹操留字是暗示視察後的感想，並無諷刺楊脩之意；而楊脩則是聰明地察覺曹操的心意。「好大喜功」多用以形容作風鋪張浮誇、不踏實。選項敘述與文意不符合。

(B) 由「投臣以赤心，臣敢不報以戰慄」可知，蕭琛先將君王投來的紅棗賦予「赤心」的詮解，再以「栗」與「慄」的諧音雙關，將自己在宴會上失禮行為轉換為恭敬之舉。選項敘述符合文意。

(C) 楊脩從題字一事揣摩出丞相對門的評價，符合「善於揣摩」、「洞悉主上言行背後的暗示」，但並未刻意在言語行動上奉承討好，故並未「逢迎」。而蕭琛則是貿然將栗子丟中武帝的臉，惹得武帝大怒，不得不給出解釋，且武帝初始丟棗也不是想「投以赤心」，因此並非「洞悉主上言行背後的暗示」；然而蕭琛「報以戰慄」的回答顯然是刻意奉承討好，也預知這麼說武帝會「大悅」，故可說是「善於揣摩逢迎」。選項敘述與文意不符合。

(D) 楊脩從「活」寫在「門」上察覺曹操的心意，確實能回應曹操的需求，「未讓主上失望」，但修門一事並不緊急，故「急中生智」的描述不正確。蕭琛在武帝變臉的情況下以巧言讓自己轉危為安，避去可能的殺身之禍，才可說是「急中生智」。武帝「激賞」的原因也是因為他「急中生智」的逢迎之詞；既為「生智」、「逢迎」，便遠非「大智若愚」。選項敘述與文意不符合。

語譯：

甲：楊德祖擔任曹操的主簿，當時正好在建造相國府的大門，架在桁上以承接木條的椽才剛架好，曹操親自出來查看，然後派人在門上面題了個「活」字就離開。楊德祖看到，立刻下令把門拆了。門拆完之後，楊德祖才說：「門裡有個『活』，就是『闊』字，丞相就是嫌門太大了！」

乙：梁武帝時，蕭琛在宮廷的筵席中喝醉了，趴在桌上昏睡，武帝用紅棗丟他想把他叫醒，蕭琛竟拿了栗子丟回去，結果正好打中武帝的臉。武帝很生氣，臉色大變，蕭琛解釋說：「皇上您用紅棗一般的赤誠之心來對待我，我怎敢不用自己的戰慄之意來回報呢？」武帝聽了非常高興。

類題練習

_____ 1. 閱讀下列二文，選出敘述正確的選項：

甲、詩是心聲，不可違心而出，亦不能違心而出。功名之士，決不能為泉石淡泊之音；輕浮之子，必不能為敦龐大雅之響。故陶潛多素心之語，李白有遺世之句，杜甫與「廣廈萬間」之願，蘇軾師「四海弟昆」之言。凡如此類，皆應聲而出。（葉燮《原詩》）

乙、詩文之所以代變，有不得不變者。一代之文沿襲已久，不容人人皆道此語。今且千數百年矣，而猶取古人之陳言一一而摹仿之，以是為詩，可乎？故不似則失其所以為詩，似則失其所以為我。李、杜之詩所以獨高於唐人者，以其未嘗不似，而未嘗似也。知此者，可與言詩也已矣。（顧亭林《日知錄》）

(A) 甲文主張詩歌是作者主體情感的自然流露，不可虛矯造作
(B) 乙文主張創作既要接續傳統，又要開創出自我獨特的面貌
(C) 甲文著重文學與時代的關聯，乙文留意作品與情志的聯結
(D) 二文論及李白與杜甫詩作，皆著眼於二人雄渾高遠的詩境
(E) 二文皆主張詩文本於心性，故當先涵養心性後再專研詩藝

（106 學測 -20）

_____ 2. 下列二段文字論述曲的創作，選出敘述正確的選項：

甲、秋燈明翠幕，夜案覽芸編。今來古往，其間故事幾多般。少甚佳人才子，也有神仙幽怪，瑣碎不堪觀。正是不關風化體，縱好也徒然。　論傳奇，樂人易，動人難。知音君子，這般另作眼兒看：休論插科打諢，也不尋宮數調，只看子孝共妻賢。正是驊騮方獨步，萬馬敢爭先？（高明《琵琶記》〈水調歌頭〉）

乙、何元朗，一言兒啟詞中寶藏。道欲度新聲休走樣。名為樂府，須教合律依腔。寧使時人不鑑賞，無使人撓喉捩嗓。說不得才長。越有才，越當著意斟量。（沈璟〈二郎神·論曲〉）

(A) 甲文主張傳奇宜透過故事的演出，達到移易風俗的作用
(B) 乙文認為作者越是有才華，越當以通俗為標準斟酌文詞
(C) 甲文強調戲曲的趣味性與娛樂性，乙文強調作家的才情
(D) 甲文重視戲曲教化效果，乙文不太在意曲作是否受賞識
(E) 甲乙二文皆主張作曲應費心經營，務必使曲文協合音律

（106 指考 -24）

_____ 3. 閱讀下列兩則資料，選出敘述正確的選項：

甲、（李）延年善歌，為新變聲。是時上方興天地諸祠，欲造樂，令司馬相如等作詩頌，延年輒承意弦歌所造詩，為之新聲曲。（《漢書·佞幸傳》）

乙、宋翔鳳云：「宋元之間，詞與曲一也；以文寫之則為詞，以聲度之則曲。」詞、曲皆有曲度，故謂之填詞，又稱倚聲，並先有聲而後有詞，非若古樂府之始或徒歌，終由知音者為之作曲，被諸管弦也。（龍榆生《中國韻文史》）

(A)「古樂府」即李延年「新聲曲」，乃「徒歌」之作

(B) 唐代白居易提倡的「新樂府」，體裁亦為「先有聲而後有詞」

(C) 詞在宋代的寫作方式，大致為「倚聲」，多按既有譜格填上新詞

(D) 李延年「弦歌所造詩」，即「知音者為之作曲，被諸管弦也」的表現

(E)「宋元之間，詞與曲一也」意謂宋詞、元曲的押韻和協律方式完全相同

（104 指考 -22）

4-5 為題組。閱讀下詩，回答 4-5 題。

慶全庵桃花　謝枋得

尋得桃源好避秦，桃紅又見一年春。
花飛莫遣隨流水，怕有漁郎來問津。

桃花　徐孚遠

海山春色等閒來，朵朵還如人面開。
千載避秦真此地，問君何必武陵回。

謝枋得，宋末元初人。1276 年率兵抗元，無援而敗。南宋滅亡後，隱居於福建，元朝曾數度徵聘，始終堅辭不應。1289 年，遭福建省參政強制送往京師，乃絕食五日而死。

徐孚遠，明末清初人。明朝亡後，曾參與抗清之舉。1661 年隨鄭成功入臺，不久徙居廈門。1663 年，清軍攻陷廈門，徐孚遠擬攜眷返家鄉江蘇未果，滯留廣東，1665 年病故。

_____ 4. 下列關於謝、徐二人詩中「桃花源」的敘述，正確的選項是：

(A) 謝枋得希望所居的「桃花源」不受外界打擾

(B) 徐孚遠認為「桃花源」之地不適合安居久留

(C) 二人都因傾慕陶淵明而四處尋訪「桃花源」

(D) 二人皆自認已找到陶淵明的「桃花源」遺址

_____ 5. 若謝詩作於福建，徐詩作於臺灣，下列敘述正確的選項是：

(A) 徐詩「問君何必武陵回」的「武陵」，是暗指臺灣

(B) 謝詩「怕有漁郎來問津」的「漁郎」，是暗指作者自己

(C) 二詩運用「避秦」典故時，皆將原本避亂之地引申為不受異族統治之地

(D) 二詩的「花飛莫遣隨流水」、「朵朵還如人面開」，皆流露避世而居的喜悅

（106 指考 -16-17 題組）

6-7 為題組。閱讀下列甲、乙二文，回答 6-7 題。

甲、　人面原不如那紙製的面具喲！你看那紅的、黑的、白的、青的、喜笑的、悲哀的、目眥怒得欲裂的面容，無論你怎樣褒獎，怎樣棄嫌，它們一點也不改變。紅的還是紅，白的還是白，目眥欲裂的還是目眥欲裂。

　　人面呢？顏色比那紙製的小玩意兒好而且活動，帶著生氣。可是你褒獎他的時候，他雖是很高興，臉上卻裝出很不願意的樣子；你指摘他的時候，他雖是懊惱，臉上偏要顯出勇於納言的顏色。

　　人面到底是靠不住呀！我們要學面具，但不要戴它，因為面具後頭應當讓它空著才好。（許地山〈面具〉）

乙、　本世紀初的德國大詩人李爾克是一個觀察入微的詩人，他在那本有名的《馬爾特手記》裡，曾經對人的一張臉有著如下的描述。他說：「世界上，有無數的人群，但更無數的是面孔，因為每個人有好幾個。有些人好些年只帶一個面孔，那面孔逐漸舊損，積垢，開裂，起皺，鬆大有如旅行時戴過的手套。他們從來不換面孔，也不清洗。他們想，一個面孔就夠了。」

　　「但有的人卻以驚人的速度在換面孔。他們一個個試用，立刻把它們用壞。他們以為總歸夠用的。那知道剛到四十歲就已經用到最後一個了。不用說，他們沒有習慣慎用面孔。最後一張八天以後就用壞了，有的地方起破洞，薄得像紙。然後，襯裡也露出來，變為『無面孔』，他們也就把它戴著外出。」（向明〈臉〉）

_____ 6. 下列關於二文的解說，正確的選項是：
(A) 甲文「無論你怎樣褒獎，怎樣棄嫌，它們一點也不改變」意謂心如止水，無動於衷
(B) 乙文「那知道剛到四十歲就已經用到最後一個了」意謂形跡敗露，無從掩飾
(C) 甲文「面具後頭應該讓它空著才好」意同於乙文「變為『無面孔』」
(D) 甲文所云「紙製的面具」相當於乙文所云「薄得像紙」的臉

_____ 7. 下列關於二文對比手法的敘述，正確的選項是：
(A) 乙文凸顯人性「知足」和「貪婪」的對比
(B) 甲文凸顯「始終如一」和「表裡不一」的對比
(C) 二文均透過形象描寫提出「固執」和「變通」的對比
(D) 二文均選擇「受人喜愛」和「令人憎惡」的臉做為對比

（104 指考 -16-17 題組）

答案與解析見附冊第 37-39 頁

(三) 依據要求，歸納重點

 答題建議
1. 理解內容，依題幹要求擷取相關訊息。
2. 綜合可用訊息，歸納重點，判斷答案。

範例 1 — 敘事

_____ 依據下文，關於曹操的想法，敘述最適當的是：

> 早有人報到許昌，言劉備有諸葛亮、龐統為謀士，招軍買馬，積草屯糧，連結東吳，早晚必興兵北伐。曹操聞之，遂聚眾謀士商議南征。荀攸進曰：「周瑜新死，可先取孫權，次攻劉備。」操曰：「我若遠征，恐馬騰來襲許都。前在赤壁之時，軍中有訛言，亦傳西涼入寇之事，今不可不防也。」荀攸曰：「以愚所見，不若降詔，加馬騰為征南將軍，使討孫權，誘入京師，先除此人，則南征無患矣。」操大喜。（《三國演義》第57回）

(A) 欲採荀攸建議，趁孫權陣營發生變故時南征
(B) 知馬騰有反意，防他趁曹軍南征時攻取西涼
(C) 有意自孫權陣營招降馬騰，再使之討伐孫權
(D) 同意荀攸之計，誘馬騰與孫權互鬥進而兩傷

（107指考-5）

解析

答案：(A)。

依據題文可推知當下形勢：東吳陣營發生重大變故，曹操雖有心趁此時攻打東吳、再取蜀漢，但是又對馬騰心存忌憚。他將自己的憂慮提出來，讓眾人參詳。以最後「操大喜」的反應，可知他接納了荀攸的建議，先招降馬騰，以封征南將軍為藉口，誘入京師殺掉，就不用擔心他在後方反叛了。

(A) 曹操本來就想依荀攸「可先取孫權，次攻劉備」的進言，趁機南征。而對馬騰的顧忌，亦採納荀攸「誘入京師，先除此人」的提議處理。故綜而言之，曹操採用荀攸的兩次建議，趁孫權陣營發生變故時南征。

(B) 曹操是擔心馬騰會趁曹軍南征時偷襲許昌，並非擔心他攻取西涼。至於「西涼」，則是先前赤壁之戰時，亦有「入寇」的傳言，因此除了防備馬騰，曹操也會留意西涼的動靜。

(C) 馬騰並非孫權陣營的人，且使之討伐孫權只是藉口，除了避免他趁機偷襲，實際上是準備以此誘他入京殺之。

(D) 曹操同意的「荀攸之計」是指假意封馬騰為征南將軍、讓他討伐孫權，以此誘馬騰入京殺之，並非讓馬騰與孫權互鬥進而兩傷。

類題練習

_____ 1. 依據下文，鄭板橋所「志」的「憤」最可能是：

（鄭板橋）為秀才時，三至邗江，售書賣畫，無識者，落拓可憐。復舉於鄉，旋登甲榜，聲名大震。再至邗江，則爭索先生墨妙者，戶外履常滿。先生固寒士，至是益盛自寶重，非重價，不與索。沈凡民先生代鐫小印，文曰「二十年前舊板橋」，志憤也。（宣鼎〈雅賺〉）

(A) 世人盲從，唯重聲名　　　　(B) 小人當道，懷才不遇
(C) 宦海浮沉，身不由己　　　　(D) 聲聞過實，浪得虛名

（108 學測 -5）

_____ 2. 閱讀下文，關於寶釵的回答，最可能是希望王夫人：

王夫人

> 原是前兒他（金釧兒）把我一件東西弄壞了，我一時生氣，打了他幾下，攆了他下去。我只說氣他兩天，還叫他上來，誰知他這麼氣性大，就投井死了。豈不是我的罪過。

> 姨娘是慈善人，固然這麼想。據我看來，他並不是賭氣投井。多半他下去住著，或是在井跟前憨頑，失了腳掉下去的。他在上頭拘束慣了，這一出去，自然要到各處去頑頑逛逛，豈有這樣大氣的理！縱然有這樣大氣，也不過是個糊塗人，也不為可惜。

寶釵

(A) 追查金釧兒真正的死因
(B) 勇於認錯以免良心不安
(C) 不要將金釧兒的死放在心上
(D) 不必為金釧兒的意外而生氣

（104 學測 -8）

3-4 為題組。閱讀下文，回答 3-4 題。

人情狙詐，無過於京師。余□買羅小華墨十六鋌，漆匣黯敝，真舊物也。試之，乃搏泥而染以黑色，其上白霜，亦盦於濕地所生。又丁卯鄉試，在小寓買燭，爇之不燃，乃泥質而冪以羊脂。又燈下有唱賣爐鴨者，從兄萬周買之。乃盡食其肉，而完其全骨，內傅以泥，外糊以紙，染為炙爆之色，塗以油，□兩掌頭頸為真。又奴子趙平以二千錢買得皮靴，甚自喜。一日驟雨，著以出，徒跣而歸，□鞹則烏油高麗紙揉作皺紋，底則糊黏敗絮，緣之以布。（紀昀《閱微草堂筆記·姑妄聽之》）

盦：覆蓋
爇：燒
鞹：靴筒

_____ 3. 依據文意，選出依序最適合填入□內的選項：
(A) 初／果／蓋　　　　(B) 初／惟／殆
(C) 嘗／果／殆　　　　(D) 嘗／惟／蓋

_____ 4. 下列與文中「黑心商品」相關的敘述，正確的選項是：

(A) 賣家藉舊盒及白霜將墨偽成古物

(B) 買主吃完鴨肉才發現鴨骨為泥製

(C) 商人先藉真品取信以利銷售贗品

(D) 購買者皆因一時貪圖廉價而受騙

（104 學測 -14-15 題組）

5-6 為題組。閱讀下文，回答 5-6 題。

　　（朱）買臣道：「富貴貧賤，各有其時。有人算我八字，到五十歲上，必然發跡。常言_____，你休料我。」其妻道：「那算命先生，見你癡顛模樣，故意耍笑你，你休聽信。到五十歲時，連柴擔也挑不動，餓死是有分的，還想做官！除是閻羅王殿上，少箇判官，等你去做！」（《喻世明言‧金玉奴棒打薄情郎》）

_____ 5. 依據文意，_____內最適合填入的選項是：

(A) 天有不測風雲　　　　　　　　(B) 海水不可斗量

(C) 養兵千日，用在一時　　　　　(D) 路遙知馬力，日久見人心

_____ 6. 關於朱買臣之妻的看法，敘述正確的選項是：

(A) 算命先生具有識人之明　　　　(B) 算命先生具有悲憫之心

(C) 朱買臣為官必定公正廉明　　　(D) 朱買臣此生注定窮愁潦倒

（104 指考 -14-15 題組）

7-8 為題組。閱讀下文，回答 7-8 題。

　　衛靈公問於史鰌曰：「政孰為務？」對曰：「大理為務！聽獄不中，死者不可生也，斷者不可屬也，故曰：大理為務。」少焉，子路見公，公以史鰌言告之。子路曰：「司馬為務！兩國有難，兩軍相當，司馬執枹以行之，一鬥不當，死者數萬。以殺人為非也，此其為殺人亦眾矣。故曰：司馬為務。」少焉，子貢入見，公以二子言告之。子貢曰：「不識哉！昔禹與有扈氏戰，三陳而不服，禹於是修教一年，而有扈氏請服。故曰：去民之所事，奚獄之所聽？兵革之不陳，奚鼓之所鳴？故曰：教為務也。」（劉向《說苑‧政理》）

_____ 7. 下列政府單位中，最接近「大理」的選項是：

(A) 法院　　　　　　　　　　　　(B) 監獄

(C) 調查局　　　　　　　　　　　(D) 警察局

_____ 8. 依文中所示，下列文句與子貢的主張最接近的選項是：

(A) 攻城為下，心戰為上

(B) 故遠人不服，則脩文德以來之

(C) 俎豆之事，則嘗聞之矣；軍旅之事，未之學也

(D) 不教而殺謂之虐，不戒視成謂之暴，慢令致期謂之賊

（100 指考 -16-17 題組）

9-10 為題組。閱讀下列短文，回答 9-10 題。

　　以提洛為首的腓尼基人的城市，一直飽受亞述帝國的威脅。但因擁有充沛的財物，腓尼基城市才得於亞述人的屢次席捲後倖存。自此，腓尼基人專注於交易買賣，他們的目標不是危機四伏的內陸，而是地中海，他們的貿易據點一個一個出現在地中海沿岸。西元前814 年，提洛的公主伊莉莎逃到北非建立迦太基王國，想必是認為：與其戰戰兢兢地留在危險區域，不如到一個不受侵擾的地方繼續經營。畢竟對一個商業國家來說，能安心從事商業的環境才是最重要的。

　　希臘人與迦太基人一樣很會做生意，但狹窄的希臘無法容納因生活富裕而大增的人口，於是便展開殖民活動。地中海東邊，有強大的亞述帝國擋道，只好轉向與義大利半島相鄰的西西里島。但在西元前七世紀希臘進出西西里島東部之前，迦太基早已把該島西部視為重要的貿易基地了。這兩個民族在此鷸蚌相爭，日後引來羅馬這個漁翁。

　　希臘人在島的東邊不斷擴增殖民城市，他們一旦落腳，除了做生意之外，也蓋神殿、劇場、競技場等，將希臘文化根植在那裡。迦太基人在島的西邊也有幾處地盤，但迦太基人不建設城市，因為他們厭煩佔領之後的瑣碎雜事，這些城市只是得到財富的據點，只要有進出船隻的港口、修理船隻的船塢、堆放商品的倉庫就夠了。因此希臘人不但認為迦太基人的城市無聊透頂，甚至形容他們是「為了搬運燒洗澡水的木柴而弄得灰頭土臉，卻始終沒去洗澡的驢子」。（改寫自森本哲郎《一個通商國家的興亡》）

_____ 9. 依據上文，下列關於迦太基的敘述，正確的選項是：
(A) 建國前飽受亞述帝國侵擾，建國後征服希臘與羅馬
(B) 殖民策略捨棄當時慣用的武力侵略，改採文化收編
(C) 專注於海上貿易據點的擴張與運用，藉以累積財富
(D) 發揮強大的商業實力，不斷在地中海沿岸建設城市

_____ 10. 依據上文，希臘人眼中的迦太基人是：
(A) 賺取財富，卻不懂得享受
(B) 被人賣了，還替人數鈔票
(C) 貪婪奢侈，卻對別人一毛不拔
(D) 寅吃卯糧，賺五毛錢花一塊錢

（99 學測 -14-15 題組）
答案與解析見附冊第 39-40 頁

範例 2－說理

＿＿＿＿ 依據下文，關於國君治術的敘述，適當的是：

> 人主之道，靜退以為寶。不自操事而知拙與巧，不自計慮而知福與咎。是以不言而善應，不約而善增。言已應則執其契，事已增則操其符。符契之所合，賞罰之所生也。故群臣陳其言，君以其言授其事，事以責其功。功當其事，事當其言，則賞；功不當其事，事不當其言，則誅。明君之道，臣不得陳言而不當。是故明君之行賞也，曖乎如時雨，百姓利其澤；其行罰也，畏乎如雷霆，神聖不能解也。故明君無偷賞，無赦罰。賞偷則功臣墮其業，赦罰則奸臣易為非。是故誠有功則雖疏賤必賞，誠有過則雖近愛必誅。疏賤必賞，近愛必誅，則疏賤者不怠，而近愛者不驕也。（《韓非子・主道》）

(A) 不自操事、不自計慮，顯示法家的治術也重虛靜無為
(B) 行時雨之賞、雷霆之罰，根於法家趨利避害的人性論
(C) 因臣子之言而授其事、責其功，循名責實以施行賞罰
(D) 嚴罰以防奸，偷賞以勵善，建構恩威並施的管理方法
(E) 賞疏賤、誅近愛，令疏賤者自戒不驕，近愛勤勉不怠

（107 指考 -39）

解析

答案：**(A)(B)(C)**。

由題幹「國君治術」一語可知，要掌握文本中對君主行為的建議。由於韓非子為集法家大成者，除了理解文句外，亦可配合對法家理論的詮釋，辨析出文句與理論的對應關係。

(A)「不自操事而知拙與巧，不自計慮而知福與咎」是針對「人主之道，靜退以為寶」一語而提出的具體行動，「不自操事」、「不自計慮」而可知「拙與巧」、「福與咎」，符合虛靜無為的理念。

(B) 文中提及君主實施獎賞時，「曖乎如時雨」，百姓都能從恩澤中受益，此即「趨利」；實施懲罰時，「畏乎如雷霆」，百姓就像躲避雷霆一樣害怕，此即「避害」。因此，「時雨之賞」、「雷霆之罰」皆根於法家趨利避害的人性論。

(C)「群臣陳其言，君以其言授其事，事以責其功」意指國君應讓臣子們陳述主張，依他們的主張授予職務，再據職務所操辦的工作要求功績。「功當其事，事當其言，則賞；功不當其事，事不當其言，則誅」則說明若臣下的功績與其職務、主張相當，就給予獎賞；功績與他的職務、主張不相稱，就誅殺。綜合而言，確為循名責實以施行賞罰。「循名責實」指依照名分來要求其實質功績。

(D) 由「君無偷賞」、「賞偷則功臣墮其業」可知，君主不會「偷賞以勵善」。偷賞，指隨便行賞。依本文所言，「誠有功則雖疏賤必賞，誠有過則雖近愛必誅」，才能建構恩威並施的管理方法。

(E) 由「疏賤必賞，近愛必誅，則疏賤者不怠，而近愛者不驕也」可知，「賞疏賤、誅近愛」，會令疏賤者「勤勉不怠」，近愛者「自戒不驕」，選項敘述相反。

類題練習

_____ 1. 閱讀下列詩句，最符合詩中所示的人生態度是：

有耳莫洗潁川水，有口莫食首陽蕨。含光混世貴無名，何用孤高比雲月？吾觀自古賢達人，功成不退皆殞身。子胥既棄吳江上，屈原終投湘水濱。陸機雄才豈自保？李斯稅駕苦不早。華亭鶴唳詎可聞？上蔡蒼鷹何足道。君不見吳中張翰稱達生，秋風忽憶江東行。且樂生前一杯酒，何須身後千載名？（李白〈行路難〉）

(A) 顯貴無常，急流勇退
(B) 養身隱逸，志在清高
(C) 放浪形骸，任俠行義
(D) 順處逆境，不求顯達

（108 指考 -10）

_____ 2. 依據下文，最符合作者理想的文藝評論是：

評論家最好能具備這樣幾個美德：首先是言之有物，但不能是他人之物，尤其不可將西方的當令理論硬套在本土的現實上來。其次是條理井然，只要把道理說清楚就可以了，不必過分旁徵博引，穿鑿附會，甚至不厭其煩，有如解答習題一般，一路演算下來。再次是文采斐然，不是寫得花花綠綠，濫情多感，而是文筆在暢達之中時見警策，知性之中流露感性，遣詞用字，生動自然，若更佐以比喻，就更覺靈活可喜了。最後是情趣盎然，這當然也與文采有關。一篇上乘的評論文章，也是心境清明，情懷飽滿的產物，雖然旨在說理，畢竟不是科學報告，因為它探討的本是人性而非物理，犯不著臉色緊繃，口吻冷峻。（余光中《從徐霞客到梵谷·自序》）

(A) 關注本土現實，不與西方理論進行比較
(B) 能針對作品闡述己見，不刻意逞詞炫學
(C) 用比喻解讀作品的內蘊，安頓讀者心靈
(D) 以感性情味為尚，避免因知性而顯枯燥

（107 學測 -8）

_____ 3. 閱讀下列文字，回答問題。

寫過極短篇的人都知道它易寫難工，長久以來，這也成為此一寫作運動的瓶頸。一般人認為敘述一則故事、製造一個意外的結局，便是極短篇的典型樣貌，卻不知真正的極短篇乃是以最經濟的筆法，把動作、人物與環境呈現在單一的敘述過程中，這是一個高難度的寫作形式，也是一種講求語言容量的藝術，即使是對具有專業素養的作家都是一種挑戰。要做到尺幅千里、須彌芥子，在有限中包涵了無限，的確不容易。……金聖嘆所說的「一筆作百十來筆用」，正可以作為極短篇美學的圭臬。（瘂弦〈極短篇美學〉）

本文認為「極短篇」最重要的特色是：

(A) 使有限篇幅涵蘊無限旨趣
(B) 筆法極經濟而敘事極繁複
(C) 講究語言精練和刻畫細膩
(D) 為故事塑造個意外的結局

（100 學測 -14）

4. 閱讀下文，回答問題。

惠子謂莊子曰：「人故无情乎？」莊子曰：「然。」惠子曰：「人而无情，何以謂之人？」莊子曰：「道與之貌，天與之形，惡得不謂之人？」惠子曰：「既謂之人，惡得无情？」莊子曰：「是非吾所謂情也。吾所謂无情者，言人之不以好惡內傷其身，常因自然而不益生也。」（《莊子・德充符》）

下列敘述，符合惠子、莊子二人對有情無情看法的是：

(A) 惠子：人的形貌乃根源於無情　　(B) 惠子：人既可無情亦可以有情

(C) 莊子：不因情傷天性是謂無情　　(D) 莊子：順自然而無情不利養生

（107 學測 -31）

5. 下文所描寫的西螺柑特質，理解正確的選項是：

圍爐飲酒，對燭讀書。熱腸之際，燥吻之餘。嗽其清津，醉意能醒；吮其玉液，夢慵亦舒。幾回寒味，醲釀流甘之後；一座冷香，繚繞擘瓣之初。（洪繻〈西螺柑賦〉）

(A) 驅寒生暖，宜共品嘗　　(B) 清熱醒酒，足資入藥

(C) 滋味清芳，沁人心脾　　(D) 可製佳釀，吟詠助興

（106 指考 -10）

6. 下列符合管仲對自己描述的選項是：

管仲曰：「吾始困時，嘗與鮑叔賈，分財利，多自與，鮑叔不以我為貪，知我貧也。吾嘗為鮑叔謀事，而更窮困，鮑叔不以我為愚，知時有利不利也。吾嘗三仕三見逐於君，鮑叔不以我為不肖，知我不遭時也。吾嘗三戰三走，鮑叔不以我為怯，知我有老母也。公子糾敗，召忽死之，吾幽囚受辱；鮑叔不以我為無恥，知我不羞小節，而恥功名不顯於天下也。生我者父母，知我者鮑子也！」。（《史記・管晏列傳》）

(A) 治國才能不如鮑叔牙　　(B) 因鮑叔牙提拔而顯名

(C) 謀大事難免不拘小節　　(D) 未因功名而不顧小節

（105 學測 -15）

7. 閱讀下文，根據墨子的看法，飾攻戰者所犯錯誤最可能是：

飾攻戰者言曰：「南則荊、吳之王，北則齊、晉之君，始封於天下之時，其土城之方，未至有數百里也；人徒之眾，未至有數十萬人也。以攻戰之故，土地之博，至有數千里也；人徒之眾，至有數百萬人。故當攻戰而不可為也。」子墨子言曰：「雖四五國則得利焉，猶謂之非行道也。譬若醫之藥人之有病者然。今有醫於此，和合其祝藥之於天下之有病者而藥之，萬人食此，若醫四五人得利焉，猶謂之非行藥也。」（《墨子・非攻中》）

(A) 以偏概全　　(B) 損人利己　　(C) 貪得無厭　　(D) 顧此失彼

（102 指考 -12）

答案與解析見附冊第 40-42 頁

二、答案在文本之外

> 說明：所謂「答案在文本外」，是指無法直接從敘述文字中找到答案，必須融會貫通後，依據文本推論出主旨、原因、觀點或用意，並進一步鑑賞、評析的閱讀層次。原則上依「白話」、「文言」區別，若有二文對照的題目，則增補「比較」類。「鑑賞評析」依文體分為「古典詩文」與「現代文學」，各類文本再就主題呈現、結構形式與寫作技巧等角度解析。

(一) 判斷意旨

1. 瀏覽全文，標出各段重點，掌握全篇意旨。
2. 辨析選項敘述為篇章主旨或僅是相關訊息。
3. 題幹選項若援引名言佳句，要能正確理解。

【範例 1 －白話】

_____ 某位老師向學生講述下文的用意，最可能是希望學生：

> 農民問教授：「一個聾啞人到五金行買釘子，他先把左手的兩個指頭放在桌上，然後用右手做鎚釘的樣子。店員拿出鎚子，他搖搖頭，用右手指了指左手的兩個指頭；店員拿出釘子，他點點頭。這時，一個盲人走進來。先生，請您想一下，他會如何買到一把剪刀？」教授從容答道：「簡單。他只要伸出兩個指頭，模仿剪刀的樣子就可以了。」農民笑起來：「先生，他不需要這樣，盲人是會說話的。」(改寫自郭亞維《哈佛校訓給大學生的 24 個啟示》)

(A) 勿受既有認知限制
(B) 莫因專業蒙蔽真相
(C) 審慎辨析言語歧義
(D) 勇於質疑權威觀點

（104 學測 -5）

【解 析】

答案：(A)。

第一個狀況是「聾啞人買釘子」，農民描述了買者「左手的兩個指頭放在桌上，然後用右手做鎚釘」，模仿鎚釘的樣子，又補充店員一開始錯拿成鎚子的細節，聽者容易對買賣之間以手勢溝通的畫面留下深刻印象。於是，當農民提出「盲人買剪刀」的問題，教授腦中停留著先前的畫面，下意識認為同樣也是以手指模仿剪刀的樣子，顯然受到前一個認知的影響，忽略買者已非聾啞，而是盲人，只要直接開口就可以了。因此，這段文字的主旨在於提醒我們勿受既有認知的限制。答案為 (A)。

類題練習

_____ 1. 下列敘述，最符合「破碎的雞蛋殼怎麼拼得圓滿光滑呢」的體會是：

馬勒的旋律哀傷又優美，A 段完了換 B 段，B 段完了換 C 段，再回到 A 或 B，頂多稍微變化一下，不像貝多芬那樣苦心經營，一小段、一小段往前推，像數學證明題，一步錯不得。聽貝多芬，你不能分神，錯過一段都不行。聽馬勒，你可以隨時分神，隨時回來，因為每一段都很動人，而且每一段似乎都很熟悉。馬勒教導我們，不一定要貝多芬的邏輯和意義，生活可以每一段都很愉快，不一定死要逗成一整塊。我以前太愛逗了，逗來逗去，怎麼也拼不出一整塊來。破碎的雞蛋殼怎麼拼得圓滿光滑呢？（改寫自呂正惠〈馬勒拯救我於炎炎夏日〉）

(A) 品味人生，無須求全 　　　　(B) 寧為玉碎，不為瓦全
(C) 破鏡難圓，殘缺不全 　　　　(D) 一絲不苟，責備求全

（108 學測 -8）

_____ 2. 依據下文，最能概括文章內容的標題是：

法蘭克福是大多數外國旅客到德國的第一站，除了巨大繁忙的法蘭克福國際機場外，這裡也是德國的鐵、公路交通樞紐，以及歐陸的金融中心，更因是歐洲中央銀行的所在地，在世界經濟上的地位可謂舉足輕重。

因為是銀行城，市區內現代的摩天大樓林立，使法蘭克福的天際線十分絢麗。除了工商業充斥，她也是一座文化古都。從 1562 年起，法蘭克福一直是神聖羅馬帝國皇帝加冕的地方，崇高的地位延續到該帝國 1806 年瓦解為止。旅行者可從市中心古色古香的羅馬山廣場，感受歐洲中古風情。

法蘭克福位於美茵河畔，有廣大美麗的河濱綠園，可在此觀賞高聳壯觀的天際線。而美茵河往西匯入萊茵河，河流孕育出本區自然環境的旺盛生命力，造就無數美景。（改寫自林呈謙《德國旅行家》）

(A) 與時俱進的文化古都 　　　　(B) 廣大絢麗的美茵河畔
(C) 古色古香的德國城市 　　　　(D) 大樓林立的金融中心

（108 指考 -6）

_____ 3. 關於下列散曲的敘寫主題，說明正確的選項是：

天機織罷月梭閒，石壁高垂雪練寒，冰絲帶雨懸霄漢。幾千年曬未乾，露華涼人怯衣單。似白虹飲澗，玉龍下山，晴雪飛灘。（喬吉〈水仙子〉）

(A) 七夕牛女之會 　　　　(B) 山中雪夜之境
(C) 飛瀑奔騰之景 　　　　(D) 漂泊無依之情

（105 指考 -4）

_____ 4. 下列文句，最接近玉嬌龍與胡適二人所述意旨的選項是：

玉嬌龍

師娘，徒弟十歲起就隨你祕密練功，你給了我一個江湖的夢，可是有一天，我發現我可以擊敗你，你不知道我心裡有多害怕。我看不到天地的邊，不知道該往哪裡去。我又能跟隨誰？

你也許不能全然了解，生活和工作在一個沒有高手也沒有對手的社會裡——一個全是侏儒的社會——是如何的危險！每一個人，包括你的敵人，都盲目的崇拜你。既沒有人指導你，也沒有人啟發你。勝敗必須一人承擔。

胡適

(A) 欲窮千里目，更上一層樓
(B) 功名屬少年，知心惟杜鵑
(C) 揀盡寒枝不肯棲，寂寞沙洲冷
(D) 堪尋敵手共論劍，高處不勝寒

（105 學測 -6）

5-7 為題組。閱讀下文，回答 5-7 題。

　　趙成陽堪，其宮火，欲滅之，無階可升，使其子胊假於奔水氏。胊盛冠服，委蛇而往。既見奔水氏，三揖而後升堂，默坐西楹間。奔水氏命儐者設筵，薦脯醢觴胊。胊起，執爵啐酒，且酢主人。觴已，奔水氏曰：「夫子辱臨敝廬，必有命我者，敢問？」胊方白曰：「天降禍於我家，鬱攸是崇，虐焰方熾，欲緣高沃之，肘弗加翼，徒望宮而號。聞子有階可登，盍乞我？」奔水氏頓足曰：「子何其迂也！子何其迂也！飯山逢彪，必吐哺而逃；濯谿見鱷，必棄履而走。宮火已焰，乃子揖讓時耶！」急昇階從之，至，則宮已爐矣。（宋濂《宋文憲公全集》）

儐者：接待賓客的侍者。 脯醢：肉乾和肉醬。 鬱攸是崇：火氣積聚，指發 　　　　生火災。 昇：抬。

_____ 5. 依據上文，下列文意解說最適當的是：
(A)「委蛇而往」是因為心虛以至於膽怯地前往
(B)「必有命我者」是相信對方一定能救我的命
(C)「盍乞我」是埋怨對方怎麼不把梯子借給我
(D)「飯山逢彪」是在山上吃飯的時候遇到老虎

_____ 6. 下列各組文句「」內的字，前後意義相同的是：
(A) 濯谿「見」鱷／若有招待不周之處，請您「見」諒
(B) 必棄履而「走」／快「走」運動有益全民身心健康
(C)「假」於奔水氏／歲末音樂會將「假」文化中心舉行
(D)「乃」子揖讓時耶／竊盜屬公訴罪，非告訴「乃」論

_____ 7. 上文藉由故事人物的言行寄寓主旨，下列說明最適當的是：
(A) 藉奔水氏批判虛榮浮誇、惺惺作態的人
(B) 藉奔水氏表彰指揮若定、功成不居的人
(C) 藉成陽胊諷刺食古不化、不知變通的人
(D) 藉成陽胊讚美處變不驚、溫文有禮的人

（108 指考 -32-34 題組）

8-9 為題組。閱讀下列短文，回答 8-9 題。

　　東坡在黃州與蜀客陳季常為友，不過登山玩水、飲酒賦詩，軍務民情，秋毫無涉。光陰迅速，將及一載。時當重九之後，連日大風。一日風息，東坡兀坐書齋，忽想：「定惠院長老曾送我黃菊數種，栽於後園，今日何不去賞玩一番？」足猶未動，恰好陳季常相訪。東坡大喜，便拉陳慥同往後園看菊。到得菊花棚下，只見滿地鋪金，枝上全無一朵，嚇得東坡目瞪口呆。陳慥問道：「子瞻見菊花落瓣，緣何如此驚詫？」東坡道：「季常有所不知。平常見此花只是焦乾枯爛，並不落瓣，去歲在王荊公府中，見他〈詠菊〉詩二句道：『西風昨夜過園林，吹落黃花滿地金。』小弟只道此老錯誤了，續詩二句道：『秋花不比春花落，說與詩人仔細吟。』卻不知黃州菊花果然落瓣！此老左遷小弟到黃州，原來使我看菊花也。」陳慥笑道：「古人說得好：廣知世事休開口，縱會人前只點頭。假若連頭俱不點，一生無惱亦無愁。」東坡道：「小弟初然被謫，只道荊公恨我摘其短處，公報私仇。誰知他倒不錯，我倒錯了。真知灼見者，尚且有誤，何況其他！吾輩切記，不可輕易說人笑人，正所謂_____耳。」（改寫自《警世通言·王安石三難蘇學士》）

_____ 8. 依據上文，關於東坡在黃州的情況，敘述正確的是：
(A) 時就陳慥共議軍務民情　　(B) 季常贈菊數種以供賞玩
(C) 驚見定惠院中菊瓣遍地　　(D) 領會荊公詠菊所言不虛

_____ 9. 依據上文，最適合填入 _____ 內的是：
(A) 經一失長一智　　(B) 人不可以貌相
(C) 五十步笑百步　　(D) 聰明被聰明誤

（107 學測 -25-26 題組）

10-11 為題組。閱讀下文，回答 10-11 題。

　　那一夜，大雨如注。老人冒雨從外面回來，進入臥房，在燈亮起來的剎那，他發現沙發上坐著一個青年，手執左輪槍，正對準著他。「不許聲張！給我錢和你的汽車鑰匙！」老人一眼認出那把手槍是他自己的。他從容地關上門，傍著茶几坐了下來。「好大的雨，淋得我直打哆嗦，先讓我喝杯咖啡再商量吧！」「你敢耍花招！」「我不敢，我只是想暖暖身，你也來一杯吧。」老人倒了兩杯熱呼呼的咖啡。在喝的同時，他指著對方一身灰色的囚衣說：「哦，你是逃犯呀！好小子，我也在監牢裡待了三十年呢！」「想不到你這傢伙竟然也——」接著一陣冷笑。突然，外面一部汽車駛近。兩雙皮靴響上臺階，在門口停住。青年一躍而起，拿槍抵住老人腦袋：「開門你就別想活！」「外面是誰？」「是我們，趙英和李金，報告典獄長，109 號新來的囚犯越獄逃跑。」「知道了，你們守住通道口，不許隨便離開！」「是，長官。」兩雙皮靴響下臺階。汽車在雨中遠去。「你瞧，我沒騙你吧！我也在監牢裡待了三十年。」老人趁勢奪下青年手中的槍：「孩子，你從來沒玩過手槍吧！我這把手槍已經二十年不上子彈了。」然後他把另一杯咖啡遞給對方。「喝掉它吧，乖乖地回到監獄去，我不會讓他們為難你的。」青年捧起杯子，艱難地嚥盡最後一口咖啡。他朝門走去時，老人塞給他一把雨傘，拍拍他的肩：「孩子，我明天一早去看你。」（改寫自 Cabinson Borges 作、丁樹南譯〈雨夜〉）

_____ 10. 依據上文，敘述**不正確**的選項是：

(A) 青年是逃犯，老人是典獄長

(B) 青年不知道這把手槍根本未裝子彈

(C) 老人不讓趙英和李金入內強迫青年就範，是害怕青年開槍

(D) 老人從青年手中奪下手槍並勸其自動返獄，展現老人的愛心

_____ 11. 關於上文主旨的敘述，最適當的選項是：

(A) 生活充滿危機　　　　　　(B) 感化勝於強制

(C) 犯罪必須預防　　　　　　(D) 妥協代替對立

（101 指考 -14-15 題組）

答案與解析見附冊第 42-44 頁

範例 2 －文言

_____ 依據下文，最能與文旨呼應的是：

豚澤之人養蜀雞，有文而赤翁。有群雛周周鳴。忽晨風過其上，雞遽翼諸雛，晨風不得捕，去。已而有烏來，與雛同啄。雞視之兄弟也，與之下上，甚馴。烏忽銜其雛飛去。雞仰視悵然，似悔為其所賣也。（宋濂《燕書》）

(A) 螳螂捕蟬，黃雀在後　　　(B) 鳥盡弓藏，兔死狗烹

(C) 福生於畏，禍起於忽　　　(D) 失之東隅，收之桑榆

（107 學測 -10）

解　析

答案：**(C)**。

雞見到兇猛的晨風，努力護雛而平安無事，卻因沒有防備烏鴉混進雞群，而失去小雞。故答案為 (C)。

(A) 比喻目光短淺，只顧眼前利益而不管其他後患。

(B) 比喻大功告成，功臣受害。

(C) 說明福分生於對事物的敬畏，災禍因輕忽而發生。

(D) 比喻雖然先在某一方面有損失，但終在另一方面有收穫。

筆記欄

類題練習

_____ 1. 《淮南子·人間訓》曰:「知備遠難而忘近患」,意指僅知道防備遠處的禍害,卻忽略近處的危機,有失明智。下列選項,最切合上述旨意的是:

(A) 夫鵲先識歲之多風也,去高木而巢扶枝。大人過之則探鷇,嬰兒過之則挑其卵　｜鷇:雛鳥

(B) 鄭縣人卜子使其妻為褲,其妻問曰:「今褲何如?」夫曰:「像吾故褲。」妻子因毀新,令如故褲

(C) 周人有愛裘而好珍饈,欲為千金之裘而與狐謀其皮,欲具少牢之珍而與羊謀其饈。言未卒,狐相率逃於重丘之下,羊相呼藏於深林之中

(D) 昔齊人有欲金者,清旦衣冠而之市,適鬻金者之所,因攫其金而去。吏捕得之,問曰:「人皆在焉,子攫人之金何?」對曰:「取金之時,不見人,徒見金」

（108 指考 -11）

_____ 2. 依據下文,符合全文旨意的選項是:

彊令之笑不樂;彊令之哭不悲;彊令之為道也,可以成小,而不可以成大。缶醯黃,蚋聚之,有酸,徒水則必不可。以貍致鼠,以冰致蠅,雖工,不能。以茹魚去蠅,蠅愈至,不可禁,以致之之道去之也。桀、紂以去之之道致之也,罰雖重,刑雖嚴,何益?（《呂氏春秋》）

茹魚:腐臭的魚。

(A) 興衰成敗有數,不可力強而致
(B) 治國悖離民心,如同為淵驅魚
(C) 大材不宜小用,割雞焉用牛刀
(D) 國君用人之術,務在明賞慎罰

（106 指考 -7）

_____ 3. 閱讀下文,選出最符合文中所闡述道理的選項:

惟是道理自有厚薄。比如身是一體,把手足捍頭目,豈是偏要薄手足?其道理合如此。禽獸與草木同是愛的,把草木去養禽獸,又忍得。人與禽獸同是愛的,宰禽獸以養親,與供祭祀,燕賓客,心又忍得。至親與路人同是愛的,如簞食豆羹,得則生,不得則死。不能兩全,寧救至親,不救路人,心又忍得。這是道理合該如此。（王陽明《傳習錄》）

(A) 親親有術,尊賢有等
(B) 人君之道,清淨無為,務在博愛
(C) 弟子,入則孝,出則悌,謹而信,汎愛眾
(D) 聖王之政,普覆兼愛,不私近密,不忽疏遠

（105 指考 -8）

_____ 4. 閱讀下文，選出最接近本文主旨的選項：

昔有僕嫌其妻之陋者。主翁聞之，召僕至，以銀杯、瓦椀各一，酌酒飲之。問曰：「酒佳手？」對曰：「佳。」「銀杯者佳手？瓦椀者佳手？」對曰：「皆佳。」主翁曰：「杯有精粗，酒無分別。汝既知此，則無嫌於汝妻之陋矣。」僕悟，遂安其室。（羅大經《鶴林玉露》）

椀，通碗。

(A) 承恩不在貌

(B) 命無莫強求

(C) 曾經滄海難為水

(D) 糟糠之妻不下堂

（102 學測 -11）

_____ 5. 閱讀下文，選出最適合填入＿＿＿＿中的選項：

齊桓公之時，晉客至，有司請禮，桓公曰「告仲父」者三。而優笑曰：「易哉為君！一曰『仲父』，二曰『仲父』。」桓公曰：「吾聞＿＿＿＿。吾得仲父已難矣，得仲父之後，何為不易手哉？」（《韓非子·難二》）

(A) 我無為，而民自化

(B) 君人者勞於索人，佚於使人

仲父：指管仲

(C) 為政以德，譬如北辰，居其所而眾星共之

(D) 君尊則令行，官修則有常事，法制明則民畏刑

（102 指考 -11）

_____ 6.

蜀中有杜處士，好書畫，所寶以百數。有戴嵩〈牛〉一軸，尤所愛，錦囊玉軸，常以自隨。一日曝書畫，有一牧童見之，拊掌大笑，曰：「此畫鬥牛也。牛鬥，力在角，尾搐入兩股間。今乃掉尾而鬥，謬矣。」處士笑而然之。古語有云：「耕當問奴，織當問婢。」不可改也。（蘇軾〈書戴嵩畫牛〉）

下列文句與上文主旨**最不相關**的選項是：

(A) 聞道有先後，術業有專攻

(B) 學無常師，有一業勝己者，便從學焉

(C) 使言之而是，雖在褐夫芻蕘，猶不可棄也

(D) 三人行，必有我師焉。擇其善者而從之，其不善者而改之

（101 學測 -11）

答案與解析見附冊第 44-45 頁

筆記欄

(二) 推究原因

1. 概覽全文，掌握閱讀重點。

2. 注意情節的因果關係或事理的邏輯原則。

3. 比對相關訊息，檢核選項敘述，確認正解。

範例 1 —白話

_____ 依據下文，作者「對蚊子絕不排斥」，最可能的原因是：

> 過了一天非人的生活，到了夜晚想做一件人做的事：睡覺。但是，不忙著睡，寶貝蚊子來了。雙方的工作不外下列幾種：（一）蚊子奏細樂。（二）我揮手致敬。（三）樂止。（四）休息片刻。（五）是我不當心，皮膚碰了蚊子的嘴，奇痛。（六）蚊子奏樂。（七）我揮手送客。清晨醒來，察視一夜工作的痕迹，常常發現腿部作玉蜀黍狀。有時候面部略微改變一點形狀，例如：嘴唇加厚，鼻樑增高。據腦筋靈敏的人說，若備一床帳子，則蚊子自然不作入幕之賓。但我已和太太商量就緒，在下月發薪之前，無論如何，我們仍然要保持大國民的態度，對蚊子絕不排斥。（改寫自梁實秋〈蚊子與蒼蠅〉）

(A) 蚊子能增添生活樂趣

(B) 擁有慈悲為懷的精神

(C) 喜好觀察自然界細物

(D) 貧窮生活的自我解嘲

（107 學測 -7）

解 析

答案：(D)。

本文以幽默筆法描寫夜晚入睡時被蚊子叮咬之苦。對蚊子的指稱冠以「寶貝」二字，實為苦中作樂、頗為無奈的嘲諷。文末言「若備一床帳子，則蚊子自然不作入幕之賓」，看似已尋得解決辦法，卻又說「我已和太太商量就緒，在下月發薪之前，無論如何，我們仍然要保持大國民的態度，對蚊子絕不排斥」，可見關鍵在於「下月發薪之前」。因此「對蚊子絕不排斥」，並不是真的不排斥，只是生活窮困，尚無餘力購置蚊帳，「無論如何」更表現出忍耐的決心，故答案為 (D)。

(A) 蚊子增添的「樂趣」，皆為作者苦中作樂的自我解嘲，並非真「樂」。

(B) 由「蚊子奏細樂」、「我揮手致敬」可知，作者也會攻擊蚊子，並非慈悲為懷。

(C) 由「過了一天非人的生活，到了夜晚想做一件人做的事：睡覺。但是，不忙著睡，寶貝蚊子來了」可知，作者迫切需要睡覺休息，卻被蚊子打擾，對蚊子絕無好感，也不會想特別觀察牠，只希望牠速速離去。

類題練習

_____ 1. 依據下文,湯普生醫師「把總醫師痛罵一頓」的原因,敘述最適當的是:

　　記得我當第一年住院醫師時,有一晚恰好遇到一個車禍外傷病人由救護車送來急診。經過詳細檢查,確認只有些皮肉裂傷,總住院醫師便決定把病人帶到開刀房,洗淨傷口加以縫合並住院觀察。當晚是我們的副主任湯普生醫師值班。由於總住院醫師認為這是很平常的外傷,而且他已處理得很好,因此決定讓湯普生醫師休息。誰知湯普生第二天巡房後走出病房就大發雷霆,把總醫師痛罵一頓,說他沒有依照科內規定,維護病人權益,未和主治醫師討論出最好的治療方法,也不尊重醫學倫理,因為病人在法律上屬於湯普生醫師,他有義務照護病人。事實上病人狀況相當穩定,總醫師卻因一個善意的疏忽,幾乎被記過甚至開除。(改寫自王國照《重披白袍》)

(A) 未讓湯普生醫師充分休息

(B) 未把車禍外傷病人照顧好

(C) 未和主治醫師討論治療方式

(D) 未和病患家屬說明開刀細節

(108 指考 -9)

_____ 2. 依據下文,作者對於歷史書寫「覺得恐懼」,最可能的原因是:

　　血管賁張的想像,都在史料閱讀之際平息下來,過多的熱情也被迫必須冷卻。歷史的想像,在古典顏色的紙頁之間穿梭,以求得假想中的一個事實。但是,在千錘百鍊的考據下獲得的事實,果真是屬於事實?頹然坐在浩瀚的史書之前,忽然覺悟所謂事實不都是解釋出來的?史料與史料的銜接,如果需要人工著手構築,如何證明事實值得信賴?歷史想像求得的事實,如何不是想像的延伸?內心自我提問的過程,一旦陷入之後,時間之旅便無窮無盡。對於歷史書寫,越來越覺得恐懼。(陳芳明〈書寫就是旅行〉)

(A) 史料龐雜因而無法盡讀

(B) 想像延伸因而血脈賁張

(C) 事實因解釋而無窮無盡

(D) 熱情因閱讀而頹然冷卻

(107 學測 -9)

筆記欄

_____ 3. 推斷該文作者認為電影《海角七號》容易引起觀眾共鳴的原因為何？

「你看《海角七號》了沒？」近來成了全國性的見面問候語。在電影中，導演魏德聖很贊同且體恤鄉下小民那些充滿漏洞、微有破碎的生活調調，像騎機車不戴安全頭盔，像與交警一言不合可以互練摔角，像郵件送不完竟堆置在家裡。而能妙手偶得這樣的情節，導演便需天然具備這種「容許」的氣質──茂伯（戲中的老郵差）執意擔任臺上一名樂手，他容許；水蛙（戲中的機車行員工）暗戀老闆娘，他容許；友子（女主角）在阿嘉（男主角）家裡住一晚，輕手輕腳下樓梯，阿嘉的媽媽瞧見了，笑了，導演讓這個媽媽也容許。若有一件創作，可以帶著大家去犯一些不傷大雅的小錯，那麼這創作的欣賞者或參與者必定很踴躍，並且參加之後猶很感激。（改寫自舒國治〈為什麼全臺灣瘋《海角七號》〉）

(A) 導演揭露鄉下小民遭受不平等待遇的辛酸
(B) 演員們以充滿漏洞、製造笑料的方式演出
(C) 全片由破碎而不連貫的劇情串接，新奇有趣
(D) 劇中鄉下小民偶有小錯的生活小節，得到包容與諒解
(E) 觀眾對隨興生活的憧憬，透過劇中人物的生活調調暫得滿足

（98 學測 -21）

4-5 為題組。閱讀下文，回答 4-5 題。

羿在垃圾堆邊懶懶地下了馬，家將們便接過韁繩和鞭子去。他剛要跨進大門，低頭看看掛在腰間的滿壺的簇新的箭和網裡的三隻烏老鴉和一隻射碎了的小麻雀，心裡就非常躊躕。但到底硬著頭皮，大踏步走進去了，箭在壺裡豁朗豁朗地響著。剛到內院，他便見嫦娥在圓窗裡探了一探頭。他知道她眼睛快，一定早瞧見那幾隻烏鴉的了，不覺一嚇，腳步登時也一停──但只得往裡走。使女們都迎出來，給他卸了弓箭，解下網兜。他彷彿覺得她們都在苦笑。「太太……」他擦過手臉，走進內房去，一面叫。嫦娥正在看著圓窗外的暮天，慢慢回過頭來，似理不理地向他看了一眼，沒有答應。這種情形，羿倒久已習慣的了，至少已有一年多。他仍舊走近去，坐在對面的鋪著脫毛的舊豹皮的木榻上，搔著頭皮，支支吾吾地說──「今天的運氣仍舊不見佳，還是只有烏鴉……」「哼！」嫦娥將柳眉一揚，忽然站起來，風似地往外走，嘴裡咕嚕著，「又是烏鴉的炸醬麵！又是烏鴉的炸醬麵！你去問問去，誰家是一年到頭只吃烏鴉肉的炸醬麵的？」（魯迅〈奔月〉）

_____ 4. 文中羿與嫦娥言語失和的原因，最可能的選項是：

(A) 羿不務正業，只知狩獵遊樂而不照顧嫦娥
(B) 羿的狩獵成果，無法滿足嫦娥的生活所需
(C) 嫦娥不想再過僕傭簇擁的生活，羿卻不然
(D) 嫦娥掌握家中大權，把羿當成僕傭來使喚

_____ 5. 下列關於文中描寫的敘述，**不恰當**的選項是：

(A) 嫦娥「風似地往外走」，意在強調嫦娥的輕盈敏捷

(B)「羿在垃圾堆邊懶懶地下了馬」，暗喻羿的困頓處境

(C) 木榻「鋪著脫毛的舊豹皮」，暗指羿被現實生活不斷消磨

(D)「她們（使女）都在苦笑」，其實是羿個人內心感受的投射

（105 學測 -11-12 題組）

6-7 為題組。閱讀下文，回答 6-7 題。

　　我教書多年，還存一點好奇心，每當我教到最後一堂課時，就會發問卷給學生：今年你最喜歡哪些詩和文？……幾乎有十一、二年，票選第一名的作品都是契可夫的「Misery」。

　　這篇小小說講一個駕馬車的老頭，獨生子死了，在大雪紛飛的冬夜到戲院門口載客。上車的客人都急著教他趕路，他卻嘟嘟噥噥訴說著兒子的死。於是，客人們就產生了六、七種不同的反應。大多數人都教他閉嘴，快趕路！甚至有人用皮靴踢他、罵他糟老頭。另有一兩個旅客表示關心，問了他兒子的情況，不過，他們仍然很快地忘記了有這麼回事。人總是那麼健忘，尤其是對別人的事。這故事很簡單，敘述也沒什麼花俏之處，研究生們會這麼重視它，令我頗覺得欣慰。因為這個小小說完全講內心世界，呈現的是心境。老馬車夫在大雪中送完了客人，最後回到他簡陋的屋子，牽著馬入馬廄時，他說：這個世界上，只有你聽到我的話之後，還有一點同情的樣子。契可夫用他悲憫的眼睛，來看別人對他人悲傷的反應。（齊邦媛《霧漸漸散的時候》）

_____ 6. 依據上文，推斷下列關於契可夫小說「Misery」的敘述，正確的選項是：

(A) 故事中出現的人物不超過五個

(B) 以車夫一個晚上的載客經歷為故事主線

(C) 採用倒敘手法，向前追溯歷次的載客經過

(D) 車夫認為聆聽他說話，還有一點同情的，只剩紛飛的大雪

_____ 7. 上文作者對學生喜歡「Misery」而頗覺欣慰，主因應是樂見：

(A) 學生能仔細審視社會底層的貧窮

(B) 學生能理解小說作者的悲憫情懷

(C) 學生能被人與動物之間的情誼所感動

(D) 學生能分析簡單而不花俏的敘事技巧

（99 指考 -12-13 題組）

答案與解析見附冊第 45-47 頁

範例 2 – 文言

_____ 閱讀下文，推斷「江右貴人」詩不再清淡、「小民傭酒館者」不復能歌〈渭城〉的原因為何？

　　昔人夜聞歌〈渭城〉甚佳，質明跡之，乃一小民傭酒館者，損百緡予使鬻酒，久之不復能歌〈渭城〉矣。近一江右貴人，彊仕之始，詩頗清淡，既涉貴顯，雖篇什日繁，而惡道坌出。人怪其故，予曰：「此不能歌〈渭城〉也。」（王世貞《藝苑卮言》）

(A) 心隨境遇而異　　　　　　(B) 學習不得要領
(C) 未獲知音賞識　　　　　　(D) 浮誇而無實學

| 質明：天大亮。 |
| 彊仕：40 歲。 |
| 坌出：叢出。 |

（99 指考 -9）

答案：(A)。
　　本文敘述聽到有人〈渭城〉曲唱得好，探詢了解後，發現原來是「一小民傭酒館者」，受僱於酒館的一位小民。「損百緡予使鬻酒，久之不復能歌〈渭城〉矣」，表示作者為了再聽他唱歌，花了上百個緡錢讓他賣酒，沒想到日子一久，他居然再也沒有辦法唱好這首歌了。接著再以「江右貴人」的遭遇來對照：剛開始當官的時候詩寫得好，「貴顯」之後寫得更多，但品質卻變差。綜合這兩個例子，作者認為「小民」和「貴人」退步的原因是一樣的：物質生活改變，心境隨之不同，那種感動人心的力量也就消失了。故答案為(A)。(B)(D)本文所述與學習無關。(C)作者算是「小民」的知音，因此「知音不遇」不符。

類題練習

1-2 為題組。閱讀下文，回答 1-2 題。

　　春陵俗不種菊，前時自遠致之，植於前庭牆下。及再來也，菊已無矣。徘徊舊圃，嗟嘆久之。誰不知菊也，芳華可賞，在藥品是良藥，為蔬菜是佳蔬。縱須地趨走，猶宜徙植修養，而忍踐踏至盡，不愛惜乎！於戲！賢士君子自植其身，不可不慎擇所處。一旦遭人不愛重如此菊也，悲傷奈何！於是更為之圃，重畦植之。其地近宴息之堂，吏人不此奔走；近登望之亭，旌旄不此行列。縱參歌妓，菊非可惡之草；使有酒徒，菊為助興之物。為之作記，以託後人；並錄藥經，列於記後。（元結〈菊圃記〉）

_____ 1. 菊花在「前庭牆下」消失的原因，敘述最適當的是：
　　(A) 菊花不如良藥、佳蔬用途廣大，因此遭眾人鄙薄厭棄
　　(B) 菊花係遠方品種，移植春陵而不服水土，致枯萎凋零
　　(C) 菊花栽植於人來人往之處，被踩踏蹂躪，因而凋枯萎謝
　　(D) 菊花形貌樸素，雖非可惡之草，但不受人喜愛而遭棄養

_____ 2. 作者藉種植菊花而感悟處世之理，下列敘述最適當的是：
　　(A) 立身處世應具良禽擇木而棲的智慧
　　(B) 順境僅成就平凡而逆境可造就不凡
　　(C) 具備多元能力，可在競爭時代勝出
　　(D) 正直友可礪品格，酒肉交將招災禍

　　　　　　　　　　　　　　　　　　（107 學測 -33-34 題組）

3-4 為題組。閱讀下文，回答 3-4 題。

　　子思見老萊子，老萊子聞穆公將相子思，老萊子曰：「若子事君，將何以為乎？」子思曰：「順吾性情，以道輔之，無死亡焉。」老萊子曰：「不可順子之性也，子性剛而傲不肖，又且無所死亡，非人臣也。」子思曰：「不肖，故人之所傲也。夫事君，道行言聽，則何所死亡？道不行，言不聽，則亦不能事君，所謂無死亡也。」老萊子曰：「子不見夫齒乎？雖堅剛，卒盡相摩；舌柔順，終以不弊。」子思曰：「吾不能為舌，故不能事君。」（《孔叢子‧抗志》）

_____ 3. 關於子思「不能事君」的原因，下列敘述**錯誤**的選項是：
(A) 不能順己性情　　　　　　　　(B) 不願愚忠枉死
(C) 無法為民喉舌　　　　　　　　(D) 難以道行言聽

_____ 4. 依據上文，最符合老萊子之意的選項是：
(A) 君使臣以禮，臣事君以忠
(B) 堅強者死之徒，柔弱者生之徒
(C) 名不正則言不順，言不順則事不成
(D) 行一不義，殺一不辜，而得天下，皆不為也

（106 學測 -14-15 題組）

5-6 為題組。閱讀下文，回答 5-6 題。

　　越甲至齊，雍門子狄請死之。齊王曰：「鼓鐸之聲未聞，矢石未交，長兵未接，子何務死之？為人臣之禮邪？」雍門子狄對曰：「臣聞之：昔者王田於圃，左轂鳴，車右請死之，而王曰：『子何為死？』車右對曰：『為其鳴吾君也。』王曰：『左轂鳴者，工師之罪也，子何事之有焉？』車右曰：『臣不見工師之乘，而見其鳴吾君也。』遂刎頸而死。知有之乎？」齊王曰：「有之。」雍門子狄曰：「今越甲至，其鳴吾君也，豈左轂之下哉？車右可以死左轂，而臣獨不可以死越甲也？」遂刎頸而死。是日，越人引甲而退七十里，曰：「齊王有臣鈞如雍門子狄，擬使越社稷不血食。」遂引甲而歸。（《說苑‧立節》）

| 越甲：越國軍隊。 |
| 車右：駕者右邊的武士。 |
| 鈞：同「均」。 |
| 血食：殺牲取血以祭天地祖先。保有政權方能血食祭祀。 |

_____ 5. 依據上文，敘述正確的選項是：
(A) 齊王指責雍門子狄臨陣脫逃，未善盡人臣之責
(B) 雍門子狄認為使君王陷於危殆，實為臣子之罪
(C) 齊王對於雍門子狄有所誤解，致使他自刎明志
(D) 車右為無力督導工匠製車而自責，故刎頸而死

_____ 6. 關於越人「引甲而歸」的原因，敘述正確的選項是：
(A) 見齊國兵車眾多、軍容盛大，自忖無法與之為敵
(B) 車右預知越甲將至，以死勸告齊王務必提前戒備
(C) 認為齊人忠君愛國，若執意攻伐將招致亡國之禍
(D) 敬佩雍門子狄敢為死士，畏懼其不惜犧牲的氣勢

（105 指考 -14-15 題組）

答案與解析見附冊第 47-48 頁

(三) 推測觀點

答題建議
1. 理解文句涵義，統整段落大意、篇章主旨。
2. 辨析各段落的輕重、主從，確認核心觀點。
3. 嘗試重述重點，留意作者是否有言外之意。
4. 檢視選項，確認是普世看法或為作者觀點。

範例

_____ 閱讀下文，選出符合作者想法的選項：

年紀輕的時候，倒是敢說話，可是沒有人理睬他。到了中年，在社會上有了地位，說出話來有相當分量，誰都樂意聽他的，可是正在努力的學做人，一味的唯唯否否，出言吐語，切忌生冷，總揀那爛熟的，人云亦云。等到年紀大了，退休之後，比較不負責任，可以言論自由了，不幸老年人總是嘮叨的居多，聽得人不耐煩，任是入情入理的話，也當作耳邊風。這是人生一大悲劇。（張愛玲〈論寫作〉）

(A) 年輕人與老年人都較敢表達意見，但也不耐聽他人意見
(B) 中年人處世多權衡利害輕重，常不願說出與眾不同之論
(C) 說話者地位越高、年齡越長，越能得到聽眾喜愛與信任
(D)「說者無意，聽者有心」的差距，形成「人生一大悲劇」

（103 學測 -9）

解析

答案：(B)。
本文所說的「人生一大悲劇」，總結了「年紀輕」、「中年」、「年紀大」三個階段的「說話態度」、「說話品質」以及「被接受的程度」。人在年輕或是年老時，由於分量不夠、過於嘮叨，就算敢講話、愛講話，也沒人要聽。而中年時基於地位高、分量足，大家都樂於聽他說話，偏偏又因權衡利害不願說真話。
(A) 年輕人與老年人都敢表達，但文中並未提及是否耐聽他人意見。
(B) 由「正在努力的學做人」可知，中年人懂得權衡利害輕重，「一味的唯唯否否，出言吐語，切忌生冷」，常不願說出與眾不同之論。
(C) 由「到了中年，在社會上有了地位，說出話來有相當分量，誰都樂意聽他的」可知，地位越高，越能得到聽眾喜愛與信任。但由「老年人總是嘮叨的居多，聽得人不耐煩，任是入情入理的話，也當作耳邊風」，可見年紀越長，越不得聽眾喜愛。
(D) 根據本文，造成「人生一大悲劇」的原因不在於「說者無意，聽者有心」的差距，而是想說話的時候沒人要聽，有人想聽的時候不願說真話。想當「說者」的時候，沒有「聽者」；而有了「聽者」，「說者」卻又顧忌許多，無法暢談。

類題練習

_____ 1. 閱讀下文，最符合作者觀點的選項是：

　　文學家之意匠經營，其間如何創新，當然要在作者的想像與感情之是否觸到「前人所未道」處，見其分曉。但是，作者縱使有了那樣的新意，倘無適當的語言與之配合表出，結果仍不足構成文學批評對象的價值。因此，語言雖為文學批評對象之表層的客觀的事實，然而沒有這個事實，便也失去了那對象的存在。（王夢鷗《古典文學論探索》）

(A) 文學創作應致力於語言創新

(B) 文學創作是語言之美的展現

(C) 文學批評的語言應力求客觀

(D) 文學批評的對象離不開語言

（104 指考 -8）

_____ 2. 武俠小說論及武術武道，多受傳統文化影響。依據古龍《浣花洗劍錄》中紫衣侯對劍法的論述，可與其觀點相應的選項是：

我雖將天下所有劍法全部記住，我那師兄也能記得絲毫不漏，但他卻能在記住後又全都忘記，我卻萬萬不能，縱然想盡千方百計，卻也難忘掉其中任何一種。

紫衣侯

我那師兄將劍法全都忘記之後，方自大徹大悟，悟了「劍意」，他竟將心神全都融入了劍中，以意馭劍，隨心所欲。雖無一固定的招式，但信手揮來，卻無一不是妙到毫巔之妙著。也正因他劍法絕不拘圍於一定之形式，是以人根本不知該如何抵擋。我雖能使遍天下劍法，但我之所得，不過是劍法之形骸；他之所得，卻是劍法之靈魂。我的劍法雖號稱天下無雙，比起他來實是糞土不如！

(A) 言者所以在意，得意而忘言

(B) 大音希聲，大象無形，道隱無名

(C) 受國之垢，是謂社稷主；受國不祥，是為天下王

(D) 為學日益，為道日損。損之又損，以至於無為，無為而無不為

(E) 泉涸，魚相與處於陸，相呴以濕，相濡以沫，不如相忘於江湖

（106 指考 -23）

3-5 為題組。閱讀下文，回答 3-5 題。

　　大多數的科學工作者和前輩大師有一種相當「疏離」的關係。有人會說，科學是以客觀的方法來發現潛藏真理、發明可用器物的一門學問，不應有感情色彩和私人成分。對於拉瓦謝，我們只要知道他以硃砂做實驗，將之加熱而獲得「更純淨、更適於呼吸」的空氣（即氧）的成果，知道他「燃燒不是假想的燃素之釋放，而是燃燒物質與氧的化合」之洞見就可以了。至於拉瓦謝是何方人士，他的童年生活、求學經過、有沒有結婚生子……，都跟氧氣無關。在科學的殿堂裡，若談拉瓦謝在法國大革命期間因受誣告而被送上斷頭臺，不僅無補於科學，而且是「搞錯了方向」。於是，一個化學系學生和拉瓦謝的關係成了「他跟氧氣」的關係，「人」與「人」的關係在不知不覺間被「人」與「物」的關係所取代。

　　文學藝術工作者則是一種完全不同的取向。不少人在讀過《紅樓夢》後，因深受感動而想去了解「是什麼樣一個人，在什麼樣的情況下，竟然能創造出這樣的不朽傑作？」他的好奇很快就能獲得滿足，因為早有同好寫了很多關於曹雪芹生平及其家族的專書，有些學者甚至從研究《紅樓夢》轉而研究曹雪芹「這個人」。如果讀者渴望親臨現場，也有「曹雪芹紀念館」或「紅樓夢之旅」供人流連憑弔。這完全得助於將「創造者」（作家）置於「創造物」（作品）之上的心思。

　　學科學的我若能參加「相對論之旅」，希望能探訪愛因斯坦不同階段所停留過的地方，特別想看看他心愛的小提琴，至於它是不是愛因斯坦用的那把並不重要，重要的是它所代表的人味和精神。（改寫自王溢嘉〈一般人物兩樣情〉）

_____ 3. 下列關於上文「」所強調的意思，說明最適當的是：
(A) 有一種相當「疏離」的關係：強調一般人不易理解科學知識
(B) 而且是「搞錯了方向」：強調科學人才的培育應重視基礎研究
(C) 成了「他跟氧氣」的關係：強調科學家的貢獻常取代對科學家的認識
(D) 轉而研究曹雪芹「這個人」：強調《紅樓夢》研究的真正核心課題所在

_____ 4. 關於科學工作者和文學藝術工作者的差異，最符合上文觀點的是：
(A) 文學藝術工作者敬重前輩大師，科學工作者通常不然
(B) 科學工作者追求以「物」取代「人」，文學藝術工作者通常不然
(C) 科學工作者注重「創造物」的客觀考證，文學藝術工作者通常不然
(D) 文學藝術工作者留意「創造者」的創作心靈活動，科學工作者通常不然

_____ 5. 今年是工業革命代表人物瓦特（James Watt）逝世 200 周年，下列是某高中紀念展覽的內容，其中與作者期待參加的「相對論之旅」理念最接近的選項是：
甲、「瓦特」是國際單位制的功率單位　　乙、瓦特是蘇格蘭造船工人之子
丙、瓦特在格拉斯哥大學開的小修理店　　丁、瓦特設計的蒸汽機運轉模型
戊、瓦特與英格蘭製造商博爾頓長期合作　　己、瓦特如何阻止他人獲得專利
(A) 甲乙丙戊
(B) 乙丙戊己
(C) 甲丁戊己
(D) 乙丙丁己

（108 學測 -22-24 題組）

6-7 為題組。閱讀下文，回答 6-7 題。

　　西方對於悲劇的定義，大多談到人的局限性——主角最終發現自己只不過是受更大的意志所支配的對象，但在必然性的驅使之下，仍無可奈何地走向毀滅。我們不必指望在中國的傳統裡發現西方意義上的悲劇，這種悲劇的結構是受文化限制的。不同的文明有各自不同的典型，我們可以在非道德的必然性與人的道德秩序的衝突中，發現中國的典型。中國傳統中非道德的必然性，通常是指周而復始的自然，是一種非人格的力量，人們稱之為「命」。相對於西方悲劇的必然性來說，最引人注目的對比，是這種必然性完全能夠為人所理解，而且每當不可避免的事情快要發生時，會出現許多徵兆，「命」往往通過這些徵兆顯示它的存在。西方的悲劇英雄總有一個從懵然無知到恍然大悟的過程；在中國，與悲劇英雄對應的人物常在既定的不幸結局來臨前，早就認識到這種結局是不可避免的。主角在這裡沒有抗爭，而是在註定要遭受不幸的情況下「知其不可而為之」，令人崇敬地克服絕望情緒。　（改寫自宇文所安《中國古典文學中的往事再現》）

_____ 6. 下列敘述，符合作者看法的選項是：

(A) 西方的悲劇英雄雖然早已預知難逃毀滅，仍堅持抗爭不懈

(B) 中國傳統中的「命」具有非人格的神祕性，人們無從窺知

(C) 中國缺乏西方意義的悲劇，乃因人們習於順「命」而遠遁

(D) 無論西方或中國的傳統，皆有人們無法超越必然性的思維

_____ 7. 下列人物，符合作者所謂「與悲劇英雄對應的人物」的選項是：

(A) 「鼎鑊甘如飴，求之不可得」的文天祥

(B) 「故國夢重歸，覺來雙淚垂」的李後主

(C) 「三年謫宦此棲遲，萬古惟留楚客悲」的賈誼

(D) 「扁舟去作鴟夷子，回首河山意黯然」的丘逢甲

（106 指考 -12-13 題組）

答案與解析見附冊第 48-51 頁

筆記欄

(四) 推論文意

1. 仔細閱讀文本，理解內容。
2. 留意重要情節與作者觀點。
3. 依訊息歸納重點，思考可能隱藏的涵義。
4. 推論須有所依據，不可過度解讀或延伸。

範 例

_____. 關於下列陸游《老學庵筆記》二則引文，敘述適當的是：

甲、田登作郡，自諱其名，觸者必怒，吏卒多被榜笞。於是舉州皆謂燈為火。
上元放燈，許人入州治遊觀，吏人遂書榜揭於市曰：「本州依例放火三日。」

乙、今人謂賤丈夫曰漢子，蓋始於五胡亂華時。北齊魏愷自散騎常侍遷青州長
史，固辭之。宣帝大怒，曰：「何物漢子，與官不受！」此其證也。承平
日，有宗室名宗漢，自惡人犯其名，謂漢子曰兵士，舉宮皆然。其妻供羅
漢，其子授漢書，宮中人曰：「今日夫人召僧供十八大阿羅兵士，大保請
官教點兵士書。」都下閧然傳以為笑。

(A)「吏卒多被榜笞」，是違反田登禁忌的下場

(B) 書榜「本州依例放火三日」，表示吏人已經避開田登名諱

(C) 宗漢不喜他人觸犯名諱，乃因「漢子」一詞在當時含有貶義

(D)「舉州皆謂燈為火」、「舉宮皆然」，顯示州民、宮人欣然認同避諱

(E) 選用避諱之例，如「放火」、「十八大阿羅兵士」、「兵士書」，應寓有嘲諷
之意

（108 學測 -38）

解 析

甲文敘述州官田登忌諱他人直呼其名，因此與「登」諧音的字都要避開，以免受罰。後
來在上元節放燈之時，官員竟因此公告為允許百姓「放火」。乙文先查考「漢子」一詞的
出處，後來一位名為「宗漢」的人，因「漢子」有貶義而將其視為冒犯，就將「漢子」
呼為「兵士」，結果鬧出笑話。

語譯：

甲、田登當郡守的時候，很忌諱被直呼其名，如果有人觸犯這個禁忌，一定會讓他大發
脾氣，官吏、兵卒很多都因為這樣而被遭到捶擊鞭打。於是全州的百姓為了避免不
慎觸犯禁忌而被處罰，都將「燈」稱為「火」。當時正好碰到元宵節提燈籠的日子，
官府允許人民在州治轄區內遊賞，官吏於是書寫文告在市集發布：「本州按照慣例，
放火三天。」

乙、現在都稱下賤的男人為「漢子」，大概從五胡亂華的時候開始。北齊時的漢人魏愷從
散騎常侍被升遷為青州長史，他堅決要拒絕接受。宣帝非常生氣地說：「這漢子是什
麼東西，給他官職還不肯接受！」這就是「漢子」由來的證明。在太平無事的時

候，有位皇族宗親名為「宗漢」，他討厭別人用「漢子」這個含有貶義的詞觸犯名諱，就將「漢子」稱作「兵士」，全宮裡的人也只能跟著這麼說。他的妻子供奉羅漢，他的孩子請人教授學習《漢書》，宮裡的人就說：「今日夫人召見僧人供奉十八大阿羅兵士，邀請太保教導孩子學習校點兵士書。」大家聽了都齊聲大笑，並將此時傳為笑談。

答案：(A)(B)(C)(E)。

(A) 由「自諱其名，觸者必怒，吏卒多被榜笞」可知，「吏卒多被榜笞」是因為犯了田登的禁忌而導致的下場。選項敘述適當。

(B) 依甲文所述，官吏本欲公告允許百姓放燈遊賞，卻為避免觸犯田登的禁忌而將「燈」字改為「火」，故「依例放火三日」。選項敘述適當。

(C) 乙文開頭便提及「今人謂賤丈夫曰漢子」，後才舉宗漢避諱一事。可見宗漢之所以不喜歡他人觸犯名諱的原因，是「漢子」一詞在當時含有貶義。選項敘述適當。

(D) 由甲文「觸者必怒，吏卒多被榜笞」可知，若觸犯田登的禁忌會被處罰，故州民並未欣然認同避諱，乃不得已而為之。而乙文雖未提及宗漢遭犯忌諱時的反應，但特別說明他的身分是「宗室」，故宮人避諱應也是不得已而為之，並非欣然認同。

(E) 引文所舉用之例，皆因避諱造成語意不明、溝通混淆錯亂的結果，確應寓有嘲諷之意。選項敘述適當。

類題練習

_____ 1. 閱讀下文，推斷文意，選出最適切的選項：

> 龍噓氣成雲，雲固弗靈於龍也。然龍乘是氣，茫洋窮乎玄間，薄日月，伏光景，感震電，神變化，水下土，汩陵谷，雲亦靈怪矣哉。雲，龍之所能使為靈也。若龍之靈，則非雲之所能使為靈也。然龍弗得雲，無以神其靈矣。失其所憑依，信不可歟。異哉！其所憑依，乃其所自為也。《易》曰：「雲從龍。」既曰龍，雲從之矣。（韓愈〈雜說一〉）

(A) 龍與雲可用以比喻君臣之遇合　　(B) 雲並非因龍的翻騰才變化靈怪
(C) 龍與雲主輔相依的關係不明確　　(D) 龍須靠雲來主宰才能靈變莫測

（100 指考 -9）

_____ 2. 框線內為某一部《魏晉南北朝文學史》的目次，依目次選出對該書敘述正確的選項：

(A) 按照朝代先後次序進行介紹
(B) 詳於詩歌而略於駢文、散文
(C) 對曹氏父子的詩風有所著墨
(D) 強調陶淵明對南朝詩壇的影響
(E) 指出庾信對北朝文風的影響

（102 學測 -17）

第一章	建安風骨
第二章	兩晉詩壇
第三章	陶淵明別樹一幟的詩風
第四章	謝靈運與詩風的轉變
第五章	齊梁詩壇
第六章	庾信與南朝文風的北漸
第七章	南北朝駢文及散文

_____ 3. 閱讀下文，選出敘述正確的選項：

嘉靖皇帝讀罷奏疏，其震怒的情狀自然可想而知。傳說他當時把奏摺往地上一摔，嘴裡喊叫：「抓住這個人，不要讓他跑了！」旁邊的宦官為了平息皇帝的怒氣，就不慌不忙地跪奏：「萬歲不必動怒。這個人向來就有痴名，聽說他已自知必死無疑，所以他在遞上奏本以前就買好一口棺材，召集家人訣別，僕從已經嚇得通通逃散。這個人是不會逃跑的。」嘉靖聽完，長嘆一聲，又從地上撿起奏本一讀再讀。

嘉靖沒有給予海瑞任何懲罰，但是把奏章留中不發。他不能忘記這一奏疏，其中有那麼多的事實無可迴避，可是就從來沒有人敢在他面前那怕是提到其中的一丁點！皇帝的情緒顯得很矛盾，他有時把海瑞比做古代的忠臣比干，有時又痛罵他為「那個痛罵我的畜物」。有時他責打宮女，宮女就會在背後偷偷的說：「他自己給海瑞罵了，就找咱們出氣！」（黃仁宇《萬曆十五年·海瑞——古代的模範官僚》）

(A) 海瑞上奏疏前，群臣進言，大多迴避事實，多所顧忌

(B) 海瑞上給嘉靖皇帝的奏疏言人所未敢言，卻直指事實

(C) 摔奏摺、撿奏摺再三重讀的動作，刻畫嘉靖皇帝亟欲從奏疏中一一找出海瑞罪狀的憤恨心理

(D) 從嘉靖皇帝有時把海瑞比做忠臣比干，有時又痛罵他為「畜物」，可知海瑞表裡不一，行事反覆

(E) 從宮女背地裡說皇帝：「他自己給海瑞罵了，就找咱們出氣！」可知嘉靖皇帝對海瑞的指陳感到又羞又惱

（99 指考 -19）

_____ 4. 關於下引文字，敘述正確的選項是：

初，買臣免，待詔，常從會稽守邸者寄居飯食。拜為太守，買臣衣故衣，懷其印綬，步歸郡邸。直上計〔古代地方官向朝廷上報境內戶口、賦稅、盜賊、獄訟等文書，以供考績，謂之上計〕時，會稽吏方相與群飲，不視買臣。買臣入室中，守邸與共食，食且飽，少見〔見，顯示〕其綬。守邸怪之，前引其綬，視其印，會稽太守章也。守邸驚，出語上計掾吏。皆醉，大呼曰：「妄誕耳！」守邸曰：「試來視之。」其故人素輕買臣者入內視之，還走，疾呼曰：「實然！」坐中驚駭，白守丞，相推排陳列中庭拜謁。買臣徐出戶。有頃，長安廄吏乘駟馬車來迎，買臣遂乘傳去。（《漢書·朱買臣傳》）

(A) 朱買臣「衣故衣，懷其印綬，步歸郡邸」，乃是為了表現廉潔的形象

(B) 朱買臣步行回郡邸時，會稽官吏「不視買臣」，是因為官吏忙於應酬，無暇理會他

(C) 官吏「大呼曰：『妄誕耳！』」是因為他們直覺地認為朱買臣並沒有官拜太守的能耐

(D) 朱買臣後來「徐出戶」，顯示他刻意要讓那些有眼不識泰山的人延長拜謁及困窘的時間

(E) 朱買臣「少見其綬」的舉動，顯示出他十分在意他人的觀感，內心亟欲人知他已非昔日吳下阿蒙

（98 指考 -22）

5-6 為題組。閱讀下文，回答 5-6 題。

　　司馬遷《史記》所發展出來的「紀傳」體，不但奠定往後正史的寫作形式，在敘事形態上，亦將敘述重點由記錄對話、敘述情節的因果，轉移到捕捉一個個特殊人物的性格與命運。終於，個人，一個具有特殊個性完整人格的個人成為注視的焦點。人不再附屬於事，而是人創造了種種的事。因此，具體的人，一個個獨特的個人才是最終的主體。……由於篇章、文章的觀念戰國末年已出現，在《史記》刻意區分的篇章中更是顧慮到全文情調的統一。同一歷史事件，記述在不同篇章，由於傳述的是以不同的人物為主體，配合人物特別的生命情調，以及他們與歷史事件的關連，往往呈現不同的風味、不同的意義。司馬遷隱藏了單一作者的聲音，綻放出來的卻是眾多人物的多元宇宙，是多重音色的自呈與交織。因此，《史記》展現的不僅是繽紛多姿的人物性格之美，更是從悲壯到滑稽，由崇仰到諷刺各種類型的敘事筆調之美。（改寫自柯慶明〈中國文學之美的價值性〉）

_____ 5. 依據上文，下列敘述**不適當**的是：

(A)《史記》所發展出來的「紀傳」體，奠定之後正史的寫作形式

(B) 在《史記》中，具有特殊性情完整人格的個人成為注視的焦點

(C) 在《史記》不同篇章中，同一歷史事件往往呈現不同的風味與意義

(D)《史記》展現的不是人物性格之美，而是各種類型的敘事筆調之美

_____ 6. 依據上文，下列推論最適當的是：

(A) 司馬遷作〈項羽本紀〉時，篇章、文章觀念尚未產生

(B) 為求篇章完整，楚漢相爭一事只記錄在〈項羽本紀〉

(C)〈項羽本紀〉敘述重點是項羽的特殊性格與特殊命運

(D)〈項羽本紀〉欠缺記錄對話、敘述情節的因果等內容

（108 指考 -15-16 題組）

7-9 為題組。閱讀下文，回答 7-9 題。

　　漢代出現的原始瓷，以草木灰為釉水，燒出來灰灰綠綠，並不好看。彼時銅器昂貴，因此燒出類似銅器的東西作為陪葬的明器。魏晉茶道興起，杯盞以越窯為上，越窯是翠綠色，還帶點灰色調，要到南宋龍泉才燒出漂亮的綠色。追求瓷器色澤之美的過程，艱困而漫長，至少花了五六百年。宋代以玄素為美，瓷器的靜定與素淨頗為相應。所謂道，就講「相應」，人與茶相應，可以行氣，以利打坐；道與器相應，可以參悟；人與茶碗相應，可以引發美感。文人喝茶成為風氣，但有一只素玄之名物，便可在茶會中領得風騷。那是文人茶的時代，也是瓷的第一高峰。

　　明代以前，點茶是用茶碗將茶末泡為茶湯打出泡泡，過程繁瑣，加以團茶昂貴，非一般人喝得起。朱元璋改團茶、點茶為茶湯，改茶湯後，小壺小杯喝茶，這是功夫茶的起始，所以瓷器小杯變多了。明初宮中還是以素白為美，甜白瓷是此時的代表，如糖霜的白，不像定瓷白中帶黃，影青瓷白中泛藍，這時真正的白瓷才產生。它並不單調，通常刻有暗花為飾，其他素色瓷如祭紅、霽藍、豆青都燒得很好。至於明青花大器為多，受中東影響，貿易瓷愈花愈好，也有可能元蒙古人愛大器，明代猶有前朝風，這是瓷的第二高峰。（改寫自周芬伶〈說瓷〉）

＿＿＿＿　7. 依據上文，下列關於瓷器的敘述，最適當的是：
　　　　(A) 瓷器輕巧，故取代銅器成為日常用品
　　　　(B) 漢代因釉水不佳，瓷器無法製成茶具
　　　　(C) 宋代瓷茶具崇尚質樸淡雅，道器合一
　　　　(D) 明代流行青花瓷，素色瓷質精而稀有

＿＿＿＿　8. 依據上文，下列文字的鑑賞觀點，最可能屬於：
　　　　　茶盞惟宣窯壇盞為最，質厚白瑩，樣式古雅，有等宣窯印花白甌，式樣得中，而瑩然如玉。次則嘉窯心內茶字小盞為美，欲試茶色貴白，豈容青花亂之？
　　　　(A) 漢代　　　　　(B) 魏晉　　　　　(C) 宋代　　　　　(D) 明代

＿＿＿＿　9. 依據上文，對於下列甲、乙兩項推論，最適當的判斷是：
　　　　甲、茶葉沖泡方式影響杯盞瓷器的形製。
　　　　乙、宋代人常依茶湯顏色選用合適茶碗。
　　　　(A) 甲、乙皆正確　　　　　　　　(B) 甲錯誤，乙正確
　　　　(C) 甲、乙皆無法判斷　　　　　　(D) 甲正確，乙無法判斷

（108 指考 -17-19 題組）

10-11 為題組。閱讀下文，回答 10-11 題。

　　謠言揭露祕密，這一點不可多得，故而珍貴異常。然而這雖是謠言的價值來源之一，卻不能解釋謠言為什麼流傳。黃金也因為稀有而珍貴，但人們卻不是使之流通，而是將它儲存起來。黃金和謠言有一個根本的差異——謠言的可信度並非永遠不變，萬一某個謠言被公眾確認為「謊言」，它便會壽終正寢，因此，謠言必須儘快使用，趁它尚有價值之際，從中獲取利益。事實上，當傳播者推心置腹地吐露隱情，與人分享祕密，他的形象便

如同一位掌握了珍貴知識的人，在謠言的接收者眼中，散發出美妙的光輝。

　　儘管謠言總有其源頭，但推動謠言的力量還是在聽到謠言並且傳播謠言的人身上。謠言的說服力是隨著它接觸到的人越多而越加增強的。人們聽到謠言，常會從自己的角度來豐富謠言，甚至提供其他的論據來證實謠言。在這個「滾雪球」效應裡，人們把謠言變成自己的，在裡面投進自己的想像和幻覺。(改寫自〔法〕讓‧諾埃爾‧卡普費雷《謠言——世界最古老的傳媒》)

_____ 10. 依據上文，選出符合作者想法的選項：

(A) 謠言因揭人隱私而為人所憎，故無法如黃金般保值

(B) 即使被證實為虛構，謠言仍會如滾雪球般繼續傳播

(C) 謠言傳播者未必心懷惡意，大多只想藉此贏得注目

(D) 人們常透過謠言製造幻覺，藉以掩飾對真相的恐懼

_____ 11. 下列甲、乙兩項推斷，符合上文論述邏輯的選項是：

甲、傳播者的形象越好，謠言的可信度越高。

乙、傳播者的人數越多，謠言的說服力越低。

(A) 甲、乙皆正確　　　　　　　　(B) 甲、乙皆錯誤

(C) 甲錯誤，乙無法判斷　　　　　(D) 甲無法判斷，乙錯誤

（105 學測 -9-10 為題組）

答案與解析見附冊第 51-54 頁

(五) 推究用意

 1. 充分了解篇章意旨、敘寫方式，辨析段落、結構間的關係。
2. 探究言例、事例在文章中產生的作用，推測安排的必要性。

範 例

1-2 為題組。閱讀下文，回答 1-2 題。

　　世人論司馬遷、班固，多以固為勝，余以為失。遷之著述，辭約而事舉，敘三千年事，唯五十萬言。班固敘二百年事，乃八十萬言，煩省不敵，固之不如遷一也。良史述事，善足以獎勸，惡足以監誡。人道之常，中流小事，亦無取焉，而班皆書之，不如二也。毀貶晁錯，傷忠臣之道，不如三也。遷既造創，固又因循，難易益不同矣。又遷為蘇秦、張儀、范雎、蔡澤作傳，逞詞流離，亦足以明其大才。故述辯士則辭藻華靡，敘實錄則隱核名檢，此所以稱遷良史也。(張輔〈名士優劣論〉)

_____ 1. 依據上文的看法，《漢書》不如《史記》之處在於：

(A) 取材雜蕪，有失精審

(B) 抄撮眾說，有失創新

(C) 隱惡揚善，有失客觀

(D) 用詞典麗，有失質樸

_____ 2. 上文述及「蘇秦、張儀、范睢、蔡澤」的用意，是為了說明司馬遷撰作《史記》：
(A) 能依所敘人物選用最合宜的筆法
(B) 能發掘不被其他史家注意的史料
(C) 善透過所敘人物寄寓其落拓之悲
(D) 善學縱橫家言辭以充實史家才識

（107 指考 -26-27 題組）

解 析

本文評論司馬遷與班固的高下。先說一般認為班固高於司馬遷，但作者並不認同，理由如下：第一，司馬遷能用較少的文字敘述較長的歷史。第二，司馬遷的文字能夠勸善誡惡。第三，班固貶抑忠臣晁錯，這樣的評斷並不正確。第四，司馬遷首創體例，而班固只是因襲，難度差別更大。後以司馬遷為蘇秦、張儀、范睢、蔡澤等人作傳為例，強調司馬遷能夠因對象的性質不同而調整合適的寫作方式，具體地呈現每個人的形象，筆法更為華麗而多變。

1. **答案：(A)。**
(A) 由司馬遷「辭約而事舉，敘三千年事，唯五十萬言」，對照班固「敘二百年事，乃八十萬言，煩省不敵」可知，相較之下班固記史較為冗長蕪蔓。加上其後提到「人道之常，中流小事，亦無取焉，而班皆書之」，可知班固取材也太過龐雜。選項敘述正確。
(B)「遷既造創，固又因循」是說司馬遷開紀傳體新例，而班固沿襲體例，強調難易不同，但無關抄襲，也非有失創新。
(C) 本文皆未提及二人「隱惡揚善」，但有讚美司馬遷的文筆足以勸善誡惡，而且認為這是《史記》的優點，不覺得如此有失客觀。
(D) 本文末段提及司馬遷既有典麗的文辭敘述騁辯之才，又能因所寫對象調整寫作方式，筆法華麗而多變。但並未特別提及《漢書》「有失質樸」。

2. **答案：(A)。**
由「亦足以明其大才」及「述辯士則辭藻華靡，敘實錄則隱核名檢」等語，可知司馬遷能依所述人物選用最合宜的筆法。答案為 (A)。

類題練習

1-2 為題組。閱讀下文，回答 1-2 題。

故車之堅可以任重也，而人斯載之；故弓之良可以射遠也，而人斯彀之。苟汝治車而堅矣，為弓而良矣，焉往而不為人所求。不此之務，而急急焉以求人知為事，則非予之所望于汝也。（陳高〈送族弟祥遊金陵序〉）

_____ 1. 陳高在上文中提及「車之堅」、「弓之良」，用意是：

(A) 自許為堅車良弓的能工巧匠

(B) 勉勵族弟以製作堅車良弓為務

(C) 勸告族弟充實自身，如治堅車為良弓

(D) 強調自身如堅車可任重，如良弓可射遠

_____ 2. 依據上文，陳高所要闡釋的論點是：

(A) 士不可以不弘毅，任重而道遠

(B) 君子病無能焉，不病人之不己知

(C) 知之者不如好之者，好之者不如樂之者

(D) 君子無所爭，必也射乎！揖讓而升，下而飲，其爭也君子

（108 指考 -30-31 題組）

3-4 為題組。閱讀下文，回答 3-4 題。

少壯時不喜住在固定的地方。當遊覽名山勝水，發現一段絕佳風景時，我定要叫著說：「喔，我們若能在這裡造屋子住多好！」。忘記哪位古人有這麼一句好詩，也許是吾家髯公吧？「湖山好處便為家」。行腳僧煙簑雨笠，到處棲遲，我常說他們的生活富有詩意。程垓《書舟詞》中，有我欣賞不已的一首〈滿江紅〉：「茸屋為舟，身便是煙波釣客；況人間原是浮家泛宅。秋晚雨聲篷背穩，夜深月影窗櫳白，滿船詩酒滿船書，隨意索。也不怕雲濤隔，也不怕風帆側，但獨醒還睡，自歌還歇。臥後從教鰍鱔舞，醉來一任乾坤窄。恐有時撐向大江頭，占風色。」詞中的舟並非真舟，不過想像他所居的屋為舟，以遣煙波之興而已。我有時也想假如有造屋的錢，不如拿來造一隻船，三江五湖，隨意遨遊，豈不稱了我「湖山好處便為家」的心願。不過船太小了，那幾本書先就愁沒處安頓；太大了，惹人注目，先就沒膽量開到太湖，不能擘破三萬六千頃青琉璃，周覽七十二峰之勝，就失卻船的意義了。（改寫自蘇雪林〈家〉）

_____ 3. 下列文句的說明，正確的選項是：

(A)「行腳僧煙簑雨笠，到處棲遲」描述行腳僧失意飄泊而浪跡天涯

(B)「滿船詩酒滿船書，隨意索」說明作者好客，詩、酒及書任人索取

(C)「獨醒還睡，自歌還歇」描寫眾人皆醉我獨醒與漁歌唱和的情景

(D)「擘破三萬六千頃青琉璃」意謂行船於澄碧的太湖之中

_____ 4. 作者引述髯公詩與程垓詞的用意是：

(A) 表達依江山勝景而居的嚮往

(B) 流露出無處不可為家的豁達

(C) 慨嘆屋狹而不能滿室詩酒書

(D) 惋惜不能以船為家任意遨遊

（106 學測 -10-11 題組）

5-6 為題組。閱讀下文，回答 5-6 題。

　　家常話固然親切，聽多了卻讓人生膩。詩人正是意識到這點，因而對習慣的語言形式進行改造。首先是省略，副詞、介詞等在詩中消失，使詩句的結構關係變得鬆散；其次是錯綜，使詩句中的詞彙可以相互易位。詞語的省略與錯綜改變了人們的閱讀習慣，原來直線呈現的詩境轉變為平行疊加，而疊加、組合的方式，全可憑讀者的審美經驗。例如杜甫的「細草微風岸，危檣獨夜舟」，詩人的所思所見，也許是「微風（吹動）岸（上）細草，舟（上的）危檣（在）夜（中）獨（自聳立）」，或者是「微風（吹動著）細草（之）岸，獨（立）夜（中的）危檣（之）舟」，或者是「岸（上的）細草（在）微風（中擺動），舟（上的）危檣（在）夜（中）獨（立）」。它們省略了「的、在、上、中、吹動、聳立……」，詩境於是「還原」為物象平列雜陳的視覺印象，並由此產生理解的歧義，為讀者留下想像的「空白」。然而，倒也不用擔心讀者誤解詩的意脈，歐陽脩《六一詩話》引梅聖俞評「雞鳴茅店月，人迹板橋霜」云：「作者得於心，覽者會以意，殆難指陳以言也。」既然能「會以意」，就不至於誤解；縱然誤解，也是在那幅既定的視境中誤解；視境既有範圍，意義也就有所限制。那麼，能在這個範圍中多出若干理解與體會，恰恰是詩歌所追求的藝術效果。（改寫自葛兆光《漢字的魔方》）

_____ 5. 上文引用杜甫詩的目的，主要是為了說明：
　　(A) 省略和錯綜的靈活運用，使杜詩能別樹一幟
　　(B) 杜詩長於經營視覺意象，豐富讀者審美經驗
　　(C) 儘管讀者嘗試多種想像，仍難理解詩人原意
　　(D) 詩人刻意改造語言形式，提供詩境疊加空間

_____ 6. 依據上文，詩歌語言的省略與錯綜，對讀者的主要影響是：
　　(A) 透過簡易直白的文句，感悟詩人的情懷
　　(B) 在平列錯雜的詩境中，觸發不同的理解
　　(C) 替換作品原有的視境，開啟無窮的想像
　　(D) 限制閱讀歧義的蔓衍，掌握明確的意脈

（105 指考 -16-17 題組）

答案與解析見附冊第 54-56 頁

筆記欄

(六) 鑑賞評析

答題建議
1. 理解內容，觀察結構，找出重點段落。
2. 探究主旨與其他段落、字句的對應關係。
3. 從主題、內容、形式、寫作技巧等角度賞析作品。

範例 1 －現代文學

＿＿＿＿＿ 閱讀下文，選出敘述正確選項：

振保的生命裡有兩個女人，他說的一個是他的白玫瑰，一個是他的紅玫瑰。一個是聖潔的妻，一個是熱烈的情婦——普通人向來是這樣把節烈兩個字分開來講的。也許每一個男子全都有過這樣的兩個女人，至少兩個。娶了紅玫瑰，久而久之，紅的變了牆上的一抹蚊子血，白的還是「床前明月光」；娶了白玫瑰，白的便是衣服上沾的一粒飯黏子，紅的卻是心口上一顆硃砂痣。(張愛玲〈紅玫瑰與白玫瑰〉)

(A) 以玫瑰帶刺象徵振保對愛情的畏懼

(B)「床前明月光」一方面呈現潔淨的美感，一方面寓託思慕嚮往之情

(C)「蚊子血」、「飯黏子」分別由「紅」、「白」聯想取譬，表達礙眼生厭之感

(D) 以「普通人把節烈兩個字分開來講」諷刺男人要求女人從一而終，自己卻拈花惹草

(E)「娶了紅玫瑰，……；娶了白玫瑰，……」的排比句，描述既「喜新」又「戀舊」的矛盾人性

(99 學測 -21)

解 析

答案：(B)(C)(D)。

本篇以象徵愛情的玫瑰來比喻主角生命中遇見的幾個女子，藉此說明男性的心態與表現。

(A) 從生命中有兩個女人，各以紅、白玫瑰喻之，可知小說中的象徵並非取「有刺」的部分，而是以相異的顏色分別代表不同個性、不同的情感表達方式。且文中也全未提及玫瑰帶刺以及振保對愛情的畏懼。

(B) 用月光之白和白玫瑰之白疊合，引出潔淨的感受，再提取床前明月的詩意，寓託思慕嚮往之情。

(C) 懷有思慕之情時，對方是「紅玫瑰」、「白玫瑰」，娶了之後雖仍是「紅」與「白」二色，卻分別成了「蚊子血」、「飯黏子」這種黏膩的小物件，表達出男性進入實際婚姻之後的礙眼生厭之感。

(D) 所謂「這樣把節烈兩個字分開來講」，是指男人希望不同的女性角色要有不同的情感表現。明明「節烈」二字是形容婦女堅守貞節或不惜殉節，卻居然將之拆為「聖潔」的妻、「熱烈」的情婦，可知這是諷刺男人要求女人「節烈」，從一而終，而自己卻拈花惹草，除了妻子，還要情婦。

(E) 娶了這種女子，就會傾慕另一種屬性的女子，以此對照出人性的矛盾，不懂得珍惜自身擁有的，「得不到的總是最好」，並非「喜新戀舊」。

類題練習

_____ 1. 閱讀下列小說，依文意選出解讀恰當的選項：

　　鬧新房的人圍著打趣，七巧只看了一看便出來了。長安在門口趕上了她，悄悄笑道：「皮色倒還白淨，就是嘴唇太厚了些。」七巧把手撐著門，拔下一只金挖耳來搔搔頭，冷笑道：「還說呢！你新嫂子這兩片嘴唇，切切倒有一大碟子。」旁邊一個太太便道：「說是嘴唇厚的人天性厚哇！」七巧哼了一聲，將金挖耳指住了那太太，倒剔起一隻眉毛，歪著嘴微微一笑道：「天性厚，並不是什麼好話。當著姑娘們，我也不便多說——但願咱們白哥兒這條命別送在她手裡！」七巧天生著一副高爽的喉嚨，現在因為蒼老了些，不那麼尖了，可是扁扁的依舊四面刮得人疼痛，像剃刀片。這兩句話，說響不響，說輕也不輕。人叢裡的新娘子的平板的臉與胸震了一震——多半是龍鳳燭的火光的跳動。（張愛玲〈金鎖記〉）

(A) 七巧進了洞房，「只看了一看便出來」，顯示七巧對白哥兒的新娘不甚喜歡

(B) 一旁的太太搭腔：「嘴唇厚的人天性厚」，是接續七巧的話對新娘落井下石

(C) 七巧說：「天性厚，並不是什麼好話」，是要一旁的太太勿用反話譏諷新娘

(D) 「像剃刀片」既形容七巧的嗓音扁利刺耳，也形容七巧的言語風格尖酸刻薄

(E) 「火光的跳動」表面上描繪燭火光影，實暗指新娘因話中的刀光劍影而心驚

（106 學測 -21）

_____ 2. 閱讀下文，選出敘述正確的選項：

　　雷電交加，大雨傾盆而下。芭芭拉來自印第安納的特雷霍特，不知道登記入住時該給門房五元小費，因此門房是不會冒著大雨幫小氣鬼招計程車的。何況，下雨天紐約根本招不到計程車。她只好研究手上的觀光地圖，衡量接下來該怎麼做。

　　她發現，如果從西八十幾街朝中央公園西路跑，一路跑到五十九街，穿過中央公園南路到公園大道，再往北來到東八十幾街，絕對無法準時出席派對。於是她決定做一件所有人警告她絕對不能做的事。

　　她用報紙護著頭髮，衝進夜色裡，向死亡挑戰。一道閃電亮起，忽然間，幫派分子包圍了她。他們無論什麼天氣都在這裡混，等著晚上穿越公園的笨蛋。不過芭芭拉空手道不是白學的。她施展腳下功夫大戰幫派，踹裂了這個人的下巴，把另一個人的牙齒踢飛到水泥地上，最後跌跌撞撞跑出公園，保住了小命。（改寫自羅伯特・麥基《故事的解剖》）

(A) 芭芭拉是紐約人，所以不知要給門房小費

(B) 芭芭拉為了趕赴派對，冒險穿過中央公園

(C) 芭芭拉研究地圖，表示能夠完全掌控局勢

(D) 「衝進夜色」暗示芭芭拉進入未知的險惡

(E) 「閃電亮起」暗示芭芭拉的危殆倏然降臨

（104 指考 -23）

3-4 為題組。閱讀下文後,回答 3-4 題。

　　從前,在巴格達,有個商人派他僕人去市場採購貨物。然而過了片刻,僕人便回來,一臉發白,全身顫抖說:「主人,剛剛在市場,人群中,我被一個女人推了一把。我轉身一看,推我的竟是死神!她直盯著我,並且擺出一個威脅的手勢!現在,把你的馬借我,我要離開這城市,躲過我的命運。我要去撒馬拉。在那裡,死神就不會找到我。」

　　商人便將馬借他。僕人騎上,立即用馬刺夾緊馬腹,以最快的速度縱馬奔馳而去。後來,這商人也去市場,看見死神站在人群裡,他便走過去,對她說:「今早,你看到我僕人時,為什麼要對他作出威脅的手勢?」「那不是威脅的手勢!」死神答道:「那只是個吃驚的表示。我只不過看他那時人還在巴格達,大為吃驚。因為,我預定今晚要在撒馬拉和他碰面。」(毛姆〈撒馬拉之約 (Appointment in Samarra)〉,顏靄珠譯)

_____ 3. 依據上文,作者描述僕人對死神手勢的理解,其用意是:
(A) 表現人類的生死無常禍福相倚
(B) 反諷僕人的逃避命運弄巧成拙
(C) 強調死神的如影隨形無所不在
(D) 證明主僕的和諧相處共度難關

_____ 4. 依據文意,最適合說明僕人心理狀態的選項是:
(A) 心猿意馬　　　(B) 心蕩神馳　　　(C) 杯弓蛇影　　　(D) 捕風捉影
（102 學測 -12-13 題組）

5-6 為題組,閱讀下列短文,回答 5-6 題。

　　他站在門前的階梯上,伸手到褲子後口袋裡拿大門鑰匙。咦,不在這。在我脫下來的那件褲子裡。得去拿來。那衣櫥老是嘰嘎作響,不好去打擾她。剛才她翻身的時候,睡得正香呢。他悄悄帶上大門,又拉緊一點,直到門底下的護皮輕輕覆住門檻,像一張柔軟的眼皮。看起來是關緊了。反正到我回來前沒關係吧。(大衛・洛吉《小說的五十堂課》節錄詹姆斯・喬伊斯《尤里西斯》)

_____ 5. 下列關於上文情節的敘述,正確的選項是:
(A)「他」關上門之後,才發現身上沒帶鑰匙
(B)「他」不確定鑰匙是在衣櫥裡還是在褲子口袋裡
(C)「他」因體貼「她」睡得正香,寧可不回房間拿鑰匙
(D)「他」擔心不鎖門會令「她」睡不安穩,還是決定拿鑰匙鎖上門

_____ 6. 下列關於上文的分析,**錯誤**的選項是:
(A) 全文以「第三人稱」(他)和「第一人稱」(我)的敘述觀點交錯進行
(B) 全文由兩個動作(門前摸褲袋、帶上大門)及動作時的獨白所構成
(C) 第一次的獨白是「他」的想法,第二次的獨白是「作者」的想法
(D) 文中的兩段獨白,是為了呈現故事人物腦海中的思緒活動
（99 指考 -14-15 題組）

答案與解析見附冊第 56-57 頁

範例 2 －古典詩文

_____ 關於下列甲、乙二詩的詩意或作法，敘述適當的是：

甲、臺城六代競豪華，結綺臨春事最奢。萬戶千門成野草，只緣一曲後庭花。
（劉禹錫〈臺城〉）

乙、鹿耳潮落吼聲遲，閱盡興亡眼力疲。惆悵騎鯨人去後，江山今又屬阿誰。
（謝鯉魚〈鹿耳門懷古〉）

(A) 甲詩譏刺君王耽溺享樂，導致國破家亡

(B) 乙詩藉由自然景觀，寄寓歷史滄桑之感

(C) 二詩均以景物今昔的變化，強化懷古的感傷

(D) 二詩均運用典故，使意象更鮮明、情感更深刻

(E) 二詩均透過刻畫景物，具體呈現詩人移動的蹤跡

> 臺城：宮禁所在地。
> 騎鯨：相傳鄭成功騎乘白鯨轉世。

（108 學測 -39）

解析

答案：(A)(B)(D)。

甲詩先寫臺城見證了魏晉六朝從繁華走向衰敗，再轉而諷刺奢靡至極的陳後主，竟連亡國的那一刻都還耽溺享樂。乙詩先寫鹿耳門潮汐見證歷史的變遷，末了則興發臺灣主權未定的感嘆之情。

語譯：

甲、魏晉六朝以來的都城，就像比賽一樣競相蓋得富麗堂皇，尤其是南陳後主的結綺、臨春兩座樓閣，更是奢靡到極致。到如今，眾多豪華的建築與宮殿都已變得荒涼一片、雜草叢生，這全都是因為陳後主當初縱情聲色，兵鄰城下的亡國之際還耽溺於唱著〈玉樹後庭花〉呀！

乙、鹿耳門海潮起落的聲音聽起來十分遲緩，想必是看多了人事歷史興亡，感到眼力疲憊了吧？自從傳說中騎著白鯨轉世的鄭成功離開之後，如今這片江山又該屬於誰呢？

(A) 由「萬戶千門成野草，只緣一曲後庭花」可知，從極度奢靡到一朝破敗，都是緣於君王在城破的那一刻還耽溺於〈後庭花〉。選項敘述適當。

(B)「鹿耳潮落吼聲遲，閱盡興亡眼力疲」二句以擬人法描述鹿耳門的潮汐因「閱盡興亡」而「眼力疲」，帶出臺灣政權更迭、歷史變遷的滄桑之感。選項中的「自然景觀」即指鹿耳門潮汐。選項敘述適當。

(C) 甲詩由昔時「結綺臨春事最奢」到今日「萬戶千門成野草」，可看出景物今昔不同，強化了懷古的感傷。但乙詩全寫鹿耳門潮汐依舊，卻是「閱盡興亡」、人事已非，並非以今昔景觀的改變強化感傷。選項敘述不適當。

(D) 甲詩藉陳後主城破之時猶耽溺於〈玉樹後庭花〉的典故，鮮明地凸顯一國之君馳騁私慾、縱情聲色的昏庸荒淫。乙詩用鄭成功騎鯨而去的典故，深刻表達歸屬未定的茫然之情。選項敘述適當。

(E) 二詩均有刻畫景物之語，但只可推測出詩人可能登樓遠望或臨海聽潮，詩中並未具體呈現詩人移動的蹤跡。選項敘述不適當。

_____ 1. 有五位學生嘗試分析右詩，其中適當的是：

> 黃滔〈賈客〉
> 大舟有深利，滄海無淺波。
> 利深波也深，君意竟如何？
> 鯨鯢齒上路，何如少經過□

(A) 甲生：□的標點符號如果是句號，表示作者認為大利多風險，少碰為妙
(B) 乙生：□的標點符號如果是問號，表示作者想知道怎樣既獲大利又不涉風險
(C) 丙生：本詩將行商比為行船，商人謀生如同在鯨鯢齒上行走般艱險
(D) 丁生：本詩警告行商艱險難測，提醒世人不貪眼前小利，方能獲取大利
(E) 戊生：本詩期許商人應擁有鯨鯢般的雄心壯志，切莫因處境凶險便膽怯

（107 指考 -38）

_____ 2. 關於下列辛棄疾詞作，敘述適當的是：

> 千峰雲起，驟雨一霎兒價。更遠樹斜陽，風景怎生圖畫？青旗賣酒，山那畔別有人家，只消山水光中，無事過這一夏。
>
> 午醉醒時，松窗竹戶，萬千瀟灑。野鳥飛來，又是一般閑暇。卻怪白鷗，覷著人欲下未下。舊盟都在，新來莫是，別有說話？（辛棄疾〈醜奴兒近〉）

(A) 詞作的上下片均是即景抒情，情景相生
(B) 上片寫夏日陣雨後景致，藉沐雨洗淨心中哀愁
(C) 下片藉由「野鳥」的動態反襯「白鷗」的靜態
(D) 全詞語言不假雕飾，明白如話，結尾清新幽默
(E) 上下片的時間藉「午醉」過渡，寫出浪跡江湖青旗賣酒者的心情

（108 指考 -40）

3-4 為題組。閱讀下文，回答 3-4 題。

> 煙絡橫林，山沉遠照，邐迤黃昏鐘鼓。燭映簾櫳，蛩催機杼，共苦清秋風露。不眠思婦，齊應和，幾聲砧杵。驚動天涯倦宦，駸駸歲華行暮。
>
> 當年酒狂自負，謂東君，以春相付。流浪征驂北道，客檣南浦。幽恨無人晤語，賴明月曾知舊遊處。好伴雲來，還將夢去。（賀鑄〈天香〉）

_____ 3. 關於本闋詞的敘述，正確的是：

(A) 通篇傳達孤老無依、大限將至的悲涼
(B) 上片描寫秋夜清冷蕭索和羈旅獨居的悲愁
(C) 下片慨歎己身生涯坎坷，自責愧對妻兒子女
(D) 以蛩聲、鐘鼓聲、砧杵聲寄寓對家事、國事、天下事的關懷

_____ 4. 關於本闋詞的理解，**不恰當**的是：

(A)「煙絡橫林，山沉遠照，邐迤黃昏鐘鼓」為詞人遠眺所見所聞
(B)「燭映簾櫳，蛩催機杼，共苦清秋風露」描繪詞人與思婦共感淒風寒露之苦
(C)「流浪征驂北道，客檣南浦」對比「當年酒狂自負」，營造失落之感
(D)「明月」象徵國君，「幽恨無人晤語」表達作者懷才不遇的感傷

（107 學測 -19）

5-6 為題組。閱讀下列短文，回答 5-6 題。

　　吾官鎮遠，嘗睹於物，得三戒焉。虎性饞，不擇肉而食，有羊牧崖上，虎攫之，羊負痛墮地死，虎隨之；虎墮地，不死而重傷焉，竟為鄉人所斃。蝎虎亦性饞，蝎虎緣壁行，入燕巢以食其雛，雛負痛墮地，蝎虎隨之；雛在地飛躍，家人為送入巢，蝎虎不能動，雞食之。蟻亦性饞，凡物有大於己者，皆負致以行，務入其穴乃止，有蚓出穴，蟻群喁之，蚓負痛，宛轉泥沙中，卒莫能制蚓；鴨出欄，并食之。

　　夫虎貪食羊，不知羊死而身斃；蝎虎貪食燕雛，不知燕雛得全而己不免；蟻貪食蚓，不知與蚓并為鴨所食。嗟夫！利者，害之所伏也；得者，喪之所倚也。為饞不已者，可以戒矣！（周瑛〈饞戒〉）

> 蝎虎：又名守宮、壁虎。
> 　　蝎亦作「蠍」。

_____ 5. 下列關於本文內容的敘述，正確的選項是：

(A) 文中所稱的三戒，即以羊、蝎虎、螞蟻為戒

(B) 羊原本在崖上吃草，後來被老虎撲攫、吃掉

(C) 蝎虎爬進燕巢想吃雛燕，結果反被母燕吃掉

(D) 螞蟻想吃掉蚯蚓，卻和蚯蚓一起被鴨子吃掉

_____ 6. 下列關於本文的鑑賞分析，**錯誤**的選項是：

(A) 本文結構是先敘事後說理，藉動物故事論理，顯得更具體生動

(B) 本文敘事部分是先分述，後總結；說理部分則是先總說，後分論

(C) 本文敘事說理緊扣篇題，以「饞」字貫串全文，以「戒」字前後呼應

(D) 本文目的在警惕人們不要只看到眼前的利與得，而忽略了潛藏的危險

（98 學測 -12-13 題組）

答案與解析見附冊第 57-59 頁

範例 3 ─ 比較

_____ 關於下列甲、乙二詩的解讀，正確的是：

甲、獨有宦遊人，偏驚物候新。雲霞出海曙，梅柳渡江春。淑氣催黃鳥，晴光
　　轉綠蘋。忽聞歌古調，歸思欲霑巾。（杜審言〈和晉陵陸丞早春遊望〉）

乙、城闕輔三秦，風煙望五津。與君離別意，同是宦遊人。海內存知己，天涯
　　若比鄰。無為在歧路，兒女共霑巾。（王勃〈送杜少府之任蜀州〉）

(A) 甲詩藉由「淑氣催黃鳥，晴光轉綠蘋」，點出詩題的「早春」

(B) 乙詩藉由「城闕輔三秦，風煙望五津」，照應詩題的地理空間

(C) 二詩題材不盡相同，甲詩側重自然景物，乙詩則偏向人生際遇

(D) 二詩作者均因長期在外宦遊，故離愁別緒觸景而生，哀傷難抑

(E) 二詩皆以思鄉作結，且均藉「霑巾」抒寫遊子落葉歸根的期望

（107 學測 -39）

解析

答案：(A)(B)(C)。

(A)「淑氣」、「綠蘋」，皆是早春之象，「催」、「轉」點出季節轉換，故此二句表現冬天結束、進入早春的景象。

(B)「輔三秦」、「望五津」敘述從陝西關中一帶，遙望四川五津之地，空間位置符合詩題「前往蜀州」之意。

(C) 甲詩以中間四句的「雲霞出海、梅柳渡江、催黃鳥、轉綠蘋」四句，呈現「物候新」的景象，再藉著「忽聞歌古調」，延伸「宦遊人」的思歸之意，可知題材側重自然景物的描寫。乙詩的後三聯敘述「宦遊、離別」之事，呈現自己和友人「同為宦遊人」的處境，題材側重於人生際遇。

(D) 二詩皆提及自身長期宦遊在外，但甲詩以「歸思欲霑巾」流露觸景而生的離愁別緒，乙詩卻說「無為在歧路，兒女共霑巾」，認為即使分別，也不要像小兒女般依依不捨、流淚沾襟，表達正面積極、不落感傷的態度。故敘述僅甲詩符合。

(E) 甲詩以思鄉作結，藉「霑巾」表達感傷之甚。乙詩以勸慰友人之語作結，否定「霑巾」的兒女情長。二詩皆藉「霑巾」具體描寫離別之感傷，並非抒寫遊子落葉歸根的期望。

類題練習

_____ 1. 閱讀下列二詩，選出敘述正確的選項：

　　甲、僵臥孤村不自哀，尚思為國戍輪臺。夜闌臥聽風吹雨，鐵馬冰河入夢來。
　　　　（陸游〈十一月四日風雨大作〉其二）

　　乙、數間茅屋鏡湖濱，萬卷藏書不救貧。燕去燕來還過日，花開花落即經春。
　　　　開編喜見平生友，照水驚非曩歲人。自笑滅胡心尚在，憑高慷慨欲忘身。
　　　　（陸游〈暮春〉）

　　(A) 甲詩「不自哀」暗示老驥伏櫪，乙詩「自笑」暗示豪情未減

　　(B) 甲詩「臥聽」形容置身事外，乙詩「忘身」形容不知老之將至

　　(C) 甲詩「尚思」表達仍願效力疆場，乙詩「驚非」表達遇見昔日戰友的哀嘆

　　(D) 甲詩「風吹雨」暗喻國家風雨飄搖，乙詩「燕去燕來」暗喻國運否極泰來

　　　　　　　　　　　　　　　　　　　　　　　　　　　　　　（105 指考 -7）

_____ 2. 閱讀下列二詩，選出寫作特色分析正確的選項：

　　甲、意氣相傾兩相顧，斗酒雙魚表情素。雙鰓呀呷鰭鬣張，蹳剌銀盤欲飛去。
　　　　呼兒拂几霜刃揮，紅肌花落白雪霏。為君下箸一餐飽，醉著金鞍上馬歸。
　　　　（李白〈酬中都小吏攜斗酒雙魚於逆旅見贈〉）

　　乙、姜侯設繪當嚴冬，昨日今日皆天風。河凍未漁不易得，鑿冰恐侵河伯宮。
　　　　饔人受魚鮫人手，洗魚磨刀魚眼紅。無聲細下飛碎雪，有骨已剁觜春蔥。
　　　　（杜甫〈閿鄉姜七少府設繪戲贈長歌〉）

> 觜春蔥：去骨留肉
> 而雜以春蔥

(A) 二詩述及鮮魚料理過程，皆呈現刀工的俐落細膩

(B) 二詩皆運用視覺意象「雪」，凸顯魚肉的纖細瑩白

(C) 甲詩以「雙鰓呀呷鰭鬣張」、「蹳剌銀盤」等動態描寫，呈現活魚的生鮮

(D) 乙詩以「當嚴冬」、「河凍未漁不易得」等敘述，強調主人設餐宴的用心

(E) 二詩分以「欲飛去」與「有骨已剁」，形容飄然欲仙、蝕骨銷魂的美食享受

（104 學測 -20）

_____ 3. 閱讀下列二則寓言，選出敘述正確的選項：

　　甲、夫鵷鶵，發於南海而飛於北海，非梧桐不止，非練實不食，非醴泉不飲。於是鴟得腐鼠，鵷鶵過之，仰而視之曰：「嚇！」（《莊子·秋水》）

　　乙、梟逢鳩。鳩曰：「子將安之？」梟曰：「我將東徙。」鳩曰：「何故？」梟曰：「鄉人皆惡我鳴，以故東徙。」鳩曰：「子能更鳴可矣，不能更鳴，東徙猶惡子之聲。」（劉向《說苑·談叢》）

> 練實：竹實　醴泉：甘泉

(A) 甲用南海、北海、梧桐、練實、醴泉等意象來襯寫鵷鶵的襟懷和堅持

(B) 乙的梟將東徙，是因為曲高和寡，不被濁世所容，所以打算遠離塵網

(C) 甲以行為描述來呈現禽鳥的心理，乙則藉對話內容來表達禽鳥的想法

(D) 二寓言皆以禽鳥間的互動為故事主軸，寄寓作者對人世的觀察及諷諭

(E) 鴟和鳩皆目光短淺之徒，不能理解鵷鶵和梟，猶如燕雀難知鴻鵠之志

（104 學測 -21）

4-5 為題組。閱讀下列二詞後，回答 4-5 題。

　　甲、菡萏香銷翠葉殘，西風愁起綠波間。還與韶光共憔悴，不堪看。　細雨夢回雞塞遠，小樓吹徹玉笙寒。簌簌淚珠多少恨，倚闌干。（李璟〈攤破浣溪沙〉）

　　乙、一曲新詞酒一杯，去年天氣舊亭臺，夕陽西下幾時回。　無可奈何花落去，似曾相識燕歸來，小園香徑獨徘徊。（晏殊〈浣溪沙〉）

_____ 4. 下列「」內文句意涵的敘述，正確的選項是：

> 菡萏：荷花

(A)「西風愁起綠波間」意指秋天荷花凋殘，並寄寓愁緒

(B)「不堪看」意謂不勝看，指眼前所見，令人目不暇給

(C)「去年天氣舊亭臺」意謂受到去年天氣影響，亭臺老舊斑駁

(D)「小園香徑獨徘徊」描寫歸燕在庭園小路上，孤獨穿梭往來

_____ 5. 下列關於主題、題材的分析，正確的選項是：

(A) 甲乙皆描寫迷離的夢中世界，以呈顯惆悵思緒

(B) 甲乙皆以悲秋為主題，表現出強烈的哀傷情感

(C) 甲藉荷花形味的消散，感歎眼前歡樂即將結束

(D) 乙藉花落燕歸的景象，表達對時光流逝的感思

（103 指考 -16-17 題組）

6-7 為題組。閱讀下列二段引文，回答 6-7 題。

甲、孫必振渡江，值大風雷，舟船蕩搖，同舟大恐。忽見金甲神立雲中，手持金字牌下示；諸人共仰視之，上書「孫必振」三字，甚真。眾謂孫必振：「汝有犯天譴，請自為一舟，勿相累。」孫尚無言，眾不待其肯可，視旁有小舟，共推置其上。孫既登舟，回視，則前舟覆矣。（蒲松齡《聊齋誌異・孫必振》）

乙、邑人某，佻達無賴，偶游村外，見少婦乘馬來，謂同游者曰：「我能令其一笑。」眾未深信，約賭作筵。某遽奔去，出馬前，連聲譁曰：「我要死！……」因於牆頭抽梁藋（梁藋：高粱莖）一本，橫尺許，解帶挂其上，引頸作縊狀。婦果過而哂之，眾亦粲然。婦去既遠，某猶不動，眾益笑之。近視，則舌出目瞑，而氣真絕矣。梁本自經，豈不奇哉！是可以為儇薄之戒。（蒲松齡《聊齋誌異・戲縊》）

_____ 6. 最能凸顯以上二段引文描寫上共同特色的選項是：
(A) 人物
(B) 對話
(C) 情節
(D) 場景

_____ 7. 關於以上二段引文的敘述，正確的選項是：
(A) 甲段主旨在彰顯人性溫暖
(B) 甲段充分展現反諷性效果
(C) 乙段主旨在強調應信守承諾
(D) 乙段由悲而喜暗喻人生無常

（100 學測 -10-11 為題組）

答案與解析見附冊第 59-61 頁

筆記欄

一、詞語運用

說明：「字詞選擇」測驗詞語的理解與應用：考慮題文情境，辨析詞義異同，可選出「正確」答案；若考究用字與修辭，則必須選出最適切、最精彩的答案。「文句排序」考察文本脈絡與文句轉承的關係，可觀察前、後題文與備選文句，找出承接或轉折的必然邏輯。

(一) 字詞選擇

答題建議
1. 概覽題文與選項。
2. 辨析選項詞語的意義或差異。
3. 若答案皆可通，要選擇描寫最精準的選項。
4. 切合文意、主旨，或意象完整則可確認為正解。

範例 1─選擇正確字詞

_____ 閱讀下文，最適合填入□□□□內的語詞依序是：

> 葉石林《避暑錄話》中多精語。其論人才曰：「唐自懿、僖以後，人才日削，至於五代，謂之□□□□可也。然吾觀浮屠中乃有雲門、臨濟、德山、趙州數十輩人，卓然超世，是可與扶持天下，配古名臣。然後知其散而橫潰者，又有在此者也」云云。此論天下人才有定量，不出於此則出於彼，學問亦然。元明二代，於學術蓋無可言，至於詩文，亦不能出唐宋範圍，然書畫大家□□□□。國朝則學盛而藝衰。物莫能兩大，亦自然之勢也。（王國維《東山雜記》）

(A) 空國無人／沒沒無聞
(B) 空國無人／接武而起
(C) 人才輩出／沒沒無聞
(D) 人才輩出／接武而起

（107 學測 -4）

解析

答案：(B)。

本題文可分為前後兩部分。第一部分敘述從唐代懿、僖以後人才日益減少，接續五代時的狀況。後有「然」字轉折，進入第二部分的申論。第一處空格在轉折之前，可知作者認為唐與五代的狀況相近，由「人才日削」可知應為「空國無人」，(A)(B) 可選。第二部分先談天下人才的成就實有定量，只是表現在不同方面。再以元明兩代為例，其時學術、詩文都沒有脫出唐宋範圍，但依前述理論可推知，在學術、詩文之外的書畫必然別

有所長，可知第二處空格並非負面的「沒沒無聞」，而是正面的「接武而起」（追隨著腳步興起）。

（類題練習）

_____ 1. 閱讀下文，選出依序最適合填入□內的選項：

對於如樂生院這般極具保存價值的歷史遺產，首先，內政部身為主管機關，當然□□□□，應主動進行古蹟審查與指定作業；再者，過去許多年「文資法」的修訂，□□不是為了限制內政部指定古蹟的權力，而是將原先只屬於中央政府的權力釋放出來，讓地方政府有更多□□，共同為保存臺灣珍貴的文化資產與集體記憶，擔起重要的任務。（改寫自夏鑄九〈正視歷史教育，莫做古蹟殺手〉）

(A) 責無旁貸／從來／權責

(B) 責無旁貸／反而／自由

(C) 依法行政／從來／自由

(D) 依法行政／反而／權責

（103 學測 -2）

_____ 2. 閱讀下文，選出□內依序最適合填入的詞語，正確的選項是：

傳說的生長，就同滾雪球一樣，越滾越大；最初只有一個簡單的故事作個中心的「母題」（Motif），你添一枝，他添一葉，便像個樣子了。後來經過眾口的□□，經過平話家的□□，經過戲曲家的□□結構，經過小說家的□□，這個故事便一天一天的改變面目：內容更豐富了，情節更精細圓滿了，曲折更多了，人物更有生氣了。（《胡適文存‧三俠五義序》）

(A) 傳說／敷演／剪裁／修飾

(B) 宣揚／扮演／推敲／潤色

(C) 闡發／排演／增刪／歸納

(D) 傳播／演義／虛擬／節制

（100 指考 -3）

_____ 3. 閱讀下文，選出□□□□內依序最適合填入的成語：

在光天化日、□□□□之下，歹徒竟公然持刀搶劫銀行，行員們一時都嚇得手足無措。這時警騎及時趕到，只見刑警□□□□，閃過歹徒的襲擊，將他制伏在地，令所有在場民眾□□□□。

(A) 千夫所指／有板有眼／大謬不然

(B) 千夫所指／眼明手快／人心大快

(C) 眾目睽睽／有板有眼／大謬不然

(D) 眾目睽睽／眼明手快／人心大快

（99 學測 -6）

_____ 4. 下列文句中，_____依序而填，最適當的選項是：

這本名著的作者究竟是誰，一直（甲），莫衷一是，但對它的文學價值與藝術成就，大家卻都（乙）加以推崇，毫無爭議。全書角色刻畫（丙），情節發展（丁），具有令讀者愛不忍釋、廢寢忘食的魅力。

(A) 議論紛紛／七嘴八舌／井然有序／洶湧起伏

(B) 言人人殊／有志一同／唯妙唯肖／千錘百鍊

(C) 眾口鑠金／同聲附和／別開生面／波瀾壯闊

(D) 眾說紛紜／異口同聲／栩栩如生／千迴百折

（98 指考 -6）

答案與解析見附冊第 61-62 頁

範例 2—選出精彩字詞

_____ 閱讀下文，選出依序最適合填入□內的選項：

甲、我母親和我姑姑一同出洋去，上船的那天她伏在竹床上痛哭，綠衣綠裙上面釘有□□發光的小片子。（張愛玲〈私語〉）

乙、蝴蝶的本能是吮吸花蜜，人的愛亦是一種本能：採集所有美好事物引誘自己進入想像，從自身記憶□□□□並且偷摘他人經驗之片段，想像繁殖成更豐饒的想像，織成一張華麗的密網。（簡媜〈母者〉）

丙、母親是天可汗，當家的天可汗，一家之王，絕對的威權，分配空間與食物的主人。她要我報告的事，或她突如其來要我□□的事，我最好都要知道，所以我在覲見可汗時，不論她問不問我話，我的心中就是會先有腹稿。（鍾文音〈我的天可汗〉）

(A) 抽搐／綢繆未雨／進貢　　　　　(B) 抽搐／煮繭抽絲／奏疏

(C) 張揚／煮繭抽絲／進貢　　　　　(D) 張揚／綢繆未雨／奏疏

（108 指考 -3）

解析

答案：(B)。

甲文先說母親準備出洋而在上船那天痛哭，其後藉衣飾的描寫帶出情緒，「發光的小片子」既然釘在衣服上，必然受前文「痛哭」的動作影響。「抽搐」可具體表達身體不由自主顫抖的樣子，比「張揚」（鋪張、招搖）更貼合情境，可選出 (A)(B)。乙文以「吮吸花蜜」為蝴蝶的本能，比況女人的愛亦是本能。「採集」說明女人詮釋身邊現象說服自己進入愛情，再以「繁殖」、「織網」譬喻女人將愛情解釋成自己認定的樣貌。缺空處說明女人從記憶裡擇取所需材料轉化成個人想像中的愛情，「煮繭抽絲」才符合這種設定，並可與後文「織成一張華麗的密網」的意象相呼應。「未雨綢繆」比喻事先預備，防患未然，與前後情境不符。可選出答案為 (B)。再以丙文來檢驗：文中強調母親是「天可汗」，是「一家之王，絕對的威權」，所有動詞都必須與這個設定相應，如後文的「覲見」。缺空

處依上下文應是身為「臣下」的作者進呈君上的，若用「進貢」（呈獻貢品），應是「進貢之物」；用「奏疏」（古代臣子向君王進奏章疏）才會是「奏疏之事」。可確認(B)為正解。

類題練習

_____ 1. 閱讀下文，選出依序最適合填入□內的選項：

甲、我緩緩睜開眼，茫然站在騎樓下，眼裡藏著□□的淚水。世上所有的車子都停了下來，人潮湧向馬路中央。（渡也〈永遠的蝴蝶〉）

乙、如果鏡子是無心的相機，所以□□，那麼相機就是多情的鏡子，所以留影。這世界，對鏡子只是過眼雲煙，但是對相機卻是過目不忘。（余光中〈誰能叫世界停止三秒〉）

丙、時時想著吃，吃罷上頓盼下頓。肚裡老是□□，那可真是飢火如焚；老是咕咕叫，那可真是飢腸轆轆；不管飯菜好壞都想吃，那可真是飢不擇食。（周同賓〈飢餓中的事情〉）

(A) 滾燙／縹渺／匱乏
(B) 滾燙／健忘／發燒
(C) 潸潸／縹渺／發燒
(D) 潸潸／健忘／匱乏

（106 指考 -2）

_____ 2. 閱讀下文，選出依序最適合填入□□□□內的選項：

甲、日光初照的晨曦，樹林裡殘餘的夜霧加速稀釋，□□□□，宛如是大地的調息。（黃錦樹《烏暗暝》）

乙、走到沙丘高處，遠眺月牙泉。遊客遠了，言語笑聲遠了，可以聽到□□□□，很細微的叮嚀，像一種頌讚，也像心事獨白。（蔣勳《此生——肉身覺醒》）

丙、我們買了三株幼苗，沿著籬笆，種了一排。剛種下去，才三、四呎高，國祥預測：「這三棵柏樹長大，一定會超過你園中其他的樹！」果真，三棵義大利柏樹日後抽發得□□□□，成為我花園中的地標。（白先勇〈樹猶如此〉）

(A) 蒼茫游移／風中鳴沙／層巒疊嶂
(B) 蒼茫游移／孤雁哀啼／傲視群倫
(C) 氤氳吞吐／孤雁哀啼／層巒疊嶂
(D) 氤氳吞吐／風中鳴沙／傲視群倫

（105 學測 -8）

_____ 3. 閱讀下文，選出依序最適合填入□□□□內的選項：

甲、船頭破浪高仰，滾白浪花如千軍萬馬在船前□□□□，港口長堤若一道黑線隱隱浮現浪緣。（廖鴻基〈鐵魚〉）

乙、駭浪撞擊小徑邊的礁岩，轟隆隆的海震聲，淹沒了父子奔跑的驚恐脈搏，驟雨狂下，浪沫□□□□，一切的一切，是颱風迅雷不及掩耳的，好似是從島嶼海底倏地拔蔥的不發一丁點的警示的感覺。（夏曼‧藍波安《天空的眼睛》）

丙、媽媽去世後，他（爸爸）言語更少，近乎沉默，正似從洶湧的巨流河沖進了啞口海——臺灣極南端鵝鑾鼻燈塔左側，有小小一泓海灣，名為啞口海，太平洋奔騰的波濤衝進此灣，彷彿□□□□，發不出怒濤的聲音。（齊邦媛《巨流河》）

(A) 灰飛煙滅／狂飛八方／江河日下
(B) 灰飛煙滅／起伏有致／銷聲匿跡
(C) 崩裂坍塌／起伏有致／江河日下
(D) 崩裂坍塌／狂飛八方／銷聲匿跡

（104 學測 -3）

_____ 4. 閱讀下文，選出□內依序最適合填入的選項：

小園草地裡的小蟲瑣瑣屑屑地在夜談。不知哪裡的蛙羣齊心協力地□□，像聲浪給火煮得發沸。幾□螢火優游來去，不像飛行，像在厚密的空氣□□；月光不到的陰黑處，一點螢火忽明，像夏夜的一隻微綠的小眼睛。（錢鍾書《圍城》）

(A) 幽鳴／片／漂浮
(B) 幽鳴／星／逡巡
(C) 乾號／星／漂浮
(D) 乾號／片／逡巡

（103 指考 -3）

_____ 5. 下列兩段文字皆蘊含人生感懷，選出「_____」內依序最適合填入的語句：

甲、姆媽也逝世十餘年，而今陽明山上墓木已拱！兄弟姊妹更是各自成家，四方星散，恐怕再也無法團聚一處吧？往日舊情，徒增欷歔，轉覺所謂「_____」行之之難。（林文月〈同在異鄉為異客〉）

乙、我開始在顏真卿的字中，看到戰亂中生命一絲不苟的端正，那種「_____」的歷史的莊嚴，其實這不是「造型美術」四個字能夠解答，而更是一種生命的實踐罷。（蔣勳〈我與書畫的緣分〉）

(A) 剪不斷、理還亂／知其不可而為之
(B) 心為形役，惆悵獨悲／申申如也，夭夭如也
(C) 縱浪大化、無復多慮／造次必於是，顛沛必於是
(D) 古今多少事，盡付笑談中／人不知而不慍，不亦君子乎

（103 指考 -12）

_____ 6. 閱讀下文，依序選出最適合填入□□內的選項：

甲、山谷輕輕推開燠熱的晚雲與水氣，適時讓蟬聲鳥聲□□上來，次第溶化在迷幻的暮色。山裡的黃昏，竟不是想像中那樣寧靜。（陳芳明〈辭行山谷〉）

乙、山夜是靜的，螢光一只可謂纖麗，然而繁華盛到極處，流螢稠密已流不動了，住在山裡靜靜的冷光其實變得有聲，那流螢燈火通明照得過了頭，□□裡我開始期待潮平之後的沉幽。（凌拂〈流螢汛起〉）

丙、左邊是平緩柔和的海岸山脈，右邊則是鯉魚山為襯底一路高聳下去的中央山脈。車子在平坦的臺九線公路緩緩馳行，突然感覺自己像翱翔飛行的鷹，兩旁整齊的山脈宛然雙翼一般□□出一片寶石藍的天空。（王文進〈山脈，雙翼般舒張起來〉）

(A) 浮升／喧嘩／托舉 　　　　(B) 飛騰／喧嘩／鼓動
(C) 浮升／明亮／鼓動 　　　　(D) 飛騰／明亮／托舉

（102 學測 -3）

_____ 7. 閱讀下文，依序選出最適合填入□□內的選項：

甲、小個子繼續跑，我繼續追；激湍的河面□□著一線白光，很像是球，在另一端與我競速賽跑。（張啟疆〈消失的球〉）

乙、那段日子裡，每當我的思念□□得將要潰堤時，竟是書中許多句子和意象安慰我、幫助我平靜下來。（李黎〈星沉海底〉）

丙、此刻，我獨自一人，□□對望雨洗過的蒼翠山巒與牛奶般柔細的煙嵐，四顧茫茫，樹下哪裡還有花格子衣的人影？（陳義芝〈為了下一次的重逢〉）

(A) 浮滾／洶湧／蕭索 　　　　(B) 映照／沖刷／悠然
(C) 浮滾／沖刷／蕭索 　　　　(D) 映照／洶湧／悠然

（101 學測 -5）

_____ 8. 閱讀下文，依照前後文意的連貫關係，選出適合填入的文字，正確的選項是：

廢墟是古代派往現代的使節，經過歷史君王的（甲）。廢墟是祖輩曾經發動過的壯舉，會聚著當時當地的（乙）。碎成齏粉的遺址也不是廢墟，廢墟中應有歷史最（丙）。廢墟能提供破讀的可能，廢墟散發著讓人（丁）的磁力。（余秋雨《文化苦旅‧廢墟》）

(A) 甲可填入「流連盤桓」
(B) 乙可填入「挑剔和篩選」
(C) 丙可填入「強勁的韌帶」
(D) 丁可填入「團結和凝聚」

（100 指考 -6）

_____ 9. 閱讀下文，根據文中的情境，選出依序最適合填入__甲__、__乙__的選項：

　　清光四射，天空皎潔，__甲__，坐客無不悄然！舍前有兩株梨樹，等到月升中天，清光從樹間篩灑而下，__乙__，此時尤為幽絕。直到興闌人散，歸房就寢，月光仍然遍進窗來，助我淒涼。（梁實秋〈雅舍〉）

(A) 四野無聲，微聞犬吠／地上陰影斑斕

(B) 蒼然暮色，自遠而至／地上浮光躍金

(C) 竹枝戲蝶，小扇撲螢／樹下芳草鮮美

(D) 風雲開闔，山岳潛形／樹下燈焰幢幢

（98 學測 -3）

答案與解析見附冊第 62-63 頁

(二) 文句排序

1. 概覽題目與備選文句，推論出大致文意。
2. 檢視前半題文末句，找出文意脈絡最接近的備選文句。
3. 檢視後半題文首句，逆推承接關係最接近的備選文句。
4. 觀察備選文句是否具有因果、轉折或順接等連接關係。
5. 比對備選文句是否存在相似句型或映襯、層遞的句意。
6. 重新檢驗其餘的選項，文句承轉合理，可確認為正解。

範例 1—白話

_____ 下列是一段現代散文，依據文意，甲、乙、丙、丁、戊排列順序最適當的是：

　　那夜，我夢見母親。母親立於原野。背了落日、古道、竹裡人家、炊烟、遠山和大江，仰望與原野同樣遼闊的天極，

甲、古道隱迹，遠山墜入蒼茫

乙、線繞子纏繞的是她白髮絲絲啊

丙、母親手中緊握住那線繞子

丁、頃刻，大風起兮，炊烟散逝，落日沒地

戊、碧海青空中，有一只風箏如鯨，載浮載沉

而江聲也淹過了母親的話語……母親的形象漸退了。（莊因〈母親的手〉）

(A) 甲丙戊乙丁

(B) 甲丁戊乙丙

(C) 戊丙乙丁甲

(D) 戊丁丙甲乙

（107 指考 -2）

解 析

答案：(C)。

前半題文末句說母親「仰望與原野同樣遼闊的天極」，觀察備選文句，仰望之時所見到的景象，自然會是戊句「碧海青空中，有一只風箏如鯨，載浮載沉」，可選出 (C)(D)。檢視後半題文前句「而江聲也淹過了母親的話語」，比對甲、乙，甲句有「遠山墜入蒼茫」，接「而江聲也淹過了……」較順暢，可知答案為 (C)。進一步觀察，乙、丙都有與風箏相關的「線繞子」一詞，句意相關且連貫，故乙、丙相連。再斟酌文意，應是先丙「母親手中緊握住那線繞子」、後乙「線繞子纏繞的是她白髮絲絲啊」。甲、丁視野拉遠，皆寫蒼茫之貌，故兩句一組，且先丁後甲：由丁句中的「頃刻」，從對母親懷想轉入甲句眼前遼闊的景象，拉回現實，而母親的形貌則漸漸淡出，可確認 (C) 為正解。

類題練習

_____ 1. 下列是一段現代散文，依據文意，甲、乙、丙、丁、戊排列順序最適當的是：

愈是靈心善感的詩人，愈是技巧高妙的詩人，

甲、悉聽自然　　　　乙、不必勉強押韻　　　丙、形式上有韻與否

丁、也愈能引發讀者的共鳴　　　戊、他的作品節奏愈自然

但也不必故意避免用韻。（琦君〈不薄今人愛古人──我讀新詩〉）

(A) 甲丙乙戊丁

(B) 乙戊丙甲丁

(C) 丁乙丙甲戊

(D) 戊丁丙甲乙

（108 指考 -4）

_____ 2. 下列是一段現代散文，依據文意，甲、乙、丙、丁、戊排列順序最恰當的是：

四面街角至少有幾百個人焦躁地等著過街，也有些人和我們一樣在等計程車。……每逢紅綠燈轉換時，一大波傘海會像激流般沖往對岸，不斷有人踩進了積水的坑洞而驚呼。

甲、能抓住車門的手

乙、留在路旁的是有增無減的等車的人

丙、一大群人擁上去

丁、真是令人羨慕的幸運之手

戊、偶有一輛空車亮著頂燈在車陣中出現

那些人的臉上似乎有一種強勝弱敗的神色，很快融入車海。（齊邦媛〈失散〉）

(A) 乙戊甲丙丁

(B) 乙戊丙甲丁

(C) 戊丙甲丁乙

(D) 戊丙丁甲乙

（107 學測 -5）

_____ 3. 下列是一段現代散文，請依文意選出排列順序最恰當的選項：

我這個暗光鳥，如此近距離的觀看暗光鳥：黑冠麻鷺、蜥蜴、大蜘蛛。

甲、而我在初春裡，南方佳木之城

乙、彷彿也有了坐擁山林的丘壑之心了

丙、植物園裡的牠，習得不動聲色的禪學功夫

丁、我想當我離開嘉義時，只消在心頭種上一株植物

戊、大蜘蛛編織著巨網，懸在兩棵大樹之間，優雅的殺手

就會遙想起整個南方，整個城市的亞熱帶風情。（鍾文音〈甜蜜亞熱帶〉）

(A) 甲乙丙戊丁　　　　　　　　　(B) 乙戊丙丁甲

(C) 丙戊丁乙甲　　　　　　　　　(D) 戊丙甲乙丁

（106 學測 -4）

_____ 4. 下列是一段現代散文，請依文意選出排列順序最恰當的選項：

港灣旗鼓相當的兩座小丘在風暴肆虐時，

甲、伴隨船尾翻騰灰色浪沫，

乙、彷彿為了取暖而互相移近一點，

丙、又把岬角對立的小丘推開了一些，

丁、雨雲稀散，燈塔發放霧粒的黃色光亮時，

戊、正好容納一艘巨大的黑色島嶼般的商船緩緩駛過，

是撷著神經質的尖長羽翼的小燕鷗群，跟在船後快速地飛掠水面。（洪素麗〈苔之華〉）

(A) 乙丁丙戊甲　　　　　　　　　(B) 乙戊甲丙丁

(C) 戊丁乙丙甲　　　　　　　　　(D) 戊甲丙丁乙

（105 學測 -7）

_____ 5. 下列是《西遊記》中的一段文字，請依文意選出排列順序最恰當的選項：

真個光陰迅速，

甲、老君的火候俱全，

乙、只聽得爐頭聲響，

丙、猛睜睛看見光明，

丁、忽一日，開爐取丹，

戊、不覺七七四十九日，

己、那大聖雙手侮著眼，正自揉搓流涕，

| 侮：同「捂」。 |

他就忍不住，將身一縱，跳出丹爐。

(A) 丁戊丙甲乙己　　　　　　　　(B) 丁己丙乙甲戊

(C) 戊甲丁己乙丙　　　　　　　　(D) 戊乙丙己丁甲

（105 指考 -3）

_____ 6. 下列是一段武俠小說，依文意選出排列順序最恰當的選項：

原來修練邪派內功的人，功力愈增，危機愈大，到了某一關頭，

甲、成了廢人

乙、重則斃命

丙、輕則半身不遂

丁、便要遭逢「走火入魔」之劫

不過，若能衝破此關，武功便可以有登峰造極的希望。（梁羽生《冰河洗劍錄》第 52 回）

(A) 丙甲乙丁　　　　　　　　　(B) 丙乙丁甲
(C) 丁乙丙甲　　　　　　　　　(D) 丁丙乙甲

（104 學測 -4）

_____ 7. 下列是一段散文，依文意選出排列順序最恰當的選項：

千百年後凝視王羲之的〈蘭亭序〉，

甲、碰到紙上的纖維，順勢微微迴轉，

乙、單鞭蓄勢，繼續向左緩緩推出⋯⋯

丙、太極雲手般向右下沉去，力道隱含未盡，

丁、仍然可以感受王羲之筆尖每一個纖細的動作，

戊、永和九年歲在癸丑，那永字的一點如凌空而來風聲，

光是那麼一點，可以領略的內涵，用十年時間去理解都不嫌多。（侯吉諒〈紙上太極〉）

(A) 丁乙甲戊丙　　　　　　　　(B) 丁戊甲丙乙
(C) 戊乙甲丙丁　　　　　　　　(D) 戊丁乙丙甲

（103 學測 -8）

答案與解析見附冊第 63-65 頁

範例 2—文言

_____ 下列是一段古文，依據文意，甲、乙、丙、丁排列順序最適當的是：

夫秦失其政，陳涉首難，豪傑蜂起，

甲、三年，遂將五諸侯滅秦

乙、分裂天下而封王侯，政由羽出

丙、相與並爭，不可勝數

丁、然羽非有尺寸，乘勢起隴畝之中

號為霸王。（《史記‧項羽本紀》）

(A) 甲丙丁乙　　　　　　　　　(B) 乙丁丙甲
(C) 丙丁甲乙　　　　　　　　　(D) 丁乙丙甲

（108 學測 -3）

解 析

答案：(C)。

先概覽題目與備選文句，可大致推測出本段文字敘述項羽崛起到成為霸王的過程。

檢視前半題文：先言「秦失其政」，再說「陳涉首難」，接著「豪傑蜂起」，其後說明「豪傑蜂起」的狀況，故應接丙、相與並爭，不可勝數。再由後半題文「號為霸王」，逆推思考項羽有何作為方可「號為霸王」，可知前句應接乙、分裂天下而封王侯，政由羽出。而「豪傑蜂起」到項羽「號為霸王」之間，應寫項羽崛起。由文意脈絡考慮甲、丁，可知應先丁、然羽非有尺寸，乘勢起隴畝之中，後甲、三年，遂將五諸侯滅秦。其後便可順接乙的分封諸侯、末句成為霸王。

類題練習

_____ 1. 下列是一段古文，請依文意選出排列順序最恰當的選項：

古者諫無官，
甲、漢興以來，始置官
乙、使言之，其為任亦重矣
丙、自公卿大夫，至於工商，無不得諫者
丁、居是官者，當志其大，舍其細，先其急，後其緩
戊、夫以天下之政，四海之眾，得失利病，萃於一官
專利國家，而不為身謀。（司馬光〈諫院題名記〉）
(A) 甲乙丁戊丙
(B) 甲丁戊乙丙
(C) 丙甲戊乙丁
(D) 丙戊乙甲丁

（106 指考 -3）

_____ 2. 下列是一段評論〈擣衣〉詩的文字，依文意選出排列順序最恰當的選項：
〈擣衣〉清而徹，有悲人者。此是
甲、內外相感，愁情結悲
乙、秋士悲於心
丙、然後哀怨生焉
丁、擣衣感於外
苟無感，何嗟何怨也！（蕭繹《金樓子・立言篇》）
(A) 乙丙丁甲
(B) 乙丁甲丙
(C) 丁甲乙丙
(D) 丁丙乙甲

（102 學測 -5）

3. 下列是一段古文，請依文意選出排列順序最恰當的選項：
《大學》之書，古之大學所以教人之法也。蓋自天降生民，
甲、然其氣質之稟或不能齊
乙、則天必命之以為億兆之君師
丙、則既莫不與之以仁義禮智之性矣
丁、一有聰明睿智能盡其性者出於其間
戊、是以不能皆有以知其性之所有而全之也
使之治而教之，以復其性。（朱熹〈大學章句序〉）
(A) 甲戊丙乙丁　　　(B) 乙丁丙甲戊　　　(C) 丙甲戊丁乙　　　(D) 丁乙甲戊丙

（101 學測 -8）

4. 下列文句，依文意選出排列順序最適當的選項：
「危微之幾，惟明君子而後能知之。故人心譬如槃水，
甲、微風過之　　　　　　乙、正錯而勿動
丙、則足以見鬚眉而察理矣　丁、湛濁動乎下，清明亂於上
戊、則湛濁在下，而清明在上
則不可以得大形之正也。」（《荀子‧解蔽》）
(A) 甲丁乙戊丙　　　(B) 甲戊丙乙丁　　　(C) 乙戊甲丁丙　　　(D) 乙戊丙甲丁

（101 指考 -4）

5. 下列是一段古文，請依文意選出排列順序最恰當的選項：
楚文王少時好獵，有一人獻一鷹。
甲、故為獵於雲夢，置網雲布，烟燒漲天，
乙、此鷹軒頸瞪目，遠視雲際，無搏噬之志，
丙、王曰：「吾鷹所獲以百數，汝鷹曾無奮意，將欺余耶？」
丁、文王見之，爪短神爽，殊絕常鷹，
戊、毛群飛旋，爭噬競搏，
獻者曰：「若效於雉兔，臣豈敢獻？」（劉義慶《幽明錄》）
(A) 甲乙戊丙丁　　　(B) 丁甲戊乙丙　　　(C) 戊丁乙甲丙　　　(D) 丁甲丙乙戊

（100 學測 -6）

6. 下列是一段古文，請依文意選出排列順序最恰當的選項：
古之善攻者，不盡兵以攻堅城，善守者，
甲、盡兵以守敵衝，則兵不分，而彼間行襲我無備，
乙、夫盡兵以攻堅城，則鈍兵費糧而緩於成功，
丙、故攻敵所不守，
丁、不盡兵以守敵衝，
守敵所不攻。（蘇洵〈攻守〉）
(A) 甲丙丁乙　　　(B) 甲丙乙丁　　　(C) 丁乙丙甲　　　(D) 丁乙甲丙

（98 學測 -9）

答案與解析見附冊第 65-66 頁

二、新詩讀賞

> 說明：新詩是以形象化的語言具體地表達抽象的情思，所謂「讀詩」，就是藉由詩句
> 所使用的意象，體會詩人所思所感。新詩除了「分行」的形式，另有「散文
> 詩」，讀賞時要掌握詩旨，注意虛實之間的轉換，並依詩中意象作合理的聯
> 想、闡釋與延伸。

(一) 詩的意象

答題
要領

1. 找出詩文主要使用的意象。
2. 理解詩文表達的抽象情思。
3. 依意象與情思的關聯，比對出答案。
4. 檢核題文與詩意，確認答案為正解。

範 例

甲、咬牙切齒／就代表我和你的親密關係

乙、我擁有各式大小橫直的數字／電腦計算機總算不清這筆賬／我沒有生命／
但／收拾生命

丙、美味是早夭的原罪／肉身卸甲之後／無防備地讓蒜泥調情調味／下酒／並
且消化／在人體裡留下膽固醇的伏筆／以在對方無可抵禦的老年／溫柔地
報復

_____ 上述三首詩所描寫的對象依序是：
(A) 拉鍊／電話／扇貝
(B) 鋸子／日曆／扇貝
(C) 拉鍊／日曆／螃蟹
(D) 鋸子／電話／螃蟹

（101 學測 -6）

解 析

答案：(C)。
　　本題應掌握描寫對象的特色，且要切合詩句所述及的細節。甲：拉鍊、鋸子皆為「齒」
狀，但「咬牙」、「切齒」而又「親密」，可知此為兩者密合的「齒狀物」，而鋸子只有
單面的齒狀，故應為拉鍊。(A)(C) 可選。乙：「有大小橫直的數字」、「沒有生命」，電
話、日曆皆符合，但由「算不清這筆賬」可知只有幾個數字的電話並不符合，由「收拾
生命」更可確知與時間有關，故應為日曆。答案為 (C)。再以丙檢驗：「卸甲」是主要
特色，螃蟹空有一身鐵甲，卻因自身肉質之美成了人類的盤中飧，最後的武器是高膽固
醇，在饕家年老時才發動報復性的攻擊，破壞健康。可確認 (C) 為正解。

_____ 1. 閱讀下列現代詩句，選出與詩中所詠對象相同的選項：

用尾端，輕輕，就能頂住全世界的黑暗

死亡或遺忘。我便這樣不由自主地發光

(A) 熠熠與娟娟，池塘竹樹邊。亂飛如拽火，成聚卻無煙

(B) 粉翅嫩如水，繞砌乍依風。日高山露解，飛入菊花中

(C) 露滌清音遠，風吹數葉齊。聲聲似相接，各在一枝棲

(D) 兩角徒自長，空飛不服箱。為牛竟何事，利吻穴枯桑

（104 指考 -7）

_____ 2. 陳育虹〈印象〉一詩，描繪臥病初癒的詩人周夢蝶：

他已經瘦成／線香／____／____／____／____／瘦成冬日／一隻甲蟲堅持的／____

畫底線的詞語都是瘦的意象，由脆弱逐漸增強，刻畫詩人日漸康復的狀態。下列排序適當的選項是：

(A) 雨絲／煙／蘆葦稈／柳條／觸角

(B) 煙／雨絲／柳條／蘆葦稈／觸角

(C) 煙／觸角／蘆葦稈／雨絲／柳條

(D) 觸角／雨絲／柳條／煙／蘆葦稈

（103 指考 -4）

_____ 3. 閱讀下列甲、乙、丙三詩，並推斷每一首詩所吟詠的對象依序應是：

甲、秋天，最容易受傷的記憶／霜齒一咬／噢，那樣輕輕／就咬出一掌血來

乙、我不算博學／但我很多聞／從開始就聽／唇槍舌劍／竊竊私語／口沫橫飛／滔滔不絕

丙、夜夜，在夢的邊緣飛行／在耳朵的銀行存入／比金幣、銀幣還響亮的／聲音的陰影

(A) 楓葉／電話／蚊子

(B) 蚊子／電話／風鈴

(C) 楓葉／電視／蚊子

(D) 蚊子／電視／風鈴

（99 學測 -3）

答案與解析見附冊第 66 頁

(二) 詩的用字與排序

 答題要領

1. 綜合詩題與詩句，判斷詩旨與涵義。
2. 檢視選項詞語與詩句意象是否一致。
3. 依據情節先後或文意脈絡推測詩句順序。
4. 逐步辨識合宜的選項，最後再確認正解。

範 例

_____ 閱讀下列新詩，最適合填入□內的詞依序是：

甲、山稜劃開暗夜／□□洩漏下來（瓦歷斯·諾幹〈拆信刀〉）

乙、路在前面／伸著／長長的舌頭／把一雙雙的腳／□了進去（向明〈七孔新笛〉）

丙、最後一隻高音階的 LA ／還來不及出現／夕陽以吸塵器的速度／將這一切□□乾淨（顏艾琳〈夕陽前發生的事〉）

丁、我撐傘走過老樹下／已不見它那灰白蒼老的影子／年輕的翠綠承受細雨的彈珠／調皮的□□在傘上（陳秀喜〈復活〉）

(A) 誓言／舔／沖刷／丟擲
(B) 誓言／捲／吞沒／流洩
(C) 祕密／舔／吞沒／丟擲
(D) 祕密／捲／沖刷／流洩

（107 學測 -3）

解 析

答案：(C)。

甲：詩題為「拆信刀」，加上前一句「劃開暗夜」，可知「拆開的」是偏向隱藏的、不願為人所知的層面，「祕密」較「誓言」更貼切，可選出 (C)(D)。乙：詩句想像路在前方「伸著長長的舌頭」，當人們走過時，一雙雙的腳就與路面接觸了。「舔」表示用舌頭觸碰或沾取東西，「捲」則是把東西彎轉或裹起來。考慮走路時，路面應是觸碰雙腳而已，並未將雙腳彎轉或裹起來，故用「舔」較適合，答案為 (C)。再用丙、丁確認：丙詩寫夕陽西沉的速度如同吸塵器一樣快，指黑暗急速籠罩大地的情態。「沖刷」指一面用水沖，一面刷洗或指豪雨、洪水、激流等沖擊，造成土壤岩石剝蝕或流失，但此處描述吸塵器以「吸嘴」除塵，用「吞沒」更適切。丁的選項中，「丟擲」指拋、投、丟的動作，「流洩」則指氣體或液體從封閉的物體中流出。詩句想像細雨流經老樹的綠葉、再滴落到雨傘之上的樣貌。既將細雨比喻成彈珠，那麼從樹葉到雨傘上的「細雨彈珠」應是用固態的「丟擲」而非氣態或液態的「流洩」。且詩句以「調皮」來形容樹葉的動作，「丟擲」更能呈現輕快活潑的感覺。可確認 (C) 為正解。

類題練習

_____ 1. 閱讀下列新詩，選出依序最適合填入□□內的選項：

甲、大麗花／開在後院裡／月亮□□籬笆時／順手帶走一絲春天殘餘的香氣
（洛夫〈花落無聲〉）

乙、鳥聲在漢城各座宮殿庭院內□□／如密密雨點落在鬼面瓦上／一處處都是
回響……（蓉子〈古典留我〉）

丙、一口老甕／裝著全家人的／心，放在屋漏的地方／接水／□□一家人的／
辛酸……（林煥彰〈雨天〉）

(A) 翻過／滴落／彈唱　　　　　　(B) 翻過／流淌／記錄

(C) 駐足／流淌／彈唱　　　　　　(D) 駐足／滴落／記錄

（106 學測 -3）

_____ 2. 閱讀下文，選出依序最適合填入□內的選項：

甲、讓我帶一筐星子回家／□一壺斑斕的夜送你／請在無星的時節／注入你寂
寞的杯裡（黃用〈靜夜〉）

乙、醒來。窗外護欄上／模糊的站名正逐一倒退／還來不及從深陷中坐起／列
車已節節□入黑夜的咽喉（溫奇〈夜過花東縱谷〉）

丙、永不疲倦的海浪／以□著鹽味的濤聲／提早把我們喚醒／三百六十五個黑
夜累積在後面／要一次翻身，慢慢翻轉（詹澈〈等待千禧曙光〉）

(A) 灑／噬／抹　　　　　　　　　(B) 灑／舐／滲

(C) 釀／舐／抹　　　　　　　　　(D) 釀／噬／滲

（105 指考 -2）

_____ 3. 斟酌下引詩歌的意境、旨趣，□□內依序最適合填入的選項是：

夜漸漸地冷了，我猶對燈獨坐

冬夜讀書，忍對一天地間的□□

僅僅隔一層窗，薄薄的紙

我猶挑燈夜讀，忍受一身□□

每一個字是概念，每一句子是命題

是力量，是行動，是一個生生不息的宇宙

有熱，有光

在沉寂如死的夜心，我聽到一個聲音

呼喚我的名字：我欲

□□□□　　（方思〈聲音〉）

(A) 黑暗／創傷／乘風歸去　　　　(B) 黑暗／寒意／推窗出去

(C) 寂寞／創傷／推窗出去　　　　(D) 寂寞／寒意／乘風歸去

（98 指考 -8）

_____ 4. 下列是一首現代詩，請依詩意選出排列順序最恰當的選項：

怕遺忘的心事／怕被偷窺到的文件／怕無端受損的紀念品／好好收藏起來／放到隱秘／不容易翻到的地方／安心地／

甲、也把它遺忘

乙、甚麼文件或紀念品

丙、把隱藏的這件心事本身

丁、連帶忘了有過心事這回事

都沒有存在過似的／完美的收藏／在封閉的記憶門外／由他人／任意去陳列／在紛爭的歷史中（李魁賢〈收藏〉）

(A) 乙甲丁丙

(B) 乙丙甲丁

(C) 丙甲乙丁

(D) 丙甲丁乙

（104 指考 -4）

_____ 5. 下引文字，依文意排列，順序最恰當的選項是：

「替老人家扣了安全帶，他沒說太緊／我們深深潛入月光，開車沿著濱海／我是鮭魚／

甲、我們一道游向宜蘭老家歸去／每遇到大轉彎就覺得父親要離我而去

乙、我側頭看看他／父親的回眸是大理石罈蓋濺過來的月光

丙、骨灰罈子裡的父親，他也是鮭魚

丁、銀色的世界風景連綿／這是我的世界，在公雞未啼的凌晨／更像是父親的世界

而此刻正是我們父子共處對話／今天父親不再咳嗽，比往常沉默」（黃春明〈帶父親回家〉）

(A) 丙丁甲乙

(B) 丙甲乙丁

(C) 甲乙丙丁

(D) 甲丙丁乙

（98 指考 -11）

答案與解析見附冊第 66-67 頁

(三) 詩的意旨與鑑賞

答題要領

1. 概覽全詩,找出文意脈絡。
2. 發揮聯想,推測各種解讀方式。
3. 檢核選項,判斷敘述是否合理。
4. 嘗試重新理解詩文主旨或意涵。
5. 根據詩旨作出合理的闡釋延伸。

範例 1—分行詩

閱讀下文,回答 1-2 題。

甲

　　　　我喜歡躺在早春微涼的胸膛／——最好是 18 度 C 的冷感／張開熱切的想望／大地的心跳令我羞赧／於是,緋紅著臉低著頭／在枝椏上相互簇擁／磨蹭出足夠的勇氣／聆聽如波浪洶湧而來／綻放的聲音。(路寒袖〈臺灣的春天——詩詠山櫻花〉)

乙

　　　　你單層的花瓣展現單純的美／不像玫瑰層層裹藏著秘密／五片心形的花瓣束在一起／你集中意志抵擋日落後的嚴寒／平地的薔薇依靠著牆叢生／高山薔薇啊／你在嶺上蔓爬／以你的純白與夜黑對峙／以你縷縷的細香襲入大氣。(鍾玲〈高山薔薇〉)

＿＿＿＿ 1. 關於上列詩作的解讀,最適當的是:
　　(A) 甲詩「躺在早春微涼的胸膛」可看出山櫻花多半開在山腰以上的位置
　　(B) 甲詩「緋紅著臉低著頭」描述櫻花樹間隔過於擁擠,花團錦簇的盛況
　　(C) 乙詩「平地的薔薇依靠著牆叢生」藉平地薔薇反襯高山薔薇獨立自主
　　(D) 乙詩「以你的純白與夜黑對峙」指高山薔薇在黑夜綻放,白天就凋謝

＿＿＿＿ 2. 感官描寫時,有時可以將某一感官的感受以其他感官的感受表達。下列對於詩中的感官描寫,解說最適當的是:
　　(A)「張開熱切的想望／大地的心跳令我羞赧」:以觸覺感受形容聽覺感受
　　(B)「磨蹭出足夠的勇氣／聆聽如波浪洶湧而來／綻放的聲音」:以聽覺感受形容視覺感受
　　(C)「五片心形的花瓣束在一起／你集中意志抵擋日落後的嚴寒」:以觸覺感受形容視覺感受
　　(D)「高山薔薇啊／你在嶺上蔓爬／以你的純白與夜黑對峙」:以視覺感受形容嗅覺感受

(108 指考 -13-14 題組)

解 析

甲、乙二詩分別描繪山櫻花與高山薔薇。甲詩以第一人稱視角，描述山櫻花喜歡在早春的微涼時節開放，「大地的心跳」譬喻春天萌發的生機，更是象徵了臺灣土地的精神。乙詩則以第二人稱視角，將高山薔薇與玫瑰、平地薔薇對比，寫高山薔薇的花型、花色、生長環境與香氣，充滿詩人的讚賞。

1. **答案：(C)。**
   (A)「喜歡躺在早春微涼的胸膛」去除修飾詞語為「喜歡躺在早春的胸膛」，並非躺在山的「胸膛」，故此句可看出山櫻花喜歡在早春微涼時開花，並非開在山腰以上的生長位置。
   (B)「緋紅著臉低著頭」一句中，「緋紅」點出山櫻花的顏色，「低著頭」則描述低垂的姿態，並非描述「櫻花樹」，也不是寫櫻花樹「間隔過於擁擠，花團錦簇的盛況」的狀態。
   (C) 由「平地的薔薇依靠著牆叢生／高山薔薇啊／你在嶺上蔓爬」可看出，前句寫平地薔薇的「依靠」、「叢生」，而高山薔薇則是「在嶺上蔓爬」，故「藉平地薔薇反襯高山薔薇獨立自主」的解讀合理適當。
   (D) 由「你的純白」可知，意謂高山薔薇花色純白，而「與夜黑對峙」意謂在黑夜中開放。「在黑夜綻放，白天就凋謝」的解讀有誤。

2. **答案：(B)。**
   題幹要求「將某一感官的感受以其他感官的感受表達」，應該先檢視選項中感官的判斷是否正確，再進一步選出符合要求的選項。
   (A)「張開熱切的想望」描述花朵盛開的樣態，應為「視覺」摹寫；而由「大地的心跳令我羞赧／於是，緋紅著臉低著頭」可知「大地的心跳令我羞赧」應是「緋紅著臉」的原因。故「張開熱切的想望／大地的心跳令我羞赧」二句以「觸覺感受形容聽覺感受」解說並不適當。
   (B)「聆聽如波浪洶湧而來／綻放的聲音」描述「如波浪洶湧而來」的聲音，為聽覺摹寫。而「綻放」是花開的樣子，屬視覺摹寫，故此處是以「聆聽如波浪洶湧而來的聲音」（「聽覺」）描述「綻放的姿態」（「視覺」）的聲音，「以聽覺感受形容視覺感受」的解說適當。
   (C)「五片心形的花瓣束在一起」白描花朵形象，是視覺；「你集中意志抵擋日落後的嚴寒」將高山薔薇擬人，描述抵禦環境惡劣的堅強，是觸覺。但此處想像「花瓣束在一起」（「視覺」）是為了「集中意志抵擋日落後的嚴寒」（「觸覺」），並非以後者表現前者，故「以觸覺感受形容視覺感受」的解說不適當。
   (D)「以你的純白與夜黑對峙」直述高山薔薇的花色，全為視覺感受，並無嗅覺。選項解說不適當。

類題練習

_____ 1. 以下為同一系列的三首小詩：

〈椅子和我〉

椅子，獨自坐著／我站在它旁邊

時間慢慢走過

〈蘆葦〉

沉思

蘆花／在秋風中／越搖越

白

〈我想到的〉

熄了燈，我才開始發亮；／因為我想到的每一個字／都成了寒夜裡的星星

（錄自林煥彰作品）

這一系列組詩，最適合做為共同詩題的選項是：

(A) 偶然的遭遇

(B) 淒涼的晚景

(C) 孤獨的時刻

(D) 虛擲的光陰

（100 學測 -8）

_____ 2. 依據右詩，敘述正確的選項是：

(A)「奔騰在宣紙下端的／萬匹黑馬／遲遲不肯下凡」，敘寫烏雲密布但始終未降雨

(B)「水龍頭們在我洗澡的當頭忽然／氣喘」，描繪因水龍頭故障使水管壁發出異聲

(C)「青潭直潭翡翠谷／今天都坐在報紙上飛進屋來」，指報紙報導天降甘霖的消息

(D)「一道金鞭猛地抽了我眼睛一下」，描摹雨過天青時，虹橋乍現天際，光彩炫目

(E)「哎呀！好個宋江」，運用《水滸傳》的典故，抒發終降大雨的快意，具體點題

> 白靈〈及時雨〉
>
> 滿江的濃墨自兩萬英尺的高空／瀉下，瀉一下／下到山頭丘陵盆地以及我家窗前卻是／烏雲洶　湧／一似踢起煙塵萬丈／奔騰在宣紙下端的／萬匹黑馬／遲遲不肯下凡
>
> 新店溪的血壓正低／水龍頭們在我洗澡的當頭忽然／氣喘，太太守候門外的消防車旁叫著／水呀水呀／而昨天還在山上的／青潭直潭翡翠谷／今天都坐在報紙上飛進屋來
>
> 一道金鞭猛地抽了我眼睛一下／窗外千里之遠的山上馬蹄雷動／瞬間便殺到我浴室的窗前／為首的一匹，定睛看去／哎呀！好個宋江
>
> 宋江外號「及時雨」

（106 指考 -22）

_____ 3. 閱讀下列二詩，選出敘述正確的選項：

> 李白〈聽蜀僧濬彈琴〉
>
> 　　蜀僧抱綠綺，西下峨眉峰。
> 　　為我一揮手，如聽萬壑松。
> 　　客心洗流水，餘響入霜鐘。
> 　　不覺碧山暮，秋雲暗幾重。
>
> 綠綺：琴名。

> 洛夫〈客心洗流水，餘響入霜鐘——贈李白〉
>
> 　　客人乘醉而去
> 　　心情寂寂如廊下羅列的空酒罈
> 　　洗手時驟然想起當年
> 　　流放夜郎的不甘不快以及一點點不在乎
> 　　水盆裡從此風波不息
> 　　餘年的豪情已化作煉丹爐中的裊裊
> 　　響亮的詩句如風鈴懸遍了尋常百姓的廊簷
> 　　入世出世豈在酒與月亮之辨
> 　　霜飛髮揚，最後他在
> 　　鐘聲裡找到赤裸的自己

(A) 洛夫詩的「客人」和「他」，即李白詩的「蜀僧濬」

(B) 洛夫詩以「廊下羅列的空酒罈」比喻李白懷才不遇的落寞

(C) 李白詩的「暮」、「秋」和洛夫詩的「霜飛」，都含有對時間的感懷

(D) 李白詩的「流水」和洛夫詩的「水盆風波不息」，都形容心情的洶湧紛亂

(E) 洛夫詩借李白原詩的兩句加以延展，呈現李白的生命際遇和波折後的體悟

（105 學測 -23）

_____ 4. 閱讀右詩，選出符合詩意的選項：

(A)「乾燥的風」和「稻草瑟縮著」凸顯農作物歉收

(B)「不怎麼溫暖／也不是不溫暖的陽光」比喻人們的關懷不夠充分

(C)「被遺棄了的田野」和「破落的庭院」皆暗示農村的沒落

(D)「曾綠過葉、開過花、結過果」比喻老農與農村昔日的榮景

(E)「吾鄉人人的年譜」表達對老農與農村宿命無奈的感歎

> 　　在乾燥的風中／一束一束稻草，瑟縮著／在被遺棄了的田野
>
> 　　午後，在不怎麼溫暖／也不是不溫暖的陽光中／吾鄉的老人，萎頓著／在破落的庭院
>
> 　　終於是一束稻草的／吾鄉的老人／誰還記得／也曾綠過葉、開過花、結過果
>
> 　　一束稻草的過程和終局／是吾鄉人人的年譜（吳晟〈稻草〉）

（103 學測 -19）

_____ 5. 下列關於白靈詩句的解說，正確的選項是：

(A)「鐘／因謙虛而被敲響」，「謙虛」是形容鐘的中空

(B)「落日——掉在大海的波浪上／彈了兩下」，表現夕陽沉落時的空間動感

(C)「黃昏時，天空焚為一座／燦爛的廢墟／落日自高處倒塌」，描寫日全蝕的荒涼景象

(D)「白蛇似的小溪逐雨聲／一路嬌喘爬來／碰到　黑傘的松／躲進傘影不見了」，描寫白蛇躲進樹叢的生動情景

(E)「沙灘上浪花來回印刷了半世紀／那條船再不曾踩上來／斷槳一般成了大海的野餐／老婦人坐在門前，眼裏有一張帆／日日糾纏著遠方」，描寫老婦人等待遠方未歸人的執著

(101 學測 -17)

_____ 6. 閱讀下列各詩，選出敘述正確的選項：

甲、讓我把你潮濕的憂傷，一點，一滴，收藏（宇文正〈除濕機〉）

乙、其實一切都可以重來，那些曾經錯誤的，就用微笑掩蓋（心誼〈立可白〉）

丙、火山的灰燼，擁抱後的溫柔碎片——人類偉大的暫存技術（何亭慧〈暖暖包〉）

丁、守護著你每一個腳步，一路讓你出氣宣洩，最後拱你登上巔峰（路寒袖〈登山鞋〉）

(A) 上列四首詩皆為以人擬物的詠物詩

(B)「一點，一滴，收藏」雙重呼應除濕功能以及眼淚滴落的情狀

(C)「那些曾經錯誤的，就用微笑掩蓋」展現正面積極的生活態度

(D)「人類偉大的暫存技術」是指暖暖包發熱後帶給人溫暖的功能

(E)「最後拱你登上巔峰」是指人踩著登山鞋最後得以登上最高峰

(101 指考 -23)

筆記欄

_____ 7. 閱讀右詩，選出詮釋符合詩意的選項：

(A) 詩中描寫母親髮色的變化，意謂母親既為家庭付出，也隨著歲月年老

(B)「髮浪一年一年逐漸後退」意謂母親因年老而不再追逐流行，改留長髮

(C)「我從那紋理中站立起來」意謂母親的額紋令我驚覺歲月無情，不禁顫慄

(D)「讀不完大地的包容與隱忍」是以大地承載萬物的宏博無私象徵母愛的偉大

(E) 詩中以「清晨的玫瑰」、「黃昏的梅花」形容不同階段的母親，以「錯落的蘆葦」形容頭髮

（99 指考 -18）

> 在時光與家事不斷的洗染下
> 您的頭髮從黑洗到白，從白
> 又染成了灰，一如錯落的蘆葦
> 髮浪一年一年逐漸後退
> 留下一道一道深陷的紋理
> 在您曾經舒坦飽滿的額上
> 我從那紋理中站立起來
> 從春到秋，從玫瑰艷的清晨
> 到梅蕊香的黃昏——面對您的額紋
> 我讀不完大地的包容與隱忍
> （向陽〈額紋——給媽媽〉）

答案與解析見附冊第 67-70 頁

範例 2—散文詩

_____ 閱讀下文後，選出正確的選項：

　　每一句謊話都經過編號，打造成公車，開向都市的路口街邊搭載乘客。

　　而後我們在顛簸的空間裏彼此擠壓，在紛亂的紅綠燈下左晃右盪。身心變形了，年老時下車的地點，卻仍是年輕時興奮的起站。（杜十三〈都市筆記〉）

(A) 本文旨在凸顯都市人的忙亂

(B) 本文寫作運用了諷諭的手法

(C) 本文強調都市人生活在謊言裏

(D) 本文認為謊言讓都市人身心變形

(E) 本文末二句意謂謊言讓都市人虛度一生

（100 學測 -21）

解析

答案：(B)(C)(D)(E)。

　　觀察題目詩句與選項，大體可看出「謊言公車」與「人生」的對照關係。「每一句謊話都經過編號，打造成公車，開向都市的路口街邊搭載乘客」既描繪「都市街口的公車」，也同時談「謊言」如何影響都市人。「而後我們在顛簸的空間裏彼此擠壓，在紛亂的紅綠燈下左晃右盪」既講「搭公車」的情景，也表達「謊言使生活動盪」之意。一趟公車之旅，也是人生之旅，而「謊言」讓人「身心變形」。「年老時下車的地點，卻仍是年輕時興奮的起站」，年輕時著迷於都市的五光十色，卻在謊言中度日，一生都虛度了；直到年老、生命即將結束，才能「下車」。

(A) 本詩將「公車行路」與「謊言人生」對照，而詩中的「亂」僅出現於「在紛亂的紅綠燈下左晃右盪」，「紛亂」的是紅綠燈，並非車上的人，故所謂「人的忙亂」並不正確。

(B)「年老時下車的地點，卻仍是年輕時興奮的起站」一句，說明人從出生到年老，被「謊言」擠壓到「身心變形」，以致虛度時光，即是諷諭手法。

(C) 謊言被打造成公車，開在「都市的路口」，而後「在顛簸的空間裏彼此擠壓，在紛亂的紅綠燈下左晃右盪」，直到年老時才「下車」，確可強調都市人「生活在謊言裏」。

(D) 經過「謊言公車」上，在「顛簸的空間裏彼此擠壓」、在「紛亂的紅綠燈下左晃右盪顛簸」的過程，才導致「身心變形」，可見是謊言帶來的傷害。

(E) 年輕時興奮上車，卻在謊言裡過了一生，最後又「回到起點」，可見確實是「虛度」了。

類題練習

_____ 1. 閱讀下列散文詩，選出敘述最恰當的選項：

　　中午時候，火一樣的太陽，沒法去遮攔，讓他直曬著長街上。靜悄悄少人行路，只有悠悠風來，吹動路旁楊樹。

　　誰家破大門裡，半院子綠茸茸細草，都浮著閃閃的金光。旁邊有一段低低土牆，擋住了個彈三弦的人，卻不能隔斷那三弦鼓盪的聲浪。

　　門外坐著一個穿破衣裳的老年人，雙手抱著頭，他不聲不響。（沈尹默〈三弦〉）

(A) 畫面描寫由遠而近，逐層推移，旨在表現城鎮之美

(B) 第二節以「綠茸茸細草」、「閃閃的金光」，暗喻三弦樂音的鼓盪

(C) 第三節聚焦於老人的書寫，可看出作者對人間疾苦的觀察

(D) 本詩寫人採畫龍點睛法，點出第三節老人即第二節彈弄三弦的人

（102 學測 -8）

_____ 2. 閱讀下文，選出敘述正確的選項：

　　起身時，手肘不意擊中了那一疊搖搖欲墜的地圖集，它們乒乒乓乓摔落地面的粉紅色地磚。十幾巨冊散落三十公分見方磁磚拼貼出的平面上，攤開的、豎立的、拗折的冊頁在電風扇的吹拂下搧動，每一頁地圖裡頭的人類都被倒了出來，他們的比例太小、比重太低，像灰塵一樣散布在我的房間中。（林燿德〈地圖思考〉）

(A) 藉由擊落地圖集及產生幻象等情境，可見作者的煩躁不安

(B) 散亂一地、姿態各異的地圖集，暗示現實世界的繽紛多彩

(C) 以人類都被倒出來的景象，暗喻國與國之間的界限已經泯除

(D) 關於人類比例的描述，可見作者認為地圖是真實世界的縮影

（102 學測 -9）

答案與解析見附冊第 70 頁

作者群簡介

鄭慧敏

臺北市立復興高中國文科教師。曾任臺北市高中國文科輔導團教師、國文學科中心教學資源研發小組成員。參與編寫高中國文教科書及《國文三秒教》、《語文寫作寶典》等書，發表〈試探東坡詞之「閒」〉、〈閱讀教學的幾項實踐〉、〈桃源去來——〈歸園田居〉的空間思索兼談兩岸國文教學的差異〉等文。

黃麗禎

國立師大附中國文教師，教育部國文學科中心種子教師，現為跨校社群「學行一族」成員。曾開設「名偵探的養成——偵探小說探析」、「名偵探的可能——偵探小說寫作」等選修課程。曾獲教育部一〇六學年度推動閱讀優秀教師。編有《如何閱讀一首詞》、《晟景文摘》、《閱讀333》、《國文語文表達能力101》等書。

李啟嘉

基隆市立安樂高中國文科教師，全國教師會教師專業發展支持系統諮詢輔導教師。現正開設「海洋文史導讀」、「海洋專題研究」等選修課程。曾獲基隆市教師會 SUPER 教師、基隆市特殊優良教師、教育部教學卓越獎佳作等獎項。

卓純華

臺北市立復興高中國文科教師，詩人。曾開設「現代詩的啟蒙訓練」、「小劇場魔術師」等選修課。著有詩集《看見你的眼裡有蜂蜜》，獲得第一屆周夢蝶詩獎。詩文散見於報章、雜誌、詩歌節選輯。

筆記欄

筆 記 欄

Learning 4012

大考國文寶典
名師全面精選 98~108 年 學測＋指考國文選擇題

作　　　　　者	謝佩芬、鄭慧敏等著
社 長 兼 總 編 輯	馮季眉
編 輯 總 監	周惠玲
編　　　　　輯	洪絹
封 面 設 計	戴鈺娟
美 術 設 計 及 排 版	張簡至真
出　　　　　版	字畝文化
發　　　　　行	遠足文化事業股份有限公司

地址：231 新北市新店區民權路 108-2 號 9 樓
電話：(02)2218-1417　傳真：(02)8667-1065
電子信箱：service@bookrep.com.tw
網址：www.bookrep.com.tw
郵撥帳號：19504465 遠足文化事業股份有限公司
客服專線：0800-221-029

讀書共和國出版集團

社長：郭重興
發行人兼出版總監：曾大福
印務經理：黃禮賢
印務主任：李孟儒

法 律 顧 問	華洋法律事務所　蘇文生律師
印　　　　　製	中原造像股份有限公司

特別
聲明　｜　有關本書的言論內容，不代表本公司／出版集團之立場與意見，文責由作者自行承擔。

2019年10月9日　二版一刷　定價：280元
ISBN 978-986-5505-00-4　書號：XBLN4012